Hermann Sudermann

Der Katzensteg

Leseklassiker

Hermann Sudermann

Der Katzensteg

ISBN/EAN: 9783955631376

Auflage: 1

Erscheinungsjahr: 2013

Erscheinungsort: Bremen, Deutschland

Der Katzensteg

Roman von
Hermann Sudermann

Zweiundsechzigste Auflage

Stuttgart und Berlin 1905
J. G. Cotta'sche Buchhandlung Nachfolger

Druck der Union Deutsche Verlagsgesellschaft in Stuttgart

Frau Hede Hilgers

zugeeignet

den 21. 9. 89.

I.

Der Friede war geschlossen. Die Welt, mit
welcher der Korse ein halbes Menschenalter hindurch Fangball zu spielen gewagt, hatte sich wiedergefunden. —

Zerschunden, zerfetzt, aus tausend Wunden blutend, mit Schlachtfeldern besät wie mit eiternden
Schwären, halb Kirchhof und halb Trümmerstätte —
so fand sie sich wieder.

Aber die Menschheit, die jüngst befreite, ahnte
nichts von dem eigenen Jammer. — War der Boden,
aus dem ihr Brot entsproß, auch mit Blut gedüngt —
nun wohl! — so trug er fortan um so reichere
Frucht; hatten Kugel und Bajonett auch ihre Reihen
gelichtet, was tat's? — so fanden die Übrigbleibenden
Raum, die Ellenbogen auszustemmen. — Man konnte
sich doch wieder regen in dem locker gewordenen
Menschenknäuel.

Ein einziger Jubelschrei von Gibraltars Felsen
bis zum Nordkap hallte gen Himmel auf. — An
jedem Glockenstrange hing ein zappelnder Bursche,
von jedem Altar, aus jedem Kämmerlein erscholl
ein Dankgebet. — — — Die Trauernden verkrochen
sich, ihre Klage erstickten die Lobgesänge, ihre Tränen

sog die Erde mit demselben Gleichmut ein, mit dem sie die Blutstropfen der Gefallenen in sich aufgenommen hatte.

Zur schönen Maienzeit waren in Paris die Friedensartikel unterzeichnet worden. — — In den Blutlachen blühten die Lilien, und aus den Rumpelkammern holte man die blutgetränkten Lilienbanner. — Die Bourbonen krochen aus den Winkeln hervor, in die Robespierres Rasiermesser sie gejagt hatte, wischten sich die schlaftrunkenen Augen aus und fingen flott zu regieren an. Vergessen hatten sie nichts, gelernt nur eine schöne neue Vokabel aus Talleyrands En-tout-cas-Fibel! Sie lautete: Legitimität.

Die übrige Welt hatte zu viel mit sich zu tun, hatte zu viel an Siegeskränzen zu winden und Pokale zum Willkomm zu kredenzen, als daß sie sich um diese Farce kümmern konnte.

Gerötet vom Fieber der Erwartung starrte ein jedes Auge gen Westen, woher sie kommen mußten, die Helden, die lorbeergekrönten, sie, die um der heiligen Scholle willen, um Weib und Kind, um Recht und Vaterland den Feuerschlünden des korsischen Dämons Leib und Leben dargeboten hatten. — In seine hintersten Höhlen hinein hatten sie ihn verfolgt, bis er geknebelt zu ihren Füßen gelegen.

Just hatten die deutschen Eichen sich neu begrünt, gewärtig, alsbald mit Lachen geplündert zu werden, da begannen die Sieger heimzukehren.

Voran — in frohen, zwanglosen Schwärmen —

der Stolz, die Blüte des Vaterlandes, die Söhne
der Reichen, die als freiwillige Jäger mit eigenem
Pferd und eigenen Waffen in den heiligen Krieg
gezogen waren.

Ihr Weg durch Deutschland war ein einziger
Reigen rauschender Feste. Wohin sie kamen, traten
sie auf Rosen; die schönsten Jungfrauen wollten von
ihnen geliebt, die edelsten Weine wollten von ihnen
getrunken sein.

Hinter ihnen her ergoß sich ein Strom von
Kosaken über die deutschen Gefilde. Vor einem
Jahre, als sie gleich einer Furienschar hinter den
halbtotgehetzten Resten der großen Armee einher-
gejagt waren, hatte Deutschland sie jubelnd als Be-
freier begrüßt, Magistrate hatten sie in feierlichem
Zuge eingeholt, Hymnen waren zu ihrem Preise
gedichtet worden, und blauäugig germanische Senti-
mentalität war übergeflossen zu Gunsten unge-
waschener Tatarenmäuler.

Auch jetzt wurden sie pflichtschuldigst gefeiert;
aber die Sehnsucht der Deutschen schaute über sie
hinweg, als wären sie nur die Schatten derer, die
noch kommen sollten.

Und endlich kamen auch sie — die Männer des
Volks, sie, die kein andres Kapital als ihr nacktes
Leben besessen hatten, um es dem Vaterlande an-
heimzugeben. Ein Schall wie von geborstenen Trom-
peten ging vor ihnen her — träge Staubwolken
schleppten sich hinterdrein.

Nicht hoch und herrlich, wie die Phantasie der

Heimgebliebenen sie sich ausgemalt, ein Strahlen=
diadem über dem Haupte, den wallenden Mantel
gleich einer Toga um den stolzen Leib geschlagen, —
stumpf und dumpf wie abgetriebene Gäule, schmutzig
und zerlumpt, von Ungeziefer strotzend, die Bärte
von Staub und Schweiß zusammengeklebt, so kehrten
sie heim. — Hier einer, der, bleich und abgezehrt
wie ein Schwindsüchtiger, nur mühsam einen Fuß vor
den andern schob, dort einer, der vertiert und gierig
in die Runde blickte, den Widerschein von Brand
und Glut im trüben Flackern des Auges, die knotigen
Fäuste noch immer von Mordlust zusammengekrampft.
Nur hie und da leuchtete der reine Glanz hoch=
herziger Rührung aus tränenerfülltem Auge, nur
hie und da falteten über dem Kolben sich zwei Hände
dankbar zum Gebet. . . .

Aber willkommen waren sie alle. — Und so
verroht und versteinert hatte noch niemanden das
blutige Rächergewerbe, daß nicht Tränen und Küsse
ihm zum Labsal wurden und die Ahnung wieder=
kehrender reinerer Zeit in seiner Seele aufdämmern
ließen.

Freilich ganz mit einemmal ließen die aufge=
stachelten Leidenschaften sich nicht zur Ruhe bringen. —
Die Faust, die bisher das Schwert geführt, braucht
Zeit, um sich wieder an die Pflugschar oder das
Richtmaß zu gewöhnen, und nicht jedermanns Sache
ist es, die wilde Ungebundenheit des Biwaks am
frommen Herdfeuer zu vergessen. — —

Wie nach jedem Friedensschlusse gab's drum

auch Anno 14 für Deutschland eine tolle Zeit. Das Jahr, dessen Name zu uns, den Spätgeborenen, wie ein großer Akkord aus Lobgesängen, Orgelrauschen und Glockenklang herübertönt, sah mehr an Gewalttat und Verbrechen als irgend eines vorher oder später. Besonders wild gebärdete die entfesselte Bestie im Menschen sich in jenen Distrikten, in welchen vor dem Kriege der Übermut der Franzen in seiner ganzen mörderischen Lustigkeit gehaust hatte, und am wildesten da, wo der Blutgeruch von Schlachtfeldern, der Feuergleiß von angezündeten Wohnstätten auch die Sinne der Heimgebliebenen mit wüsten Bildern erfüllt hatten, wo gar heimlicher Verrat und tückische Feigheit noch immer ungesühnt nach Rache schrieen. Fast schien es, als ob der aufgewühlten Vaterlandsliebe die Ströme jüngst geflossenen Blutes noch nicht genügten, die Schmach des vergangenen Jahrzehntes abzuwaschen. Man konnte ja nicht ahnen, daß der korsische Geier, der in seinem Inselkäfig gefangen saß, schon den eisernen Schnabel wetzte, um die Gitterstäbe zu durchfeilen, und daß noch manche Ader voll quillenden Blutes sich öffnen sollte, ehe er gänzlich zur Ruhe kam. —

II.

An einem der letzten Augusttage dieses merk=
würdigen Jahres saß in der Sommerstube eines
ansehnlichen Bauerngehöfts eine Gesellschaft von
jüngeren Männern um den eichenen Eßtisch herum,
der in seiner ganzen Breite mit irdenen Bierkrügen
und rundbauchigen Schnapsflaschen besetzt war. Der
Tabaksqualm, der zwischen den Ritzen der Pfeifen=
deckel hervorquoll, hüllte die heißen, von Branntwein
und Begeisterung leuchtenden Gesichter in seine blau=
grauen Wolken.

Es waren jüngst heimgekehrte Vaterlandsver=
teidiger, die in kriegerischen Erinnerungen schwelgten.

Alle trugen sie den unverkennbaren Zug von
Familienähnlichkeit, welchen gleiche Geburt, gleiche
Sitten und gleiche Gedankenbildung auch Bluts=
fremden einprägen. Der Krieg hatte ihre derben,
ehrlichen Gesichter verwildert und mit Schrammen
und Schmarren übersät. Zwei oder drei hatten den
Arm noch in der Binde ruhen, und kaum einer war
schon zu dem schweren Entschlusse gekommen, den
schwarzverschnürten Jägerrock an den Nagel zu
hängen.

Es waren Freibauern des Dorfes Heide, zerstreut

wohnend und doch nachbarlich verbunden, — etliche, welche noch unter der Fuchtel des Vaters standen, andre, die bereits in den Besitz des Hofes eingerückt waren. Sie hatten niemals gefront und gescharwerkt, die großen Umwälzungen, welche die Stein= schen Gesetze vor wenigen Jahren dem Bauernstande gebracht, hatten auf sie keinen Einfluß gehabt, und als im vorigen Frühling der Heerruf des Königs durch die Lande gegangen, waren sie stolz wie Herren= söhne mit eigenen Waffen und auf eigenem Pferde in die Reihen der freiwilligen Jäger eingerückt, mochte darob auch das letzte Saatkorn zu Markte gewandert sein.

Nur einer unter ihnen, der, welcher auf dem einzigen Polsterstuhle des Hauses, einem schmutzig= braunen, vielfach zerschlissenen Ungeheuer saß und als der einzige eine Flasche roten Weines vor sich stehen hatte, gehörte augenscheinlich andern Lebens= kreisen an.

Er hatte ein bleiches, etwas gelblich getöntes Gesicht von feinen, weichgeschnittenen Formen, braune, düstere Augen und lange, schwarze Wimpern, die beim Niedersinken tiefe Schattensegmente auf die schmalen Wangen warfen. Wiewohl er der jüngste von allen schien — er konnte das zweiundzwanzigste Jahr kaum überschritten haben — sah er aus wie einer, der mit der Lust dieses Lebens abgeschlossen hat. Eine trotzige Energie thronte auf der falten= freien Stirn, und in den bläulichen Augenhöhlen lag etwas wie ein alter Gram. —

Er trug einen grauen Rock, der in den Achseln zu enge schien, und darunter ein blauwürfliges Wollenhemd mit zerzaustem Gefältel und einer Reihe von Perlmutterknöpfen. Das einzig Militärische an ihm war die Feldmütze mit dem Landwehrkreuz, die er in den Nacken zurückgeschoben hatte, offenbar, weil der harte Lederschirm auf die kaum verharschte Narbe drückte, die sich als glühender Streif aus dem dunklen Gelock quer über die hohe Stirn zog.

Aller Augen hingen an ihm. — Jedes Wort wollte vorerst von ihm vernommen sein. —

Neben ihm saß ein junger, kräftiger Bursch, wenig älter als er, welcher mit zärtlicher Besorgnis ihn unaufhörlich beobachtete — der Wirt des Hauses ohne Zweifel. Er hatte die rechte Schläfe weiß bepflastert. Lachend und kühn guckte das rotwangige, runde Gesicht unter dem blonden Haarwalde hervor, der mit seinem wirren Gelock noch Hals und Nacken umrahmte.

„Aber du trinkst ja nicht, Leutnant!" ermunterte er ihn, die Flasche näher an ihn heranschiebend, „du bist an unser Bier nicht gewöhnt und an den Schnaps noch weniger — brauchst dich drum gar nicht zu genieren, das rote Zeug zu saufen, das mir gestohlen werden kann. — Reich sind wir nicht, das weißt du, aber so viel haben wir doch, daß, wenn du bei uns bleiben willst, täglich bis an dein Lebens= ende solch eine Flasche für dich parat stehen soll. Nicht wahr, Jungens?"

Jubelnd stimmten die andern bei und drängten

sich herzu, mit ihren Krügen und Schnapsgläsern
an sein halbzerbrochenes Weinglas anzustoßen.

Ein Leuchten dankbarer Freude glitt über das
blasse, düstere Gesicht.

„Ich hab's wohl gewußt," sagte er, „daß ich bei
euch eine Heimat finden würde — sonst wär' ich
auch nicht eingekehrt."

„Noch schöner," rief der Wirt — „haben wir
uns deshalb Blutsbrüderschaft geschworen vor der
ersten Schlacht — in der Kirche damals — in dem
verfluchten Nest — dessen Namen ich nie behalten
kann?" — — —

„Dannigkow hieß das Nest," erwiderte der junge
Fremde, den man „Leutnant" anredete.

„Weißt's noch so gut," erwiderte der Wirt,
„und hättest am Ende daran denken können, dich
bei uns vorbeizuschleichen? — Hatten wir dich deshalb zu unserm Offizier gewählt und waren dir
blindlings nachgesprengt immer ins Dickste 'rin? —
Blut und Tod, das leimt zusammen, Baumgart,
und drum schere dich den Teufel um die Welt und
bleib bei uns."

„Schwatz kein dummes Zeug, Alterchen," erwiderte der Leutnant und blies nachdenklich gegen
den purpurnen Spiegel des Weins.

Aber jener ließ sich nicht abweisen.

„Du kannst sicher sein," fuhr er fort, „daß wir
dir nie mit neugierigen Fragen zu Leibe rücken
werden. Wir sind ja von jeher gewohnt, dich als
ein Stück Geheimnis zu betrachten. Wenn wir

andern beim Biwakfeuer lagen und uns von Haus
und Hof, von Mutter und Vater, von Suff und
Liebschaften erzählten, dann kniffst du alleweil den
Mund zusammen, akkurat wie du's jetzt wieder tust.
Faßte sich einer aber ein Herz und fragte dich, wo
du her wärst, und was du sonst getrieben hattst,
dann standst du auf und gingst von dannen. Da
gewöhnten wir uns denn das Fragen ab und dachten:
Er mag wohl was ausgefressen haben, was ihm
das Leben verleidet hat. . . . Schließlich, was geht's
uns an? Ein guter Kamerad warst du, das Zeugnis geben wir dir — und mehr als das, der Bravste,
der Tapferste der . . . na, kurz und gut: hättst du
einem von uns befohlen: geh, hack dir die rechte
Hand für mich ab — wahrhaftig, ohne Murren
hätt' er's getan. — Red' ich die Wahrheit, Jungens?"

Ein Rufen des Beifalls ging rings um die
Tafelrunde.

„Hört endlich auf," sagte der junge Leutnant,
die Jubelnden von sich wehrend. „Ihr lobt mich
ja in Grund und Boden hinein." —

„Der hinkende Bote kommt nach!" fuhr der
Hausherr fort. — „Wir sind auch gehörig unzu-
frieden mit dir gewesen. Du weißt wohl noch,
wie das kam. Es war während des Waffenstillstandes, kurz nachdem wir uns mit den Litauern
unter dem tollen Platen und den Bülowschen vereinigt hatten. Da ließest du eines Abends Ronde
machen und erklärtest uns: „Jungens, ich muß euch
verlassen — — fragt nicht, warum? — Aber glaubt

mir, ich kann nicht anders — die Landwehr braucht
Offiziere. Es ist keine Ehre, von den freiwilligen
Jägern zur Landwehr überzuspringen, aber ich geh'
zur Landwehr.' — War's nicht so, Baumgart?"

Der junge Leutnant nickte, und um seine Lippen
spielte ein Zug aufquellender Bitterkeit.

"Wir sahen, wie dir dabei das Wasser in den
Augen gestanden hat, sonst wär' wohl einer oder
der andere mit der Frage gekommen: Ist das der
Dank für das Vertrauen, welches wir dir geschenkt
haben, daß du uns jetzt verläßt, jetzt gerade, wo
wir den Platenschen zeigen wollen, was 'ne echte
und rechte Franzosenhetze ist? — Und drum ließen
wir dich ohne Widerrede ziehen, wenn uns auch
das Herz dabei geblutet hat. — Keiner hat später
noch einen Ton über dich erfahren, so viel wir auch
nachfragen taten, aber das können wir dir versichern,
noch monatelang haben wir allabendlich von dir gesprochen und uns den Kopf zerbrochen, was dich
wohl fortgetrieben haben möchte, und was du wärst
und dergleichen sonst, daß diejenigen, die später zu
uns stießen und dich nicht gekannt hatten, meinten,
das ewige Gerede von dir sei ihnen langweilig, und
wir hätten besser getan, mit dir zusammen zu den
Schmutzfinken von der Landwehr zu kapitulieren.
Siehst du, so haben wir an dir gehangen, und dafür willst du uns schon nach ein paar Tagen den
Rücken kehren! Vom Marnestrom bis hinter die
Weichsel ist ein weiter Weg, wenn man ihn einsam
und zu Fuße macht, und deine Wunden knurren

auch noch immer. Drum ruh dich aus und erzähl uns nach und nach, wie's dir bei den Graubärten eigentlich ergangen ist, und wie es kam, daß du in Gesangenschaft gerietst — denn du und gefangen, das muß ja ein absonderlicher Zufall gewesen sein."

Er blickte mit naivem Stolze auf das Eiserne Kreuz hernieder, das zwischen den Fangschnüren seines Rockes erschimmerte. Es war ihm zum Lohne dafür geworden, daß er sich einst, ohne den dargebotenen Pardon anzunehmen, mit Schwabenstreichen aus einem Knäuel französischer Husaren herausgehauen hatte.

Die Brust des jungen Landwehrleutnants war jeden Schmuckes bar. Als gegen Ende des Feldzuges die große Flut von Dekorationen sich über die siegreichen Krieger ergoß, hatte er sich wahrscheinlich schon in Gefangenschaft befunden. —

Ein peinliches Gefühl des Zurückgesetztseins, der Scham vielleicht, mochte in ihm sein Spiel treiben. Er rückte die Landwehrmütze in die Stirn zurück, und den Stuhl mit einem gewaltsamen Ruck nach hinten schiebend, als dulde es ihn nicht länger in den Lotterpolstern, sagte er:

„Ich dank' euch für die gute Absicht, aber ich muß nach Königsberg, mich beim Kommando zu melden."

„Da wirst du lange suchen müssen," entgegnete einer, welcher den rechten Arm in einer schwarzen Binde trug, ein krausköpfiger Gesell mit glänzend braunen Augen. „Weißt du denn nicht, daß die Landwehr gleich nach ihrer Rückkunft entlassen worden ist?"

„Selbst der Stab soll sich auflösen," fügte ein
anderer hinzu.

„So muß ich mein Heil bei der Generalkom=
mission versuchen," entgegnete Leutnant Baumgart.
„Ich habe mehr Ursache als jeder andere, dafür zu
sorgen, daß meine Abschiedspapiere in guter Ordnung
sind. Das glaubt mir. Mir soll keiner nachsagen
dürfen, daß ich mich heimlich aus der Armee heraus=
geschlichen habe. Also kurz und gut: Gibt's morgen
Fahrgelegenheit auf der Königsberger Landstraße?"

Ein Sturm der Entrüstung erhob sich. Man
drängte auf ihn ein, man umfaßte seine Hände,
man schloß einen Kreis um ihn, als gelte es, ihn schon
im nächsten Momente am Entweichen zu verhindern.

„Bleib wenigstens so lange, daß das Fest,
welches wir dir zu Ehren geben wollen, nicht ins
Wasser fällt," ließ sich Karl Engelbert, der junge
Wirt, vernehmen, als der Lärm ein eigen Wort
verstattete.

Baumgart fuhr mit haftiger Bewegung nach
dessen Sitze herum.

„Mir zu Ehren? . . . Ihr seid toll geworden!"

„Da hilft kein Wehren mehr!" entgegnete ihm
jener, „die Sache ist schon längst gedrechselt. Vor
drei Tagen, gleich nachdem du hier hereinschneitest,
hab' ich den Johann Radtke auf die Wanderschaft
geschickt mit 'ner Liste von all den freiwilligen Jägern,
die im Kreise zu Hause sind, denn wir haben hier
Leute aus sechs oder acht Regimentern — vor allem
sollt' er nach Schranden, wo der Merkel wohnt —

der bei den Platenschen gestanden hat und dann gleicherweis' zur Landwehr gegangen ist. Aber bei dem hat's 'nen Sinn gehabt, weil sie ihm dort erst das Leutnantspatent zugesichert hatten."

Baumgart war bei Nennung des Namens sichtlich zusammengefahren, aber sofort hatte er sich gefaßt, und halb vorgebeugt, mit klammerndem Griffe die rohen Lehnenknäufe seines Sessels umfassend, hörte er schweigend an, was der gutmeinende Freund ihm über die werdende Ruhmesfeier zu berichten wußte.... Er widersprach nicht mehr, vielleicht weil ein offener Widerstand ihm nutzlos dünkte, aber in dem unruhigen Seitwärtsblinzeln seines Auges lag etwas wie ein Fluchtgedanke.

Den Freunden, deren aufgewühltes Blut in der Heimat noch immer nicht zur Ruhe kommen wollte, war jeder Anlaß recht, welcher sie über die Dumpfheit schlichter Werkeltage, in die sie zu versinken drohten, und war's für etliche Stunden, hinaushob. Sie besprachen mit großer Wichtigkeit die Rückkehr ihres Vertrauensmannes, der schon am Vormittage von dem fünf Meilen entfernten Schranden her erwartet wurde.

„Bin doch neugierig," sagte Peter Negenthin, der mit der schwarzen Binde, „was die Schrandener mit ihrem saubern Gutsherrn angefangen haben!"

Der Leutnant Baumgart horchte auf.

„Den roten Hahn haben sie ihm schon längst aufs Dach gesetzt," versetzte ein andrer, „seit fünf

Jahren soll er zwischen den schwarzen Brandmauern hausen wie ein Uhu."

„Warum baut er denn sein Schloß nicht wieder auf?" fragte ein dritter.

„Warum? Weil die Bauern und Bürger drunten im Dorf jeden zu Schanden prügeln, der für ihn arbeiten kommt. Einmal hat er sich Taglöhner aus dem Masurschen verschreiben lassen, hat gedacht, weil sie kein Deutsch verstehn, werden sie bei ihm aushalten — da hat's denn in den Schenken unten 'ne regelrechte Schlacht gegeben und — schupp, schupp! — sind die Polacken wieder abgeschoben. Seitdem macht er nicht einmal Miene mehr, seine Länder zu beackern."

„Wovon lebt er denn?"

„Was geht's uns an? ... Mag er verhungern!"

Mitten in das Gelächter des Hasses, welches dieser wenig barmherzige Wunsch bei den Söhnen des Landes hervorrief, trat, dampfend und schweiß-bedeckt von hastigem Ritte, der ausgesandte Bote, ein kurzer, gedrungner Bursche mit blondem, schlichtem Haupthaar, das gelb und glänzend wie ein neues Strohdach auf sein feistes, von der Sonne krebsrot gekochtes Gesicht herabfiel.

Bevor er zu reden anhub, griff er nach der großen Steinkanne, die in der Mitte des Tisches stand, und mit beiden Fäusten ihren weitausge-schweiften Bauch umklammernd, sog er sich an ihrem Rande fest, bis sie ihm mit Gelächter vom Munde gerissen wurde.

Unter allerhand Possen und Fratzen stattete er Bericht ab.

Das große Fest war von vornherein gesichert. — Allen im Kreise juckte die Haut nach Tanz und Suff und Feuerwerk, und wenn sich's so machte, zur Feier der deutschen Einigkeit auch nach einer gediegenen Prügelei, nur über den Ort, an dem das alles vor sich gehen sollte, hatte noch Zwiespältigkeit geherrscht. — Vor allem begehrten die Schrandener, der Leutnant Merckel voran, daß der Schrumm bei ihnen gefeiert würde.

„Warum? Jungens, das ist eine Bande — die Schrandener. Ganz aus dem Häuschen vor Freude — sauft und tollt den ganzen Tag. Immer Bein' in die Höchte. — Warum? Weil sie sich verschworen haben, ihren Baron, den Vaterlandsverräter, der sie verschimpfiert hat in alle Ewigkeit — wißt ihr, was sie dort für einen Choral in der Kirche singen seit sieben Jahren:

> Unsern gnäd'gen Herrn von Schranden,
> Der uns bedeckt mit Schimpf und Schanden,
> Der uns gemacht zu Hohn und Spott,
> Schlag mit der Pest, o Herre Gott! —

Das fingen sie dort allsonntäglich, und nun, wie ihr Gebet halbwegs erhört worden ist, haben sie sich verschworen, ihn hinter dem Zaun vermodern zu lassen."

Erregte Fragen drangen von allen Seiten auf ihn ein. „Ist er tot, der Hund? — hat der Teufel ihn endlich geholt?"

Mitten in das Lärmen drang ein knackender, prasselnder Laut. Die Hand des jungen Baumgart hatte die Lehne des Sessels so heftig umklammert, daß das morsche Holz mitten durchgebrochen war. Er selbst saß blaß und regungslos und starrte den Sprecher mit weitgeöffneten Augen an, ohne des Übels, das er dem alten Erbstück angetan, gewahr zu werden.

Und der lustige Johann Radtke fuhr fort:

„Sie werden ihn wohl glücklicherweise zu Tode geärgert haben — wenigstens hat der Schlag ihn gerührt, als sie ihm gerade den Katzensteg zerstören wollten. Leutnant, hast du je vom Katzensteg gehört?"

Der stierte immer noch zu ihm empor und sprach kein Wort. Seine Zähne hatten sich in die Unterlippe eingebissen. Wie versteinert saß er da.

„Der Katzensteg ist nämlich der Weg, auf welchem der Baron Anno 7 die Franzosen, die das Schloß Schranden besetzt hielten, den Preußen in den Rücken geführt hat. Von dem Schrandener Überfall wirst du doch wohl gehört haben — der steht ja in jedem Kalender."

Der Leutnant nickte ein paarmal mechanisch vor sich hin, wie einer wohl tut, der verurteilt ist, sich in ohnmächtiger Ergebung mit seinem Schicksal abzufinden.

„Vor ihren sehenden Augen ist er umgesunken," erzählte Johann Radtke weiter, „der Schaum hat ihm vorm Mund gestanden — und sein feinsliebér Schatz, die Tischlerstochter aus dem Dorf, die mit ihm lebt, hat sich über den Leichnam geworfen — wer weiß, was sie sonst noch damit angefangen hätten in ihrer blut'gen Wut."

„Und nun wollen sie ihn nicht begraben lassen, sagst du?" warf der gutmütige Karl Engelbert mit bedenklichem Kopfschütteln darein. „Ist denn das erlaubt in einem christlichen Staat?"

Johann lachte verschmitzt.

„Die Schrandener halten zusammen wie die Kletten, und wenn sich keiner die Hand beschmutzen will, so 'nen Hundsfott zu Grab zu tragen, kann man's ihnen nicht übelnehmen."

„Aber wenn's der Obrigkeit zu Ohren kommt?"

„Obrigkeit — hahaha! — Der alte Merckel ist ihre Obrigkeit, und der hat gemeint, seinetwegen wär' der Schindanger noch — — —"

Ein Schrei voll Not und Qual, wie aus erstickender Kehle, hieß ihn verstummen. Aufgerichtet, weiß wie der Kalk an der Wand, stand der junge Leutnant da, die Arme mit geballten Fäusten halb abwehrend, halb drohend gegen ihn ausgestreckt. An seinen bläulichen Lippen hing ein Blutstropfen und rann, eine leuchtende Furche hinter sich ziehend, langsam auf das Kinn herab.

Ein Stammeln, tonlos, kaum verständlich, kam aus seinem Munde, aber wer es verstanden, erstarrte in bleichem Entsetzen.

„Hör auf," hatte er gesagt, „hör auf! . . . Es ist mein Vater."

III.

Der Mond stand hoch am Himmel und ergoß seinen stillen, bläulichen Schein weithin über die schlafende Heide. — Die Erlengruppen im Moor trugen Kränze von Licht, und von den schlanken, weißstämmigen Birkenbäumchen, welche in endloser Reihe den breiten, geraden Fahrweg einfriedeten, ging ein Flimmern und Leuchten aus, daß es aussah, als ob der Weg fernab zwischen silbernen Schranken sich verlöre.

Schweigen weit und breit. Die Vögel waren längst verstummt. Spätsommerfriede, der Friede gesättigt ersterbenden Daseins lag auf der weiten Flur. Kaum daß eine Grille vom Grabenrande her sich hören ließ, kaum daß eine aufgescheuchte Feldmaus mit leise schwirrendem Pfeifen durch die hohen Halme glitt.

Mit Ränzel und Knotenstock schritt einsam ein Wandersmann des Weges daher, unbekümmert um den Zauber der mondgetränkten Landschaft, vor sich hinstarrend.

Der junge Leutnant war's, der nach der Heimat zog, den geächteten Vater zu begraben.

Der Gastfreund hatte ihm sein Staatsfuhrwerk

aufdrängen wollen, hatte ihm dann, da alles Bitten nutzlos gewesen, für eine weite Strecke zu Fuß das Geleite gegeben und ihm zum Abschiede hoch und heilig versichert, die Blutsbrüderschaft, die einst beschworene, werde bestehen bleiben, den Sünden der Väter zum Trotze, und er dürfe auf ihn und seine Nachbarn zählen jetzt und für alle Zeit . . .

Anstatt ihm wohlzutun, war ihm der gutgemeinte Trost wie Hohn ins Ohr gedrungen. Was von „Sünden der Väter" mitten darein klang, empfand er als Schimpf, ihm selber angetan, einen Schimpf, den er stillschweigend hinnehmen mußte, weil gegen die Schmach, die der Vater ihm als Erbe auf die Schultern geladen, ein Auflehnen nicht möglich war.

Und in finsterem Hinbrüten ließ er die Bilder dessen, was geschehen, an sich vorüberziehen. —

Er hatte den Vater nie geliebt. Der war ein rauher, gewaltsamer Mann gewesen, welcher die Bauern peitschte, von dessen Lachen und von dessen Schelten das Haus in gleicher Weise erzitterte, und vor dem er selber nicht mehr galt als etwa der Teckel, der ihm, wenn er gut gelaunt war, in die Absätze beißen durfte, und den er im nächsten Augenblick mit einem Fußstoß weit in die Lüfte schleuderte. Die knorrige, kleine Gestalt, das gelbe, breitknochige Gesicht mit dem kohlschwarzen Knebelbart und den kleinen, funkelnden grauen Augen hatte ihm, so weit er zurückdenken konnte, als Schreckbild gegolten. Seine Mutter hatte er nie gekannt. Sie war wenige Jahre nach seiner Geburt langem Siechtum zum

Opfer gefallen. Drunten im Dorf erzählte man sich, der Baron hätte sie mit seinem Zorn und seiner Liebe zu Tode gequält.

In der düsteren, hochgewölbten Galerie, dort, wo von den steinernen Wänden die Schritte so schauerlich widerhallten und wo einen selbst im heißesten Sommer ein Frösteln anwandelte, hatte als das letzte einer langen, gespensterhaften Reihe ihr Bild gehangen. Das Bild einer zarten, verkümmerten Frau mit schmalen, blutleeren Lippen und halbgeschlossenen Lidern, die in Schwäche und Mutlosigkeit niedergesunken schienen.

Gar manche unbewachte Stunde lang hatte der Knabe einst vor diesem Bilde gestanden und sehnsüchtig gewartet, daß diese Lider sich erhöben, damit auch in sein junges, einsames Leben ein Strahl der Mutterliebe fiele. Aber mochte er auch in heißem Gebete die Hände falten, mochte er tränenüberströmt in herzklopfendem Bangen dem Augenblicke der Belebung entgegenharren, müd und schläfrig wie immer, schon halb verfallen der großen Ruh, fuhren die Augensterne fort, mit ihrem fremdartig metallischen Schimmer auf ihn herniederzustarren, bis er verzweifelt sich losriß und von dannen stürzte.

Neben dem Bilde der Mutter hing ein ander Bild, in seiner Art nicht minder beachtenswert als jenes — das Porträt eines strahlend schönen, schwarzlockigen Weibes, das im Begriff ist, zu Pferde zu steigen. Ein Dolman von rotem Sammet, goldverschnürt, mit Wieselpelz umrandet, fällt ihr über

die linke Schulter, in der rechten Hand, die ein
langer, faltiger Stulpenhandschuh bedeckt, schwingt
sie die Reitgerte, als wolle sie sie auf die Schulter
eines Übeltäters niedersausen lassen. — Ein dämo-
nischer Lebenswille glüht und blitzt in diesen Augen,
die kühn und gebieterisch in die Ferne schauen, erwartend, daß alles, was da nahe, sich ihrer Gnade
anheimgebe.

So hatte die alte Großmutter, die mit ihrem
Keifen und Schelten, ihrem Krückstock, ihren Likör-
gläsern und Tabatieren unheimlich und hexenhaft
in die frühesten Erinnerungen des jungen Mannes
hineinspukte, in ihrer Jugend ausgesehen. Sie war
der Unstern des Hauses geworden, denn sie, die vor
ihrer Hochzeit am sächsisch-polnischen Hofe eine hoch-
gefeierte Schönheit gewesen, hatte dem Vater die
Liebe zum Polenlande schon mit der Milch ihrer
Brüste zu trinken gegeben, daß er, der Edelmann
von deutschem Namen und ordensritterlicher Her-
kunft, mitten in einer deutschen Gegend lebend, das
Deutschtum zu verleugnen anfing und sein Herz an
die todgeweihte Sache der Polen hängte. — Wohl
war es ein deutsches Fräulein gewesen, mit dem
er an den Altar getreten war, aber er hatte sich
nicht entbrechen können, seinem ersten und einzigen
Sohne einen polnischen Namen anzuhängen, mit
dem er nun in einer Zeit überreizter Vaterländlerei,
wie mit einem Erbübel behaftet, umherlief. —

Aber was bedeutete der unschuldige Name Boleslav, verglichen mit jener ungeheuren Schmach, die

der Vater in seiner grimmerfüllten Polenliebe sich und seinem Geschlechte angetan hatte!

Nun war er tot, und „mit dem Toten soll man nicht hadern", sagte der Sohn jenes Vaters zu sich, aber in demselben Augenblicke überkam ihn mit ganzer Gewalt das Bewußtsein der Schandentafel, die er mit sich schleppte, wo er ging und stand, und von der keine Macht der Erde ihn je befreien konnte. Klagend und anklagend streckte er die Arme zu dem bläulich leuchtenden, mattgestirnten Himmel empor, als wollte er von der Seele des Vaters Rechenschaft heischen, die sich irgendwo in fernen Welten verkrochen.

Dann kam mit jähem Rückschlag ein weicheres Empfinden über ihn.

Er warf sich am Grabenrande in das taufeuchte Gras und preßte die Hände vors Gesicht. Ihm war einen Augenblick lang, als könnte er weinen, aber seine Lider blieben heiß und trocken. Zu schwer lastete der ahnende Druck dessen, was ihm bevorstand, auf seinem Gemüte. Er bedachte, wie grauenvoll verdüstert und verzerrt er in wenigen Stunden wiederfinden würde, was einst gebadet im Lichte sonniger Kindheit vor ihm gelegen hatte.

Denn auch ihm, dem einsamen, mutterlosen Knaben, hatte sie geschienen, die Kindheitssonne. Undank, Frevel wär's gewesen, das zu leugnen.

Durch Feld und Wald hatte er streifen dürfen, frei, ungebunden durch Essensstunde und Schlafenszeit, wie nur ein Räuber im böhmischen Walde oder

ein Trapper in Arkansas, denn um sein Kommen
und Gehen kümmerte sich niemand. — Wenn der
Maiwind über das Zittergras strich und die gelben
Falter von Blume zu Blume glitten, dann durfte
er zwischen Halmen und Blüten auf dem Rücken
liegen und zum blauen Himmel starren, solang es
ihm gefiel — vom Morgen bis in die Nacht hinein,
falls ihn nicht hungerte — es ging niemand was
an. Und wenn es ihm behagte, mit dem Schäfer
auf die Heide hinauszuwandern, sich aus dessen
Schnappsack mit Schwarzbrot zu nähren und seinen
Durst im Triftgraben zu löschen, so fand auch hier-
gegen niemand was einzuwenden.

Um das Schloß herum, das von seinem Hügel
weit in das Land hinaussah, schlang sich in fast ge-
schlossener Schleife mit steilen, umbuschten Ufern und
lauschigen Strandplätzen der blinkende, fröhliche Fluß.
Dort gab es immer etwas Neues. — Bald führten
die Knechte die Pferde zur Schwemme, bald wusch
der Gerber seine Felle, oder es galt, die Jungen
beim Angeln, die Mädel beim Baden zu belauschen....
Des Abends, wenn die Sonne hinter den Erlen-
stämmen drüben verschwunden war, trat das Wild
aus dem nahen Walde hervor, kletterte vorsichtig
die steile Böschung hinab und leckte mit schlürfender
Zunge das heißbegehrte Naß. Da galt es schweigend dazuliegen und halbe Stunden lang keine Zehe
zu rühren, denn beim geringsten Laut war das
märchenhafte Bild davongestoben wie ein Sturm-
wind. Und wenn nun gar der Mond am Himmel

aufstieg und ein Netz von silbernen Maschen über
die Wellen breitete — wenn die Erlenbüsche drein=
schauten wie weißverschleierte Prinzessinnen und die
lustigen Mägde drüben auf der Bleiche ihre traurigen
Lieder sangen, dann gab es nichts Herrlicheres auf
der Welt, als sich in dem Blätterdickicht zu vergraben
und, umgeben von tanzenden Mondlichtern, in den
Morgen hineinzuträumen.

Er ließ die Hände vom Gesichte sinken und starrte
mit wirren Augen um sich. Das Mondlicht schlief
auf den weißen Feldern, nur die Schatten der Bäume,
unter denen er saß, reckten sich mit ihren Zacken und
Erkern finster und drohend in das Bild lächelnden
Friedens hinein. Ein klägliches Geschrei, wie der
Jammerlaut eines weinenden Kindes, erhob sich in
der Ferne. Ein Junghäschen war's, das sich in den
Ackerfurchen verirrt haben mochte und nun hungernd
nach der Mutter schrie, ahnungslos, daß jeder Klage=
ruf seinen Mördern als Wahrzeichen diente.

Die Not der Kreaturen durchschauerte ihn. Er
erhob sich und wanderte weiter dem düsteren Ziele
zu. Auch seine Erinnerungen schritten vorwärts.

Es kam die Zeit, da der alte Pfarrer Götz ihn
in die Schule nahm und das weiße Haus zwischen
den Nußbäumen seine zweite Heimat wurde. Das
Vagabundieren hatte nun ein Ende, denn der graue
Feuerkopf hielt strenge Ordnung unter seinen Schü=
lern.

Es waren ihrer zehn oder zwölf, Kinder von
Bürgern und besser gestellten Handwerkern, Knaben

und Mädchen durcheinander. — Mit den Bauers-
kindern kam er natürlich nicht zusammen. — Die
wuchsen auf wie das liebe Vieh, denn der Lehrer,
welchen der Vater für sie eingesetzt hatte, ein ehe-
maliger Kämmerer, der durch den Trunk unbrauch-
bar geworden war, trieb sich während der Schul-
stunden in den Schenken umher.

Aus der Schar seiner Kameraden ragte vor allem
Felix Merkel hervor, der Sohn des Gastwirts aus
dem Dorfe unten, ein unbändiger Bursche, der schon
mit zehn Jahren lange Stiefeln tragen und nach der
Scheibe schießen durfte — und der mit seinen Fäusten
die ganze Schule im Bann hielt. Auch Boleslav,
der zwei Jahre jünger war als er, und dessen
stillerer Natur jenes breite, protzige Drauflosleben
gewaltig imponierte, verfiel seinem Einfluß, soweit
das Selbstbewußtsein des Herrensohnes und die
scheue Ehrfurcht, die sie alle, selbst Felix, ihm ent-
gegenbrachten, es erlaubte.

Felix wurde sein Lehrmeister in allen Künsten,
welche knabenhafte Ritterlichkeit sich zu eigen macht.
Er lehrte ihn Schwimmen, Rudern, Vogelstellen,
Feuerwerkmachen, Kaninchen schießen, selbst, wie
man Abends und zur Kirchenzeit die Gärten der
armen Bauern plündert, offenbarte er ihm. Und
obwohl das Obst, das er allstündlich im eigenen
Garten pflücken durfte, tausendmal süßer und saftiger
war als das holzige Zeug, das er heimlich und auf
halsbrechenden Kletterwegen gewann, so hätte er es
doch nicht übers Herz gebracht, diesen Raubzügen

fernzubleiben. Hinterher freilich faßte ihn eine quälende Scham, und meistens trug er den Leuten am
andern Morgen hundertfältig ins Haus zurück, was
ihnen Abends geraubt worden. — Nichtsdestoweniger
begegnete er finsteren Mienen und tückischem Lächeln,
denn des Vaters Faust lag schwer auf dem armen
Gesindel, das damals dem Gute noch fronen und
scharwerken mußte. . . . Was war natürlicher, als
daß der Haß, den der Vater gesät hatte, für den
Sohn zu einstiger Ernte üppig ins Kraut schoß? . . .

Die Gestalten der andern Gefährten, der Mädchen insbesondere, waren in seiner Erinnerung zu
Nebel zerflossen.

Bis auf eine natürlich.

Ihr Bild schimmerte mit sanftem Sternenscheine
durch das Herzeleid, das allgemach sein ganzes Dasein wie mit schwarzen Grabtüchern umhüllt hatte
und das selbst der heilige, sühnende Krieg nicht hatte
von ihm nehmen können. Ihr Bild hatte ihn in
die Schlacht geleitet und war nicht von ihm gewichen,
als er, an schwerer Verwundung daniederliegend,
langsam in den Tod hinüberzudämmern glaubte. —
In der Sehnsucht nach ihr floß das ohnmächtige
Glücksverlangen zusammen, das er sich immer noch
nicht abgewöhnen konnte. Als ob die Missetat des
Vaters ihm den Weg zum Glücke nicht unwider-
ruflich zerstört hätte.

Wie diese Liebe in seiner Brust herangewachsen
war, so mächtig, daß sie eines Tages die ganze Welt
mit ihrem Abglanz erfüllte, er wußte es selbst nicht.

Das blonde, kühle Pfarrerstöchterlein, das über keinen Graben zu setzen wagte, selbst wenn er ausgetrocknet war, das immer so furchtbar frisch gewaschen aussah und beim Versteckspiel sich nicht an den Kleidfalten wollte festhalten lassen, „weil sie ausreißen könnten", wie sie meinte, war ihm als Kind eigentlich immer fremd geblieben. Manchmal, wenn sie allein miteinander waren und Helene ihm die Herrlichkeiten ihrer Puppenstube zeigte, wo selbst die Wischläppchen gestickte Ränder und eine Namenschiffre trugen, schien es, als wollten sich ihre Herzen enger aneinanderschließen, aber meist benahm er sich dann in seinem freudigen Ungestüm roh und ungeschickt, denn ihr sanfter Tadel erinnerte ihn alsbald, daß er die Schranken durchbrochen, die ihre Freundschaft ihm gesetzt.

Dann pflegte er gekränkt und beschämt von dannen zu gehen und ihr fern zu bleiben, bis ihn nach etlichen Tagen ihr mildes, verzeihendes Lächeln wieder an ihre Seite rief. — Er zögerte nicht, denn es war eine lichte Hoheit in ihrem Wesen, die ihn stets wieder in ihren Bannkreis zog.

Felix war diese Anhänglichkeit ein Greuel. Er nannte Helene eine Zierliese und ärgerte sie, wo er nur konnte. Sie ihrerseits hatte eine unnachahmliche Art, mit gerümpftem Näschen über die Achsel hinweg scheinbar auf ihn niederzusehen, wiewohl er einen Kopf länger war als sie, und nur, wenn er's zu arg trieb, ging sie weinenden Auges, ihn beim Vater zu verklagen.

Mit zwölf Jahren verließ Boleslav die Heimat,
da die Verwandten seiner Mutter, die dem altpreußischen Beamtenadel angehörten, sich erboten hatten,
seine Erziehung zu leiten. Der Vater mochte froh
sein, ihn loszuwerden, denn der Lebenswandel, den
er seit dem Tode seiner Gattin führte, war nicht
dazu angetan, von einem Paar kluger, fragender
Kinderaugen mit angeschaut zu werden. Von seinen
Reisen in die Hauptstadt brachte er allemal fremde
Weiber mit sich aufs Schloß, und manche halb-
aufgeblühte Knospe, die im heimischen Erdreich auf-
gewachsen war, fiel seinen Wünschen anheim. Nicht,
daß er dies schamlos und öffentlich als frevlerisches
Gewerbe betrieben hätte, er liebte nur, sich keinen
Zwang aufzuerlegen, und schließlich war, was er
tat, nichts wie sein gutes Herrenrecht, das ihm von
Traditions wegen verbrieft war und dessen Aus-
übung im Grunde niemanden wunder nahm — wenn
nicht den Knaben, der nicht allzuselten Zeuge verliebter
Anfälle und tränenreicher Anklagen geworden war.

Auch sonst geschah mancherlei auf dem Schlosse,
was für sein Auge schlechterdings nicht geeignet
schien. Es kam just die Zeit, in welcher der Heerruf des großen Napoleon das elend geknebelte und
zerfleischte Polentum aus der Agonie emporriß. —
Unheimliche Regungen des neubelebten Kadavers
wurden beobachtet, so weit die polnische Zunge ihre
Zischlaute erklingen ließ, und schienen sich selbst
nach den rein deutschen Gegenden Ostpreußens fort-
zupflanzen.

Auf Schloß Schranden kehrten von Zeit zu Zeit
geheimnisvolle Fremde ein mit schlanken, schmieg-
samen Gestalten und scharfgeschnittenen, hohlen Gesichtern, die auf kleinen Wägelchen eilends das Dorf
durchkreuzten und bei Nacht und Nebel wieder ver-
schwanden.

Die Post brachte vielfach versiegelte Briefe mit
russischen Stempeln, und des Vaters Arbeitska-
binett blieb oft wochenlang vor jedermann verschlossen. Er selbst war finster und schweigsam
geworden, ging umher wie im Traume, und die
Striemen auf den Rücken seiner Knechte fingen an
sich zu entfärben.

Um diese Zeit also geschah's, daß Boleslav zu
den Königsberger Verwandten übersiedelte. Jahre
ruhigen, wohlbewachten Werdens und Reifens folgten
einander. Die Witwe des vormaligen Kanzlers versah Mutterstelle bei ihm, die vornehmsten Häuser
der Stadt standen ihm offen.

Bilder und Gestalten der Heimat begannen zu
erbleichen. Gelegentliche Besuche des Vaters zeigten
ihm nur, wie fremd er ihm geworden.

Da kam der fürchterliche Winter, in welchem die
Kriegsfurie die altpreußischen Provinzen verwüstete
und der Siegesschritt Napoleonischer Kohorten zwischen Weichsel und Memel widerhallte.

Hinter Königsbergs armseligen Wällen hatten
Scharen flüchtiger Provinzler vor dem andringen-
den Feinde Schutz gesucht. Jedes Haus war mit
Menschen vollgestopft bis zum Giebel, und auf den

Straßen loderten die Biwakfeuer im Freien kam-
pierender Soldaten.

Mitten in diesem Kriegslärm, zwischen Trom-
melwirbel und Wehgeschrei, war es Boleslav
vergönnt, den Traum der ersten Liebe zu durch-
träumen.

Er war jüngst sechzehn Jahre alt geworden,
und ein vielversprechendes Primanerbärtchen schimmerte bereits, wie mit Kohle angemalt, auf seiner
Oberlippe. Er kannte die Oden, die Horaz an
Chloe und Lydia gedichtet, auswendig, und was der
jüngst verstorbene Friedrich Schiller für Laura gefühlt, war ihm kein Geheimnis mehr.

Eines Januarabends, als er, aus dem Kneip-
höfischen Gymnasium heimkehrend, über den Schloß-
platz strich, wo russische und preußische Ordonnanzen
durcheinander jagten, sah er für einen Augenblick
zwei große, blaue Augen fragend und freundlich
auf sich gerichtet. Er fühlte sich rot werden, und
als er wagte, sich umzuschauen, waren die Augen
verschwunden. Am Abende darauf geschah dasselbe —
beim dritten Male fand er den Mut, ein wenig
besser aufzupassen, und sah, daß zu jenen Augen
ein zartes, blondes Angesicht gehörte mit schlankem
Näschen und einem Paar blasser, zierlich geschwunge-
ner Lippen, die ihn gar holdselig und ermunternd
anlächelten. Dies Angesicht erinnerte ihn an ein
altes Altarbild im Dome, darstellend die Jungfrau
Maria in einem schönen Garten voll steifer Lilien
und kurzgestielter Purpurrosen. — Auch an jemand

anders erinnerte ihn das Angesicht. Er wußte nur nicht, an wen.

Und wie er darüber noch mit sich zu Rate ging, überzogen die zarten Wangen des Jungfräuleins sich mit rosiger Glut, und die zierlichen Lippen lispelten: „Boleslav — bist du es?"

Nun freilich war er des Zweifelns ledig, und jubelnd rief er: „Helene — Helene — du?"

Hätte sie ihn nicht gar züchtig von sich abgewehrt, er würde sie auf dem weiten Schloßplatze, inmitten kichernder Dirnen und skandalierender Soldaten, an seine Brust gezogen haben. Und als sie nebeneinander in ein stilleres Gäßchen bogen, erzählte sie ihm, daß ihr Vater sie beim Anrücken des Feindes hierher gesandt habe, damit derselbe ihr kein Leids antue, und daß sie nunmehr bei einer alten Tante hause, die in einem Stift für unverehelichte Pfarrerstöchter eingekauft sei und gute Tage habe. Sie benutze die Zeit fleißig, um französische und Musikstunden zu nehmen, denn sie wolle sich dem Vater einstmals bei seinem Lehramte hilfreich erweisen, da sie doch wohl keinen Mann bekommen werde.

Das alles erzählte sie in einer sanften, altklugen Art, die ihm gewaltigen Respekt einjagte, und sah ihn dabei von der Seite mit einem ruhigen, zufriedenen Lächeln an. — Von seinem Vater wußte sie nichts zu sagen, — er habe sehr grimmig ausgesehen, als sie ihm das letzte Mal begegnet, auch sei sie schon lange ohne Nachricht von Hause, weil

dort der Franzos sich eingenistet habe und Nach-
richten nicht herüberkämen, aber der Felix Merckel
sei hier, den habe sie unlängst getroffen, er sei bei
einem Getreidehändler in der Lehre und benehme
sich wie ein großer Herr. Der werde gewiß kein
gutes Ende nehmen, wenn er schon als Lehrling
Zigarren rauche und türkische Halstücher trage.

Zum Schlusse gab sie ihm die Erlaubnis, sie am
Freitag bei ihrer Tante aufzusuchen, denn der Freitag wäre im Stift der Tag, an welchem Fremde
eingelassen würden. —

Als sie mit ihren trippelnden Schritten von
dannen ging, leise in den schlanken Hüften sich
wiegend, war ihm zu Mute, als hätte die Jungfrau
Maria aus jenem Altarbilde ihn mit ihrer hold-
seligen Erscheinung begnadet und kehre nun wieder
zu ihren Lilien und Purpurrosen zurück.

Am Freitag darauf zog er die Klingel des
Stifts. — Zwar zwischen Lilien und Purpurrosen
fand er sie nicht, aber zwischen einem Fuchsia- und
einem Geranienstocke, deren matte, verstaubte Blätter
sie gar lieblich umrahmten. Die Glut des Winterabends fiel durch die beeisten Fenster und breitete
rosige Schleier über ihr Angesicht. Vielleicht war's
auch die Freude des Wiedersehens, die sie erröten
ließ. — Die Tante, ein zahnloses, rostiges Alt-
jüngferchen, mit Schönheitsflecken und einem ge-
puderten Toupet, erschöpfte sich in Komplimenten,
gab dem vornehmen Besuch aus einer schönen
englischen Porzellanschale Schokolade zu trinken

und verschwand dann, als hätte die Erde sie ver=
schlungen.

O, welch eine Reihe wonniger, sonniger Freitage
das war, die damit ihren Anfang nahm! — Die
Krieger zogen zur Schlacht und kehrten wieder —
er sah sie nicht. — Die Donner von Eylau hallten
über die Stadt — er hörte sie nicht. Manchmal,
wenn er zum Himmel aufschaute, war's ihm, als
läge er tief, tief unten im blauen Meer, und die
Welt, in der er sonst gelebt, nähme erst jenseit jenes
azurnen Gewölbes ihren Anfang.

Daß er noch mitten in ihr steckte, ward ihm eines
Sonntagnachmittags klar, als die Tür seines stillen
Giebelzimmers, wo er träumend über seinen Büchern
saß, aufgerissen wurde, und mit anspruchsvollem
Lärm ein junger Himmelsstürmer, den er nicht
kannte, hereingepoltert kam.

„Hurra, mein Junge!" schrie der, die Arme
nach ihm ausbreitend, „seit einem Jahr such' ich
dich wie Feinsliebchens Busennadel und kann dich
nicht finden. Erst das fromme, blonde Kind, die
Helene, hat mich auf den Weg gebracht."

Er war's wirklich, der tolle Felix, und das
türkische Halstuch, von dem die Geliebte gesprochen,
flatterte in zwei genialischen Zipfeln über beide
Schultern hinweg.

Die Begrüßung ward von seiten Boleslavs herz=
licher erwidert, als er selbst vor wenig Wochen
für möglich gehalten hätte; aber seit ihm durch
Helene die alte Heimat aufs neue lieb und lebendig

geworden, war auch der einstige Freund seinem
Herzen wieder nahegerückt.

Der nahm ohne viel Umstände auf dem Ruhe-
bette Platz, und indem er sich in den ledernen
Polstern streckte, betrachtete er staunend den behag-
lichen Raum, der ihm als Verkörperung üppigsten
Prunkes erscheinen mochte.

„Du hausest ja hier wie der verwunschene Prinz
im Paradiese," rief er, „das lob' ich mir, als Junker
auf die Welt zu kommen, während unsereins — ja
Kuchen —!"

Und er spie einen Strahl braunen Speichels
durch die Vorderzähne vor sich hin, wie er's von
den Matrosen auf der Lastadie gelernt haben
mochte.

Von nun an kam er häufig in Boleslavs stille
Klause, aß die guten Bissen weg, welche die Tante
ihm heraufschickte, borgte sich Geld und Bücher von
ihm und machte ihn mit den Mysterien des Hafen-
viertels bekannt. — Kurz, er benahm sich wie alle
„Weltmänner" von fünfzehn bis neunzehn Jahren,
denen tiefere und stillere Naturen Einfluß auf sich
einräumen.

Oft war Boleslav im Begriffe, ihn zum Vertrauten seines Herzensgeheimnisses zu machen, aber
im entscheidenden Momente konnte er das rechte
Wort nicht finden, und darum unterblieb es, bis
Felix ihn eines schönen Tages mit der Äußerung
überraschte: „Wenn du etwa glaubst, daß ich nicht
sehe, wie du bis über die Ohren in unsere frisch

gewaschene Ehrenjungfrau verschossen bist, so irrst
du dich."

Er, dem Zorn und Scham das Blut in die
Wangen trieben, verbat sich ernstlich jedes despektier-
liche Wort über Helene. — Freund Felix schnitt
zwar eine Grimasse, aber er ließ sich nicht mehr
einfallen, die Geliebte zu bespötteln. — Er hatte
neuerdings die Absicht, als Midshipman in englische
Dienste zu treten, „um das unterliegende Vaterland
an dem Tyrannen zu rächen", wie er sich aus-
drückte, und Boleslav schaute seitdem mit doppelter
Verehrung zu ihm empor.

Da kam der Tag, an welchem der Freund ohne
Handschlag, ohne Gruß an ihm vorüberging; nur
ein verächtliches Achselzucken belehrte ihn, daß er
gesehen worden. — Fassungslos starrte er dem
Davoneilenden nach, der nicht rasch genug aus seiner
Nähe entkommen zu können schien.

Was war geschehen?

Am selbigen Abend schrieb er unter strömenden
Tränen einen Brief, worin er Aufklärung und
Rechenschaft forderte.

Noch ehe die Antwort eintreffen konnte, kam
ein Bote mit einem Paket ihm gehöriger Bücher
und einem Briefe, welcher lautete:

       Sr. Hochgeboren
          Herrn Boleslav von Schranden
                       hier.

Ew. Hochgeboren mache die untertänige Mitteilung, daß nach den Ereignissen, welche sich in

Schranden zugetragen haben, ich es unter meiner
Würde erachte, einen Verkehr zu pflegen, welcher
meinem Patriotismus ins Gesicht schlagen würde.
Anbei die entliehenen Bücher ergebenst retourniert.
Das Geld folgt, sobald ich es mir erhungert haben
werde. — Der Bote erhält fünf Silbergroschen.
    In Untertänigkeit
        Ew. Hochgeboren
           demütiger Diener
              Felix Merckel.

Boleslav war zu Mute, als hätte er hinterrücks
einen Faustschlag erhalten. Er schämte sich so sehr,
daß er tagelang keinem Menschen ins Gesicht zu
sehen wagte. Endlich faßte er sich ein Herz und
beschloß, Helenen zur Mitwisserin seiner Leiden zu
machen. Sie würde am besten Erkundigungen ein-
ziehen können, die ihn aus seiner Ungewißheit be-
freiten.

Trotz ihres Verbotes, sie auf der Straße anzureden — sie fand eine solche Annäherung nicht ge-
ziemend, seit er im Stifte verkehren durfte — lauerte
er ihr auf und zeigte ihr den Brief. — Sie tröstete
ihn mit ihrem milden Lächeln, war aber selber ratlos. Der Brief, den sie vorige Woche von ihrem
Vater erhalten, hatte von nichts anderem zu erzählen
gewußt als dem unglücklichen Gefechte, welches im
Walde hinter Schranden stattgefunden habe und
wobei die preußischen Soldaten jämmerlich zuge-
richtet worden seien. Das hatte übrigens schon in
den Zeitungen gestanden.

Ein Mittel gab es allerdings, die Wahrheit zu erfahren. Helene brauchte nur am Pregelstrome entlang zu gehen, wo die Lehrlinge der großen Speditionsgeschäfte, die mit Ausnahme weniger brach lagen, ihre freie Zeit zu vertrödeln pflegten. Sie tat es ungern, aber sie tat's. —

Fiebernd in Angst harrte er an der nächsten Brücke auf die Kunde, die sie ihm brachte.

„Ein Wichtigtuer ist er," sagte sie, als sie langsam, aber mit tiefgeröteten Wangen des Weges daherkam, „und das sind sie alle, die Herren Handlungslehrlinge. Als ob ich mir von solchen den Hof machen lassen wollte." Und sie lächelte gar verschämt in ihr blauseidenes Ridikül hinein. „Aber du kannst dich beruhigen, lieber Boleslav. — Es hat nichts weiter auf sich. — Seit er Midshipman werden will, ist ihm die Vaterlandsliebe zu Kopfe gestiegen."

„Was hab' ich mit seiner Vaterlandsliebe zu tun?" fragte Boleslav. „Ich hasse den Bluthund, den Bonaparte, gerad' so wie er."

Helene schwieg und zupfte an ihrem Mäntelchen, das der eisige Winterwind ihr um die schmalen Lenden peitschte. „Auf mich darfst du bauen," fuhr sie dann fort, „ich werd's dir niemals nachtragen."

„Um Gottes willen — was?"

Und endlich kam's ans Tageslicht.

„Du mußt dir's nicht zu Herzen nehmen, lieber, teurer Boleslav — im Dorf nämlich erzählen die

Leute sich, daß dein Vater die Franzosen bei Nacht
und Nebel über den Katzensteg weg den Preußen
in den Rücken geführt hat — siehst du — und die
braune Regine, die Tischlerstochter, weißt du, die
kleine, krausköpfige, mit der wir zusammen in die
Schule gegangen sind, die soll's gestanden haben,
denn die ist der eigentliche Wegweiser gewesen.
Und nun sagen die Leute, dein Vater sei ein Vaterlandsverräter, und wollen nicht mehr bei ihm arbeiten und wollen ihm den roten Hahn aufs Dach
setzen."

Das war's. Das war die Stunde, in welcher
Lebenslust und Lebensmut von ihm abfielen wie
im Mai die Blüten vom sturmgerüttelten Baum.

Vorüber — vorüber ihr Bilder in schweigender
Qual — fort mit euch, ihr Erinnerungen dumpfer
Verbrecherangst und allzerfressender Scham.

Es dauerte lange, bis das Gerücht des Verrats
auf öffentlichen Wegen bis nach Königsberg durch-
sickerte. Monate vergingen, ehe die ersten unheilkündenden Anzeichen sich fühlbar machten. Sie
hatten genügt, um sein Wesen von Grund auf zu
verwandeln. Scheu und linkisch, mit unstetem Blick
und jäh wechselnden Farben, drückte er sich in den
Winkeln umher, zusammenzuckend bei jeglichem
Worte, das unversehens an ihn gerichtet wurde.
Dann kamen Tage, da die Lehrer anfingen ihn zu
übersehen, und die Kameraden von ihm fortzu-
rücken — Tage, an denen die Tante sich den ge-
wohnten Morgengruß verbitten ließ, weil sie leidend

wäre — Tage, an denen bei verschlossenen Türen
Familienrat abgehalten wurde, an denen die Be=
dienten begannen, seine Wünsche zu überhören, und
von Zeit zu Zeit jemand im Vorübergehen an seine
Tür spie.

Er sah es herankriechen, das kalte, klebrige Ge=
würm, das da nahte, ihm die Glieder zu knebeln,
ihm das Blut in den Adern gerinnen zu machen.
Er sah das Rollen seiner Ringel, er hörte das
Schlürfen, mit dem es sich näher schob — und
wehrlos, gebannt, versteinert starrte er es an, ohne
zu einer Frage, einem Aufschrei, einem Seufzer nur
den Mut zu finden.

Auch Helene hatte er verloren. — Nicht durch
ihre Schuld, beileibe nicht. Sie litt es nach wie
vor, daß er an Freitagen die Klingel des Stiftes
zog, sie sprach freundlich zu ihm, ja sie versuchte
sogar, heiter zu sein und ihn mit sanften Scherz=
reden zu zerstreuen; aber war es nun, daß er selbst
sich so gar verändert hatte und, wie die ganze übrige
Welt, so auch die Geliebte nur durch einen Schleier,
gewoben aus Scham und Angst, zu sehen vermochte,
oder hatte sie in der Tat seit jenem Tage einen
Ton schonenden Mitleids gegen ihn angeschlagen,
kurz — er fühlte sich immer beklommener werden
und wagte kaum mehr zu ihr emporzuschauen. —

Eines Tages empfing ihn statt ihrer das alte
Stiftsfräulein. Sie knickste und lächelte wie immer,
sie nannte sich wie immer seine tiefergebene Dienerin,
aber was sie ihm eröffnete, hieß Auseinandergehen.

Der Pfarrherr, ihr geliebter Neffe, so brachte sie stotternd zum Vorschein, habe den Verkehr zwischen seiner Tochter und dem hochgeborenen Junker nicht länger für passend erachtet und infolgedessen bestimmt, daß selbige die Stadt Königsberg so bald als angänglich verlasse.

Ein Briefchen, mit blauem Lack gesiegelt, das war ihr Abschiedsgruß.

Lieber, lieber Boleslav!

Mein Vater befiehlt mir, Dich zu meiden, und ich muß ihm gehorsam sein. Lebe wohl. Ich werde Dich immer, immer lieb haben. Das schwört Dir
Deine
Helene.

Sechs flüchtig geschriebene Zeilen sind magere Wegzehrung für ein Leben voller Sehnsucht und Entsagung. Aber durfte er Besseres verlangen? War es nicht Liebe und Treue übergenug, daß sie versprach, an ihm festzuhalten, da alles, alles vor ihm, dem Enterbten, zur Seite wich?

Fortan gedachte er ihrer wie einer Verklärten, einer Heiligen. Ihr Bild floß ihm mit dem der Jungfrau Maria zusammen, das er im Dom gesehen, und wenn er ihrer gedachte, erblickte er sie mit einem Glorienschein geschmückt, von Lilien und Purpurrosen umgeben.

Wäre er nicht gar so blutjung gewesen, Egoismus und Energie hätten ihm über den erschlaffenden Kummer hinweggeholfen, aber in dem kindlichen Respekte, den er noch immer lähmend auf sich lasten

fühlte, wagte er von dem Vater nicht einmal Ge-
wißheit, geschweige denn Rechenschaft zu fordern.

Erst dessen plötzliches Erscheinen rief ihn zum
Widerstande auf.

Er war jetzt siebzehn Jahre alt und hätte in
etlichen Monaten die Universität beziehen können,
wenn ihm nicht zu wiederholten Malen nahegelegt
worden wäre, daß der Anstalt sein Austritt
wünschenswert erschiene. Auch die gütige Tante,
die bisher ängstlich vermieden hatte, jenes Gerücht
zu erwähnen, unter dessen Drucke sie selber namen-
los litt, hatte schonend die Zweckmäßigkeit seiner
Entfernung zur Sprache gebracht.

Unter anderen Verhältnissen hätte sein Eifer,
seine Ehrbegier sich gegen ein solches Ansinnen auf-
gebäumt, jetzt fühlte er nichts wie namenlose Bitterkeit und hegte nur den einen Wunsch, sich mit seiner
Schande zu verkriechen, wo keines Menschen Aug'
ihn sähe.

In dieser Verfassung stand er eines Tages seinem
Vater gegenüber.

Der war gekommen, sich gegen seine aufsässigen
Bauern Rat und Recht zu holen, und hatte alle
Türen verschlossen gefunden. Er schäumte vor Wut,
sein ganzes Wesen schien in verzweifeltem Trotze
untergegangen zu sein. Beim Anblick der kurzen,
gedrungenen Gestalt mit dem Stiernacken und den
grauen, funkelnden Augen im roten, aufgeschwemmten
Gesicht kam die alte Knabenangst noch einmal über
ihn. Er raffte alle seine Kraft zusammen; die

verhängnisvolle Frage wollte ihm nicht über die Lippen.

„Vater — ist es wahr, was die Leute" — — —

In den grauen Augen erglomm eine Flamme wilden Argwohns.

„He — was erzählen sich die Leute?" —

„Daß du die Franzosen hast über den Katzensteg führen lassen?" —

„Und wenn's wahr wäre, du Gelbschnabel? Wenn ich das zertretene Polenvolk an dieser feigen preußischen Diebsbande hätte rächen wollen? Diesen stumpfen, trägen Knechtsseelen, denen nur ihr Recht geschähe, wenn der große Napoleon sie samt und sonders aufknüpfen ließe! — Stier mich nicht so an, du Schlingel! Was ich getan habe, war heiligste Menschenpflicht.

Die Kettenbeladenen haben mich angefleht, die Gegeißelten haben zu mir geschrieen: Rette uns — rette uns! — Retten konnt' ich sie nicht, das blieb einem Größeren vorbehalten, aber helfen konnt' ich ihm, jenem, der als Racheengel über das verluderte Europa hinbraust — helfen konnt' ich ihm, die Frevler zu vertilgen, wo ich sie in meine Hand gegeben sah."

So sprach er, und seine kurze Gestalt schien zu wachsen. — Aus seinen Augen schossen Blitze. Der Dämon Fanatismus, der seiner Himmelsschwester Begeisterung so ähnlich sieht, breitete seinen rotglühenden Mantel über ihn.

Schaudernd wich Boleslav zurück. Er fühlte es

tief, zwischen ihm und diesem Manne war jedes Band zerschnitten.

„Mögen sie doch munkeln," fuhr er fort, „mögen sie sich doch die Ellenbogen in die Seiten bohren, wenn sie mich sehn, ich schere mich den Teufel drum. — Sie wagen sich ja doch nicht an mich 'ran, solange der korsische Löwe sie zwischen seinen Tatzen zappeln läßt. — Und schließlich, wer kann's mir beweisen? Hätte das dumme Ding, die Regine, sich von ihrem Vater nicht ins Bockshorn jagen lassen, jedermann würde annehmen müssen, der Oberst Latour, der ein findiger Kopf ist, hätte den Weg übern Fluß und durch den Wald allein gefunden. Nun hab' ich sie dafür auf dem Halse — die Kröte. Und die Bauern sind selbst mit dem Kantschu nicht mehr zu bändigen, so innig lieben sie mich seither. Wenn es wahr ist, was die Blätter erzählen, daß die Meute demnächst vom König losgelassen werden soll, dann zerfleischt sie mich ohne Besinnen. — Kannst dir gratulieren zur Erbfolge, mein Jungchen."

Das waren die letzten Worte, die er von seinem Vater vernommen, denn das Gespräch, das auf seinem Arbeitszimmer stattfand, wurde in diesem Augenblicke durch den Eintritt der Tante unterbrochen. — Die alte, vornehme Dame wich vor der roten, knorrigen Hand des Vaters, die sich ihr grüßend entgegenstreckte, zurück, wie man vor einem giftigen Reptil zurückweicht, und bat ihn dann, ihr Grauen bezwingend, um wenige Minuten geheimer Unterredung.

Was hier über sein Schicksal beschlossen wurde,
ist ihm allezeit unklar geblieben, denn noch ehe die
kurze Frist verstrichen war, lag sein bisheriges
Leben wie ein herzbedrückender Traum weit hinter
ihm, er aber stand auf der Straße und überlegte,
durch welches Tor er in die Weite wandern sollte.

Das Ende der abenteuerlichen Wanderschaft war
ein kleines Gut in einem Winkel Litauens, wo
man ihm Ruhe und Arbeit gönnte und ihm Gelegenheit gab, sich zu einem tüchtigen Landwirt aus-
zubilden.

Jahre verstrichen. Sie waren ein unablässiger
Kampf um den Bissen täglichen Brotes, ein Kampf,
der ihm zwar Not und Niederlagen in Fülle, doch
keine Schande, keine Verletzung seines Ehrgefühles
eintrug. Denn er hatte seinen Namen abgelegt.
Hätte er gleichzeitig auch seine Erinnerungen ab-
streifen können, wie man ein besudeltes Kleid ab-
streift, ihm wäre wohler gewesen.

Doch fort und fort schleppte er das Bewußtsein
des Schimpfes mit sich, der an ihm klebte. Die
Vaterlandsliebe, die früher ruhig und selbstsicher in
seinem Herzen geschlummert hatte, war zu quäleri-
schem Leben erwacht und wuchs und schwoll empor
und ward ein Dämon, der ihn mit Geißelhieben
von Ort zu Ort trieb, das Blut aus seinen Wangen,
den Schlaf aus seinen Augen scheuchte. Viel fehlte
nicht, daß er sich, sich selber die Schuld an Preußens
Unglück zumaß.

Nur einmal in der ganzen Frist war über die

Heimat Kunde zu ihm gedrungen. Er las in der Königsberger Zeitung, daß das Schrandener Schloß, welches im Winter des Jahres sieben so traurige Berühmtheit erlangt habe, samt den Wirtschaftsgebäuden niedergebrannt sei.

Da hatte er die Hände gefaltet, und ein Stammeln, das fast wie ein Dankgebet klang, war seinem Munde entglitten.

Sühne — Sühne um jeden Preis!

Aber noch war nichts gesühnt, noch wand sich das zu Boden geworfene Vaterland unter den Sohlen des Diktators.

Da kam der Untergang der großen Armee auf den Schneegefilden des Ostens — und Preußens Erhebung folgte hinterher.

Das war's! Sterben, sterben, mit dem eigenen Blute sühnen, was der Vater verbrochen.

In dem freiwilligen Jäger Baumgart, der am 5. März 1813 in Königsberg einritt, erkannte keiner den jungen Freiherrn Schranden, der vor der Schmach des eigenen Namens just vor fünf Jahren davongeflohen war. Und gab es doch manche unter denen, die ihm heute zujubelten, welche ihn einst von dannen getrieben ... Einem Häuflein wackerer Bauernsöhne, aus deren Munde der Klang der verlorenen Heimat ihm anheimelnd entgegenscholl, schloß er sich an. Er wurde ihr Freund, ihr Führer — bis ein altbekanntes Gesicht, das mitten im Kampfgewühle neben ihm auftauchte, ihn wie einen Verbrecher von dannen scheuchte.

Felix Merckel hätte nicht gezögert, den Kameraden zu verraten, wer es war, der sie zum Kampfe führte.

Was von nun an geschah, war zu einem dumpfen Traum voll Blut und Qualm zusammengeflossen, aus dem zwischen Salvengeknatter und Todesgestöhn nur die eine fürchterliche Frage sich heraushob: Lebst du noch immer?

Und diese Frage war der erste Gruß des wieder errungenen Lichtes, als er nach monatelangem Kampfe zwischen Sein und Nichtsein zum Bewußtsein zurückkehrte.

Für ihn war kein Frankensäbel geschliffen, keine Frankenkugel gegossen worden. Die einzige Sühne, die seinem Gewissen vollgültig erschienen, blieb ihm versagt.

Harrte eine andere, schwerere Sühne seiner, da er nun dem Lichte des grauenden Morgens und den dunkelnden Wäldern der Heimat entgegenschritt?

IV.

Es war acht Uhr Morgens, und die Sonne begann heißer herabzubrennen, als Boleslav, den verwilderten Forst verlassend, die Heimat vor sich ausgebreitet sah.

Seit zehn Jahren hatte er ihren Boden nicht mehr betreten.

Dem ersten wilden Impulse folgend, erhob er die Fäuste und schüttelte sie nach dem Dorfe hin, das — ein verlogenes Idyll — mit seinen weißen Spielzeughäusern und seinen grünbuschigen Gärten, mit seinen friedlich sich kräuselnden Rauchsäulen und seinem bläulich schillernden Kirchturme in heiterster Morgenruhe dalag.

Dahinter — schwarz mit goldgelben Rändern — die mächtigen Baumgruppen des Schloßparkes, der sich am östlichen Abhang des Hügels hinzog, aber das Schloß selbst, welches den Hügel krönte, und dessen gelbe, pyramidenhaft gegiebelte Zwillingstürme das Land weit hinaus beherrscht hatten — wo war es geblieben?

Hatte die Erde sich aufgetan und den Riesen verschlungen?

Erstaunt, entsetzt war er zurückgefahren. Und

dann erst besann er sich: „Ja doch — sie haben's
ja niedergebrannt!" Hatte er selbst nicht oft genug
mit bitterer Befriedigung der Schreckenstat gedacht,
die das Erbe seiner Väter verwüstete?

Allein jetzt, da er die Brandmale leibhaftig vor
sich liegen sah, jetzt kam ein dumpfer, gärender
Ingrimm über ihn.

„Mordbrenner!" schrie er und schüttelte die
Fäuste zum andern Mal gegen die Heimstätten seiner
Feinde.

Seiner Feinde? Ja, er fühlte es klar in plötzlich aufleuchtender Erkenntnis. Des Vaters Feinde
waren auch die seinen.

Er hatte sie geerbt — zusammen mit diesem
wilden Forst, mit diesen brachliegenden Feldern,
zusammen mit jenem rauchgeschwärzten Stumpfe —
jetzt erst gewahrte er ihn — der wie eine verstüm-
melte Riesenhand sich anklagend gen Himmel hob.

Zusammen freilich auch mit jenem fluchwürdigen
Verbrechen, das er selbst verabscheute wie keiner
sonst auf Erden, und unter dem er litt wie keiner
sonst auf Erden. Mochte er anstatt der Kindesliebe
allzeit nur lähmende Furcht empfunden haben, mochte
er seit Jahren sich losgelöst fühlen von allem, was
Gott und Gemüt und Gesittung von nachkommenden
Geschlechtern gebieterisch fordern, das Blut des
Vaters, das ererbte, es ließ sich nicht zum Schweigen
bringen. Das toste und quirlte und schäumte empor gegen die Unbill, die seinem Stamme angetan
worden.

Aus seinen Augen brach eine wilde Glut, seine
Linke tastete zitternd nach der Ledertasche, die von
seiner Achsel herniederhing, und aus welcher zwei
Reiterpistolen ihre gezahnten Kolben hervorstreckten.

„Unbegraben?" knirschte er, die eine der Pistolen
umklammernd, „unbegraben soll er bleiben? — Das
wollen wir sehen — das wollen wir sehen!" —

Und ein bitteres Gelächter ausstoßend, schritt er
mit harten Tritten zum Dorfe hinunter. — — —

Menschenleer — von grellem Sonnenscheine überflutet, lag die lange Straße, die einzige des Dorfes,
vor ihm ausgebreitet. Die glatten Wagengeleise
glänzten in dem fetten Lehmboden, als wären sie
aus Glas geschliffen. Flaschenscherben und Fetzen
von alten Besen füllten die Vertiefungen, in denen
sonst Tümpel sich ansammeln mochten. —

Rechts und links unter Linden und Kastanien-
bäumen, welche die grüngelben, herbstlich angefresse-
nen Blätter hängen ließen, lagen die strohgedeckten
Hütten der Bauern, die, mit Ausnahme weniger,
alle dem Schlosse hörig gewesen waren, und welche
erst seit den neuen Gesetzen sich von ihren Pflichten
losgelöst und den Freien zugesellt hatten. Hie und
da war ein neuer, grellgestrichener Zaun hinzuge-
kommen, der das frischerrungene Besitztum von
dem Reste der bewohnten Erde trotzig abzusondern
schien, sonst hatte der neue Zustand alles beim alten
gelassen. In den Vorgärten blühten Sonnenblumen
und Raute, ganz wie ehedem, und zwischen den
Fenstern waren nasse Betten zum Trocknen auf-

gehängt, ganz wie ehedem. Nur die Zahl der
Schenken hatte sich vermehrt. Boleslav zählte deren
drei, während früher der Adlerwirt allen Bedürf-
nissen des Ortes genügt hatte.

Näher dem Kirchplatze zu begannen die weißen
Häuschen der freien Handwerker sich aneinanderzu-
reihen, der „Bürger", wie sie genannt wurden,
welche dem Schlosse Grundzins zahlten und dafür
die Befugnis hatten, ihre Gemüsebeete nach Belieben
zu beackern. Da waren zwei Schmieden mit ihren
„Walmen" und den auseinandergetretenen und in
den Boden gestampften Schlackenhaufen; da waren
ein paar Schuster, ein Stellmacher, ein Korbflechter,
— da war auch — —

Er hielt inne und ließ die Augen auf einer verfallenen und verwilderten Hütte ruhen, der elendesten
in der ganzen Reihe, über deren Tür ein schmutzig
grünes Schild die halberloschenen Worte trug:
„Hans Hackelberg, Orts- und Gemeindetischler."

Ein grüngestrichener Sarg, der von hohem
Ständer auf den wüsten Vorgarten herniederblickte,
galt als sinnreiche Erläuterung für alle, die nicht
lesen konnten.

Mit diesem Ständer verband sich in Boleslavs
Erinnerung ein merkwürdiges Bild, das bei seinem
Anblicke aus der Vergangenheit emportauchte: Er
sah ein kleines, schmutziges Mädel mit großen,
dunklen, tränenüberströmten Augen und einem Walde
wirrer schwarzer Locken um Wangen und Schultern
herum, das sich mit der Linken an diesen Pfahl ge-

klammert hatte und mit der Rechten den Zipfel
einer blauwürfligen Latzenschürze krampfhaft gegen
den Busen preßte, während ein Haufe schreiender
Rangen mit Stecken und Steinwürfen auf sie ein-
drang. — Wiewohl er dazumal nicht viel größer
gewesen sein mochte als sie, hatte bei seinem Nahen
der Haufe doch scheu und verstummend Platz gemacht. Er war ja der „Junker", der mächtige, der
seinem Vater nur ein Wort zu sagen brauchte, um
Segen oder Fluch auf einen jeden herabzurufen.
„Was gibt's da?" hatte er gefragt, und darauf
war das verfolgte Kind demütig an ihn heran-
getreten, hatte die Schürze ein wenig gelüftet, gerade so weit, daß er hineinschauen konnte, und hatte,
die feuchten Augen flammend zu ihm aufgeschlagen,
in bitterem Zorne gesagt: „Kiek, den wollen sie mir
wegnehmen."

In der Schürze aber hatte ein armer junger
Spatz gesessen, der irgendwo aus dem Nest gefallen
sein mochte.

„Gib ihn mir," hatte er gesagt, denn er liebte
die jungen Vögel. Da hatte sie willig die Schürze
ausgebreitet, so daß er nur zuzugreifen brauchte.
Und er tat's und bedankte sich nicht einmal, denn
er war ja der Herr. Er hatte der Geberin auch
nicht weiter gedacht.

Also — das war sie, jenes Frauenzimmer, von der
die Leute zu erzählen wußten, daß sie den Franzen
den Weg gezeigt, und daß sie als des Vaters Geliebte bei ihm gehaust hätte bis an seines Lebens Ende.

Warum nur hatte er ihr damals beistehen müssen?
Warum hatte er nicht lieber die Rangen auf sie
gehetzt? Vielleicht — daß ein Steinwurf ihre Stirn
getroffen und diesem giftigen Dasein zur rechten
Zeit ein Ende gemacht hätte!

Er schritt weiter. Hie und da schaute durch die
kleinen, blinden Fenster ein schmutziges Gesicht in
stumpfer Neugier nach ihm aus, hie und da bellte
ein Köter ihn an, sonst blieb er unbehelligt. Wer
sollte ihn auch erkennen?

Beim Anblick des Pfarrhauses, das mit seiner
bogigen Veranda, seinen Blumenrabatten und den
Nußgesträuchen ringsherum genau so still und friedlich dalag, wie an dem Morgen, da er mit einem
Seufzer der Erleichterung dem Regimente des gestrengen Pfarrherrn entfliehen durfte und Helene
mit ihrem weißen Batisttüchlein grüßend hinter
dem Reisewagen herwinkte, machte er halt und sah
sich mit finsterer Stirn nach einem Seitenwege um,
der ihm das Vorübergehen ersparte.

Ihm war, als müßte sie noch immer auf dem
Rasenhügel stehen und mit wehendem Tüchlein nach
ihm ausschauen.

Noch aber durfte er ihr nicht entgegentreten.

Links führte ein Pfad zu dem Flusse hinunter,
welcher das Gebiet des Schlosses von dem der
Dörfler trennte. Hierhin lenkte er den Schritt.

Da sah er zum erstenmal in vollem Umfange
das schreckliche Bild der Verwüstung, welches der
Brand geschaffen hatte.

Statt der Scheunen und Stallungen, welche sich am jenseitigen Ufer entlang gereiht hatten, erhob sich eine langgestreckte Trümmerreihe, — geborstene Mauern, angekohlte Balken — alles mit Schöllkraut und Fettehenne überwachsen. Dahinter — wo Mauerspalten den Blick hindurchließen — der Hofplatz, in ein hügeliges, unkrautbestandenes Schuttlager verwandelt, und endlich auf der Höhe des Hügels, von den starrenden Ästen erstorbener Ulmen vergittert, eine schwarze Riesenruine mit phantastisch ausgezackten Mauerrändern — das Schloß.

Schlaff sanken ihm die Arme am Leibe herunter — ein Stöhnen nach Rache entrang sich seiner Brust.

Mühsam schleppte er sich am Ufer des Flusses entlang nach der Zugbrücke hin, welche den einzigen Zugang zu der Insel bildete, denn in eine Insel war noch zu Zeiten des Großvaters durch eine kurze Kanalanlage der ganze Schloßbereich verwandelt worden.

Die Brücke wenigstens war noch vorhanden.

Mit ihren grauen, ausgefaserten Balken hing sie wie ein Überbleibsel aus ferner Vorzeit über den schwarzen plumpen Pfählen, an deren Fuße die Wellen sich gurgelnd brachen. Die rostigen Ketten waren gestrafft. Ein Spalt von zwei oder drei Fuß Höhe — noch gerade mit einem Sprunge zu überwinden — trennte die Bohlen des festen Lagers von dem darüber schwebenden Brückenrande. — Es schien, als hätte jemand versucht die Brücke aufzuziehen und wäre dabei erschlafft.

Boleslav sprang hinauf und trat durch das steinerne Gerüste des Tors, dessen eisenbeschlagene Flügel halbverbrannt in ihren Haspen hingen.

Plötzlich hörte er zu seinen Füßen einen kurzen, klirrenden Laut, ähnlich dem Schnellen einer Bogensehne. Erschrocken hielt er inne und sah den eisernen Halbkreis eines Fuchseisens, das in den Schutt hineingegraben und sorgfältig mit Reisig bedeckt war. Die langen, spitzen Zähne der eisernen Kiefern hatten sich fest ineinander gebissen. Wie durch ein Wunder war er dem Unfall entgangen, der ihn für Wochen hinaus aufs Krankenlager geworfen hätte.

Vorsichtig mit dem Stocke den Boden abtastend, schritt er über den wüsten Trümmerplatz, auf dem zwischen den Ruinen hie und da ein zerfallender Arbeitswagen oder die morschen Dauben eines Branntweinfasses, von einem verrosteten Reifen noch mühsam zusammengehalten, wie zum Hohne emporragten.

Er schritt den Hügel zum Schlosse hinan, wo mannshohes Gestrüpp die Pfade verlegte. Noch zweimal spürte er Fuchsfallen auf, welche ihren mageren Rachen gierig nach ihm aufsperrten. Der ganze Hofraum schien damit bepflanzt — das einzige Zeichen von Kultur, das er bisher bemerkt hatte. —

Mit klaffenden Fensterhöhlen und zerborstenen Mauern lag das Schloß vor ihm, das gänzlich zur Ruine geworden war. Haufen herabgefallenen Gerölles, Stuck und Ziegel durcheinander, mit Wegerich bewachsen, bildeten einen natürlichen Damm rings

um die Fundamente herum. Die Rampe mit ihrem
darüberhängenden Balkon war zu einer Laube ver-
wachsen, deren wucherndes Blattwerk schier undurch-
dringlich schien.

Mitten in dem grünen Geranke hing eine weiße
Tafel, welche die von des Vaters Hand geschriebenen
Worte trug: „Vorsicht — nicht betreten —"

Ein Schauern ergriff ihn, als er so nach sechs
Jahren das erste Lebenszeichen des Mannes vor
sich sah, dem er das eigene Leben verdankte, und
den er nun begraben kam.

Wenige Minuten noch, und er wird vor seiner
Leiche stehen.

Wo aber war die zu finden? Wo mochte er im
Leben gehaust haben? In all diesen Ruinen war
keine Tür, kein Fenstergerüste, keine Spur einer
menschlichen Wohnung zu entdecken.

Er machte kehrt und schritt langsam um die
Fassade des Schlosses herum, an den Türmen vorüber, welche das Giebelende flankierten und deren
schwarzes Steingefüge der nachwachsende Efeu aufs
neue zu beleben begann, einen schüchternen Schein
friedlicher Wehmut darüber breitend. Der Park mit
seinen Baumriesen und seinem Dickicht wuchernden
Unterholzes lag in engem Bogen vor ihm.

Da sah er etwa dreißig Schritte vor sich auf
dem Rasenplatze, auf welchem ehemals die Statue
der Göttin Diana gestanden hatte — der verwit-
terte Sockel und die Steinbrocken im Grase waren
wohl Überbleibsel davon — ein Weib , , , ein

schlankes, kräftiges Weib mit krausen, dunklen Flechten, welches nur mit einem roten Wollenrock und einem Hemde angetan war und mit energischen Spatenstichen das schwarze Erdreich aus dem Boden hob.

Er trat näher. — Sie grub und sah ihn nicht. — Ihr nackter Fuß setzte sich taktmäßig auf die Kante des Spatens und trieb ihn mit leichtem Drucke wie mit einer Ramme bis zum Stiel in die Erde hinein. Dazu sang sie ein Lied, welches nur aus zwei Tönen bestand, einem höheren und einem tiefen, die voll und dumpf, wie die Klänge einer Glocke, aus ihrer Brust hervorquollen.

Das Hemd — ein grobes, selbstgewirktes Leinenhemd — war ihr von den Schultern geglitten und legte die vollen, kraftstrotzenden Formen des Nackens bloß.

Als sie auf seinen Anruf jäh erschreckend sich aufrichtete, stand sie halbnackt vor ihm.

Ein paar dunkle, große Augen flammten zu ihm auf.

„Was wollen Sie hier?“ sagte sie und faßte den Spaten fester, als wollte sie ihn als Waffe benutzen. Dann hob sie mit einer ruhigen Bewegung des linken Armes das Hemd über die starrenden Brüste empor.

„Was wollen Sie hier?“ wiederholte sie.

Er schwieg noch immer. „Also das ist sie, die den Verrat vollführte? Die Buhlerin, die —“ Wie, wenn er sie, anstatt zu antworten, mit vorgestreckter

Piſtole von der Inſel herunterjagte, damit der
Boden rein würde, auf dem er ſchritt?

Sie jedoch ſchien ſich inzwiſchen aus ſeiner Haltung von der Friedlichkeit ſeiner Geſinnungen über-
zeugt zu haben.

„Hier iſt kein Eintritt für Fremde,“ fuhr ſie
fort, „gehen Sie ’runter von der Inſel. Sie können
überhaupt froh ſein, daß Sie kein Wolfseiſen gepackt hat. Gehen Sie.“

Hochaufgerichtet ſtand ſie da und wies hinaus;
aber ſein finſtrer Blick verwirrte ſie allgemach. Scheu
zur Seite ſchielend, ſtrich ſie ſich die ſchwarze Locken-
wildnis von den ſonngebräunten Wangen zurück und
taſtete über ihren Leib, deſſen Blößen ſie jetzt erſt
zu fühlen begann.

„Zeig mir die Leiche des Herrn,“ ſagte er.

Da zuckte ſie jählings zuſammen, ſtierte ihn eine
Weile mit weitgeöffneten Augen an und ſtürzte dann
weinend zu ſeinen Füßen nieder.

„Gnädiger Herr — gnädiger Herr,“ drang ein
halberſticktes Staunen zu ihm herauf.

Er fühlte, wie ihre Finger nach ſeinen Händen
ſuchten, und ſtieß ſie heftig zurück.

„Zeig mir die Leiche,“ ſagte er, „und dann ſcher
dich fort.“

Sie erhob ſich langsam, ſtieß mit dem Fuße den
Spaten von ſich und ging voran — der Tiefe des
Parkes zu.

Am Rande des nächſten Gebüſches drehte ſie ſich
um und ſagte furchtſam: „Hier iſt ein Eiſen.“

Er wich zur Seite. — Unfehlbar wäre er in die unsichtbare Falle hineingeraten.

Sie bog die Zweige des Dickichts, das sie durchschritten, an beiden Seiten zurück und hielt sie so lange mit ausgestreckten Armen fest, bis er sie seinerseits erfassen konnte, sonst wären die Gerten ihm ins Gesicht geschnellt.

Ein kleines, einstöckiges Haus mit hohem Schornstein, von zerschlagenen Mistbeetfenstern und aufgeworfenen Humushaufen umgeben, tauchte inmitten einer Lichtung vor ihm auf. Es war das Gärtnerhaus, in dem er als Knabe oft genug mit Blumenscherben und Samen und Wurzelknollen gespielt hatte. Das war das einzige, was von dem Brande verschont geblieben, wohl weil die Mordbrenner den Weg dazu nicht hatten finden können.

„Hier ist die Mine," sagte wiederum das Weib, auf eine Erhöhung weisend, die wie ein frisch aufgewühlter Maulwurfshaufen aussah, und halb in sich hineinmurmelnd, fuhr sie fort: „Wer 'reintritt, ist tot!"

Er bückte sich nieder, grub die Zündkapsel mit den Händen aus der lockeren Erde und schleuderte sie weit von sich fort, daß sie mit lautem Knall an einem Baumstamm explodierte. —

Sie wandte den Kopf ein wenig zur Seite und sandte einen scheuen, entsetzlichen Blick zu ihm empor—als habe er eine Tempelschändung begangen.—

Da öffnete sie die Tür. —

Ein dunkler Hausflur tat sich auf. —

Das Haus hatte nur zwei Räume. Links war früher des Gärtners Wohnstube, rechts seine Werkstätte gewesen.

Aus dem Raume zur Linken, dessen Tür halb geöffnet war, drang heftiger Leichengeruch ihm entgegen.

Er trat ein.

In der Mitte des engen, dumpfen Zimmers lag auf einer Art niedriger Bahre ein weißverhüllter Körper.

„Laß mich allein," sagte er, ohne sich umzuwenden, dann schlug er das Laken zurück.

Das starre, borstige Haupt des Vaters schaute zu ihm empor. Die Augen waren tief eingesunken — drohende Stirnfalten lagen zwischen den Brauen. In den Höhlungen der Wangen hatten Büschel schwarzen Haares sich eingenistet, während der übrige Bart schon ergraut war. Die kurze, dicke Nase war schmal geworden, und um die Lippen, welche im Tode sich nicht gelöst hatten, lag ein Zug schmerzlichen Trotzes, ein Zug, der, je länger er darauf niederschaute, umso lebendiger wurde und schließlich zu zucken und zu spielen schien.

Boleslav faltete die Hände und betete ein Vaterunser. Seine Tränen fielen in zerschellenden Tropfen auf das wächserne Antlitz nieder.

„Deine Schuld sei meine Schuld," murmelte er. „Wenn ich dich nicht verteidige, 's tut's wahrhaftig sonst keiner auf der Welt."

Dann breitete er das Laken wieder über den

Körper, denn die Fliegen begannen rings zu schwärmen.

Als er sich umwandte, sah er den dunklen Kopf
des Weibes gegen die Füße des Toten gepreßt,
während ihr Nacken sich leuchtend aus dem Schatten
heraushob.

„Was suchst du hier?" herrschte er sie an.

Sie fuhr zusammen und sich niederkauernd hob
sie die linke Schulter empor, als ob sie mit ihr
drohende Schläge auffangen wollte. — Ihr Auge
blickte heiß unter dem Lockendickicht hervor.

„Es hat mich noch keiner von ihm fortgewiesen,"
sagte sie.

„Ich weis' dich fort."

Da erhob sie sich schweigend und ging.

Er riß einen Fensterflügel auf, denn er vermeinte
zu ersticken. Dann hielt er in dem Zimmer Umschau.
— Es war eng und ärmlich genug — wahllos voll-
gefüllt mit dem unpassendsten Geräte, wie es beim
Brande gerettet sein mochte. — Ein goldfüßiger
Tisch neben wackligen Baststühlen, ein bäuerliches
Himmelbett neben prunkenden Marmorkonsolen —
ein halbzerschellter venetianischer Spiegel neben
dem Holzkäfig eines Dompfaffen. Vor allem aber
das Bild — jenes gleißende Bild des schönen polnischen Weibes, das seine Großmutter gewesen,
und von welchem alles Unheil seinen Ursprung
hatte.

Ihr stolzes, schwarzes Auge spähte noch immer
siegheischend in die Ferne hinaus, und die schmieg-

same Reitgerte in der weißen, schmalen Hand sagte noch immer: Knie nieder, du Knecht.

Nur der Diamant am Knaufe, der früher wie ein Stern geleuchtet hatte, schien verloren gegangen. Hier war die Farbe abgesprungen und hatte die graue Leinwand bloßgelegt. Auch der kunstvoll geschnitzte Rahmen, der ein goldenes Rosengewinde darstellte, war zerbröckelt und zerschellt. Zwischen den Blumen klaffte das Holzgefaser, das roh mit Orangegelb überpinselt war.

„Wahrscheinlich war's das erste, was er beim Brande gerettet hat," dachte Boleslav, und hätte des Vaters Leiche nicht ein Veto eingelegt, er würde das Bild augenblicklich von der Wand gerissen und zertreten haben.

In einer Ecke stand ein Waffenschrank mit einer Galerie neuer und kostbarer Schießgewehre. Pistolen und Krummsäbel aller Art hingen und lehnten zwischen ihnen.

Darüber war ein Plan der Schloßinsel aufgehängt, welcher die Stellen anzeigte, an denen Fußangeln, Minen und Selbstschüsse den Eindringling empfingen. Nach ungefährer Schätzung waren es mehr als hundert.

Ein Frösteln lief über Boleslavs Leib. War er nicht bestraft genug, der Unglückselige, durch das Leben, in welchem er seine letzten Jahre hatte hinbringen müssen? Hauste er nicht schlimmer als ein gehetztes Raubtier zwischen seinen Mordwerkzeugen, die ihm selber drohten auf Schritt und Tritt? Er

brauchte nur eines zu vergessen, und er war ein
Mann des Todes. —

Als Boleslav zur Türe hinaustrat, stieß er gegen
den Leib Reginens, die auf der Schwelle kauerte.

Mit einem Klagelaute, der wie das Winseln
eines getretenen Hundes klang, sprang sie empor.

Ein plötzliches Mitleid kam über ihn und ver=
schwand, ehe er ihr noch ein mildes Wort gesagt
hatte.

„Warum liegst du hier?" fragte er.

„Es ist mein Platz da," erwiderte sie, immer mit
denselben demütig wilden Flammen ihres Blickes.

„Was heißt das? Auf der Schwelle liegen die
Hunde!"

„Ich lag auch da," erwiderte sie.

„Du heißt Regine Hackelberg?" fragte er.

„Ja, gnäd'ger Junker."

„Du warst es, welche die Franzosen über den
Katzensteg geführt hat?"

„Ja, gnäd'ger Junker."

„Warum tatst du das?"

„Weil sie mir gesagt haben, ich soll es tun."

„Wer hat dir das gesagt?"

Sie schlug die Augen nieder und schwieg.

„Warum antwortest du nicht?"

„Weil er's verboten hat."

„Wer — er?"

„Der gnädige Herr!"

„So nenn ihn auch so."

„Ja, gnäd'ger Junker."

„Mich nenne Herr und nicht Junker. — Ich bin kein Junker."

„Ja, gnäd'ger Herr."

„Herr — sollst du mich nennen — verstehst du?"

„Ja, gnäd'ger Herr."

„Herr — Himmelkreuzdonnerwetter — einfach Herr!"

Sie war bei seinem Fluche angstvoll zusammengezuckt, dann, als sie ihn verstanden, ging ein freudiger Schimmer über ihr Gesicht.

„Ja, Herr," sagte sie und nickte.

„Mir hast du alles zu sagen — verstanden? — Mich hat der Gnädige nicht gemeint, als er dir Schweigen gebot."

„Zu allen, hat er gesagt."

Er biß sich auf die Lippen. Wozu weiter in sie dringen? Es lag ja alles klar am Tage. Man hatte dieses Wesen als Werkzeug benutzt, weil es dumm und schlecht genug war, um sich benutzen zu lassen.

„Wie alt warst du, als die Franzosen ins Land kamen?"

Sie schlug die Augen nieder. „Fünfzehn — Herr."

Eine mildere Regung mochte aufs neue in ihm erwacht sein, aber ein Argwohn, finster und unheilvoll, erstickte sie sofort.

„Wurdest du für deinen Weg bezahlt?" fragte er zwischen den Zähnen hindurch.

„Ja, Herr," erwiderte sie ruhig.

Ein Anfall von Ekel schüttelte ihn.

„Wieviel betrug dein Lohn?"

„Ich weiß nicht, Herr!"

„Wie — hast du denn nicht gehandelt?"

Sie schien ihn nicht zu verstehen. „Der Vater nahm's mir fort," antwortete sie, „er meinte, es wär' Sündengeld. Aber es war eine große Handvoll Gold — so viel weiß ich."

Er ließ einen erstaunten Blick über sie hingleiten. Der mächtige Kopf mit dem wirren, im Nacken derb geknoteten Haar war demütig gesenkt. Sie schien keine Ahnung von der Verachtung zu haben, die er über sie ausschüttete. Oder war sie so gewöhnt daran, daß sie diesen Ton als selbstverständlich erachtete? — —

„Was hattest du zur Zeit der Franzosen auf dem Schlosse zu suchen?" forschte er weiter.

Dunkle Glut flutete ihr über Antlitz und Hals bis auf den Busen nieder. Irgend eine ferne Erinnerung schien einen Rest von Scham in ihr erweckt zu haben.

„Ich half bei der Nähterei," stammelte sie.

„Wie warst du denn aufs Schloß gekommen?" —

„Mein Vater hat mir gesagt — ich soll 'raufgehen und beim gnäd'gen Herrn nachfragen, ob's nichts zu nähen gibt. — Ich soll mir mein Brot verdienen, sagt' er." —

„So." — — Langes Schweigen, dann fuhr er fort: „Geh und zieh dir eine Jacke an, Regine."

Sie tastete mit der Hand nach dem Busen und drückte das Hemd so eng unter dem Halse zusammen,

daß die Kante sich in das schwellende Fleisch hinein-
schnürte.

„Nun?"

„Ich hab' keine Jacke."

„Was heißt das? Hat der gnädige Herr dich
nicht bekleidet?"

„Sie haben mir meine Jacke gestern vom Leib
gerissen."

„Wer?"

Ein Strahl brennenden Hasses brach aus ihrem
Auge.

„Wer? Die — unten — wer sonst?" Und sie
spie aus.

Ein merkwürdiges Gefühl, aus Erstaunen und
Genugtuung gemischt, überkam ihn. Hier war also
jemand, der an seinem Hasse teilnahm, der ihm vom
Schicksal zugesellt worden in dem Kampfe, den er
mit den Dörflern unten zu führen hatte.

„Sie sind dir wohl feind — die unten?"

Sie lachte höhnisch. „Die — ha! Sie werfen
mich ja immer mit Steinen, wo sie mich sehen.
Solche — Steine!" Und sie hielt die hohlen Hände
in etlicher Entfernung gegeneinander, um die Größe
der Wurfgeschosse zu schildern.

„Wie lange werfen sie dich denn mit Steinen?"

Sie rechnete nach. „Sechs Jahre sind's her."

„Und sie haben dich nie getroffen?"

„O ja, manchmal. Da — hier." Und sie ließ
das Hemd halb herunterfallen, um ihm die Narben
zu zeigen, die auf der Achsel und über dem Busen-

ansatz den bräunlich warmen Bronzeton der Haut
mit rotem Geäder durchbrachen.

„Aber jetzt nehm' ich mir immer die Wanne
mit."

„Welche Wanne?"

„Die Waschwanne. Die halt' ich mir über Kopf
und Rücken, wenn sie mich schmeißen."

Grauen packte ihn vor dem Elend dieser Existenz,
die schlimmer war als die jedes Hundes.

„Warum bist du hier geblieben, wenn sie dir
nach dem Leben trachteten?" fragte er, „die Welt ist
weit."

Sie schien ihn nicht zu verstehen.

„Aber ich gehörte doch hierher," sagte sie erstaunt.

„Und warum gingst du von der Insel 'runter,
wo du doch wenigstens deines Lebens sicher
warst?"

Sie lachte kurz auf.

„Sollt' er denn verhungern?" fragte sie, — und
dann plötzlich wurde sie rot, und mit einem Blicke
scheuer Angst setzte sie hinzu: „Der gnäd'ge Herr."

Er nickte begütigend. — Es schien ja fast, als
fürchtete sie auf der Stelle gezüchtigt zu werden —
die elende Kreatur.

„Gern ging ich ja auch nicht 'runter — meistens
geh' ich Nachts übern Katzensteg nach Bockeldorf,
was drei Meilen entfernt ist, Bockeldorf —, dort
krieg' ich Mehl und Fleisch und sonst, was er —
der gnäd'ge Herr — braucht, gegen doppeltes Geld,

und bin Morgens wieder hier. Aber manchmal ist's nicht angänglich. Im Schneesturm und bei Überschwemmung. Da hab' ich denn ins Dorf 'runter müssen, — 's hat da noch mehr Geld gekost't — und manchmal, wenn sie mir gar nichts gaben, bloß Schläge — dann" — sie lachte schlau und wild, „dann bin ich gegangen und wiedergekommen und hab's mir geholt, wo ich's hab' kriegen können."

„Das heißt — du hast gestohlen?"

Sie nickte eifrig, als erwarte sie ein besonderes Lob hierfür.

So verwildert also war dies Wesen, daß ihm die Schätzung von Gut und Böse vollständig abhanden gekommen.

„Und was wolltest du gestern — unten?" fragte er von neuem.

„Gestern — na — begraben muß er doch werden! 's wird Zeit, Herr, 's wird Zeit. Vom Weinen kommt er nicht unter die Erde, hab' ich mir gedacht?" —

„Hast du denn geweint?" fragte er verächtlich.

„Ja," erwiderte sie, „sollt' ich nicht?" —

„Nur weiter."

„Und da hab' ich denn die Wanne genommen und bin zum Pfarrer 'runtergegangen. — Der Pfarrer hat gesagt, ich soll' sein reines Haus nicht beschmutzen — und dann bin ich zum Gastwirt Merckel gegangen, was der Schulz ist, wie der Herr weiß, da haben mich die Soldaten gesehen —"

„Welche Soldaten?"

„Die aus dem Krieg gekommen sind."

„So — nur weiter."

„Und haben geschrien: schlagt sie tot — schlagt sie tot — na und da ist die Jagd losgegangen und mein Vater — der hat auch geschrien, der war aber wieder betrunken, denn was der alte Mann trinkt, ist fürchterlich — und die Steine sind nur so 'rumgeflogen — und da sind die Weiber und Kinder gekommen und haben mich festgehalten, damit jene mich schlagen konnten, — ich hab' aber die Wanne in beide Hände genommen und hab' ihnen immer auf die Köpfe gehauen — so und immer so —." Sie reckte die nervigen Arme über den Kopf empor und ließ sie dann wie Keulen herniedersinken. — Gleich einem antiken Erzgebilde stand der herrliche, hohe Frauenkörper da, der inmitten all des Elends zu so gewaltiger Pracht herangeblüht war. — Auch in der Unbefangenheit, mit der sie ihm ihre Blöße preisgab, lag etwas von antikem Wesen. — Freilich, das tat wohl nur die Dirne in ihr, die aller Scham schon längst entwöhnt war.

„Ein Tuch wirst du doch haben," sagte er, indem er sich abwandte.

„Ja, ein Tuch hab' ich, ein wollenes."

„So leg's dir um."

Sie kehrte sich schweigend nach der Türe, vor der sie stand, und kam nach wenigen Sekunden mit einem rotbunten Schal bekleidet zurück, den sie kreuzweis um die Brust geschlungen und hinten zusammengeknotet hatte. Nun, da sie bemerkt hatte,

daß sie Anstoß erregte, schien sie sich sogar ihrer
nackten Arme zu schämen, die schlechterdings nicht
zu bedecken waren. Sie hielt sie auf dem Rücken
gekreuzt und verkroch sich in die hinterste Ecke des
Hausflurs.

„Hat man dir also verweigert, den gnäb'gen
Herrn zu begraben?" forschte er weiter.

„Nein, gesagt hat keiner was," erwiderte sie,
„aber ich hab' ja auch keinen gefragt."

„Warum nicht?"

„Weil gleich die Steine um mich 'rum geflogen
sind. Und da hab' ich mir gedacht: Kommen wird
doch keiner, ihn zu holen, also scharr du ihn nur
selber ein."

„Du allein?"

„Hab' ich ihn vom Katzensteg allein ins Haus getragen, werd' ich ihn doch auch begraben können."——

„Wo denn — auf dem Kirchhof?"

„Auf dem Kirchhof? Hahaha — das wär' schön!
Durchs Dorf wär' ich wohl nicht lebendig mit ihm
gekommen. Aber vorm Schloß — im Garten.
War eben dabei, die Grube zu graben, als der
Herr ankamen — 'ne schöne Grube — 'ne tiefe
Grube — 's liegt sich da ebenso schön, wie in dem
steinernen Gewölbe, Herr."

Auf seinen Lippen lag ein lobendes Wort. . . .
Diese hündische Treue, die, ohne zu fragen, ohne
zu zaudern, tausend Toden freudig entgegen-
gegangen war, verdiente wohl einen Lohn. Gut,
so wird er sie in klingender Münze bezahlen. 's

mag ihm wohl auch am liebsten so sein, dem elenden Geschöpf. Sobald er den Vater zur Ruhe gebracht hat, wird er sie abdanken — so lange mag sie noch auf diesem Boden weilen.

Freilich, den Vater zur Ruhe bringen, das war nicht leicht. Daß ihm ein ehrliches Begräbnis verschafft werden mußte, wie jeder Christenmensch es verlangte, daß der Platz im Schrandenschen Erbbegräbnis, der ihm gebührte, nicht auf ihn warten durfte, das stand als unverrückbare Kindespflicht in seiner Seele fest. — Und wenn er selbst dabei zu Grunde ginge. — — Aber schließlich gab's eine Obrigkeit in Preußen, und Herr von Schön, der überdies ein Verwandter seiner Mutter war, führte ein straffes Regiment.

Als er sich zum Gehen wandte, fiel ihm ein, daß er nicht im stande war, sich hundert Schritte weit auf seinem Grund und Boden zu bewegen, ohne hundertmal in Todesgefahr zu geraten.

Ohne dieses Weib, das er verabscheute, war er hilflos wie ein Kind.

„Führ mich zur Zugbrücke," sagte er, „und bis ich wiederkomme, räume die Fallen aus dem Weg."

„Ja, Herr."

Aber wie angewurzelt blieb sie stehen.

„Worauf wartest du?"

„Bitt' um Vergebung — aber der Herr sind wohl die Nacht durch unterwegs gewesen, und da meint' ich — —"

„Nun, was denn?"

„Der Herr würden müd' und hungrig sein und —"

Das Weib hatte recht. Er hielt sich vor Erschöpfung kaum mehr auf den Beinen.

Aber er empfand ein Grauen, aus diesen Händen ein Stück Brot zu nehmen. Lieber holte er sich's von seinen Feinden.

V.

Im Gasthause zum „Schwarzen Adler" saß in derselben Stunde ein Häuflein Schrandener Bürger und Bürgerssöhne beim Morgenschoppen vereint.

Die Schrandener mußten früh anfangen, wenn sie bis Mitternacht mit ihrem Tagewerk fertig sein wollten; denn hatten sie das Leben in der Schenke schon immer geliebt, so waren sie jetzt vollends aus den Fugen geraten.

Der junge Merckel führte bei allen Gelagen den Vorsitz. Er hatte sich zu einem strammen, breitschultrigen Burschen herausgewachsen, dem der kühn emporgewirbelte Reiterschnauzbart trefflich zu Gesichte stand, und dessen Benehmen bei aller Lässigkeit, die in Flegelhaftigkeit ausarten konnte, einer gewissen Anmut nicht entbehrte. Er hatte nach dem Friedensschluß nicht, wie es nahe lag, seinen Abschied genommen, sondern war mit einem Urlaub auf ungewisse Zeit in die Heimat zurückgekehrt, wo er sich in Ruhe zu entscheiden gedachte, ob es geraten sei, beim stehenden Heere weiter zu dienen. — Sein bisheriger Beruf wenigstens legte diesem Entschlusse nichts in den Weg, denn genau besehen, besaß er keinen.

Bis zu seinem vierundzwanzigsten Jahre hatte er sich in den verschiedensten Ländern und Lebenslagen umgesehen, hatte dabei zumeist aus seines Vaters Tasche gelebt und war schließlich froh gewesen, als der ausbrechende Krieg seiner Tatkraft, die sich bis dahin nur in schlechten Streichen hatte äußern können, Zweck und Ziel verlieh.

Wie jener Baumgart war auch er als freiwilliger Jäger in das Heer getreten, war wie jener zur Landwehr übergegangen, war dort zum Leutnant avanciert und trug als Zeichen anerkannter Bravour das eiserne Kreuz auf stolz geschwellter Brust.

Vorläufig dachte er nicht daran, die Heimat zu verlassen, die ihn jeden Tag aufs neue mit dem Hochgefühl sättigte, ein Held, ein Löwe zu sein.

Er trank, bramarbasierte und half den Haß gegen den Verräter schüren, den Haß, der seit der Rückkehr der siegreichen Soldaten noch einmal in hellen Flammen aufgelodert war. — Auf sein Hetzen hin waren die Schrandener hinausgezogen, den Katzensteg zu zerstören und hiermit den Freiherrn auf seiner Insel einzuschließen.

Daß er vor ihren sehenden Augen, vom Schlage getroffen, zu Boden sinken würde, hatten sie in ihren kühnsten Träumen nicht zu hoffen gewagt, und jubelnd zogen sie ab, die Mär im Dorfe zu verkünden.

Daß dem Landesverräter das Begräbnis zu verweigern sei, war ihnen sofort beschlossene Sache. Diesem herrlichen Gedanken zuliebe, der ihrem Haß die Ehrenkrone aufſetzte, feierten ſie ein großes Freudenfeſt, welches nun ſchon drei Tage gedauert hatte und kein Ende nehmen wollte.

Da ſie wie ein Mann zuſammenſtanden, da der Schulze auf ihrer Seite war und der Pfarrer beide Augen zuzudrücken ſchien, ſo hatten ſie nicht zu befürchten, daß die Obrigkeit gegen ſie einſchreiten würde.

Daß dem Toten ein Helfer erſtehen würde, hatten ſie nicht geahnt.

Denn der Junker — Herrgott von Danzig! — wo war der Junker? — Verſchollen, verwahrloſt gewiß, erſtickt in der Schmach ſeines Namens.

„Da kommt einer mit der Landwehrmütze,“ ſagte Felix Merckel, durch eine Spalte der Jalouſien auf den Marktplatz hinausſchauend, der in der Hitze der Mittagsſonne gelb und ſtaubig dalag.

Der Lärm am Zechtiſche verſtummte. Erwartungsvoll ſchaute man dem Fremden entgegen. — Der junge Merckel ſtreckte die Beine von ſich und ſpielte nachläſſig mit ſeinem Ordenskreuze.

Die Tür ging auf. Ein Lichtſtrom flutete hinter dem Eintretenden in den dämmerig kühlen Raum und verſiegte ſofort.

Ohne die Gäſte zu grüßen, trat der Fremde an den Schenktiſch, wo eine Dienſtmamſell hinter ihrem Strickſtrumpf dröſelte, und fragte, ob der Schulze zu ſprechen ſei.

Nein, — er ſei mal aufs Feld gegangen.

Herr Merckel liebte es, die Bewachung des

Schankwesens seinem Sohne zu überlassen, da er
entdeckt hatte, daß das Bier im Fasse doppelt so
rasch verschwand, wenn er nicht zugegen war. —
Felix hatte eine besonders dringliche Art, die Gäste
zum Trinken zu animieren, die sich für ihn, den
Wirt, nicht gepaßt hätte. „Ein Hundsfott, wer
seinen schuldigen Rest nicht sauft!" Oder „wer
mich mit meinem Anstich im Stiche läßt, der hätt'
mich auch vorm Feind im Stich gelassen." — Und
dergleichen Redensarten mehr. — Ihnen nicht Folge
leisten, hätte für die Schrandener geheißen, den
Respekt vor ihrem Leutnant verletzen — und so
kam's, daß Felix Merckel ein wahrer Schatz für
seines Vaters Kasse geworden war.

Daß ihm der Fremde mit der Landwehrmütze
den Gruß verweigert hatte, wiewohl er die Offiziers-
abzeichen auf seinem Rocke trug, ärgerte ihn und
er beschloß daher, keine Notiz von ihm zu nehmen.

„Kann ich auf den Schulzen warten?" fragte
der Fremde.

„Es ist ja die Gaststube," erwiderte die Mamsell.

Der Fremde setzte sich in die entgegengesetzte
Ecke, so daß er den Zechenden den Rücken zudrehte,
legte sein Ränzel auf den Tisch und stützte den Kopf
in die Hände.

Herr Felix, der es liebte, angeschaut zu werden,
fand in diesem Benehmen eine Art von Herausforderung. Daß der Fremde nichts zu trinken verlangte, empörte überdies den guten Sohn seines
Vaters.

„Frag den Herrn, ob er etwas zu verzehren wünscht, Amalie," rief er mit lauter Stimme zu dem Schenktisch hinüber.

Der Fremde tat, als hätte er nichts gehört. Die Mamsell trat an seinen Tisch und stotterte etwas von Schrandener Doppelbier.

„Ich danke — ich trinke nichts," erwiderte er, ohne aufzuschauen.

Herr Felix biß sich auf seine Schnauzbartspitzen. Er war sich klar, daß dieses Betragen Züchtigung verdiente. Sein Angriffsplan war alsbald gemacht.

Er erhob sich, und den Deckelkrug schwingend, begann er mit energischem Brustton: „Meine lieben Kameraden und Mitbürger, sowie die geehrten Anwesenden überhaupt! Preußens glorreiche Schlachten sind geschlagen. Unser geliebtes Vaterland hat sich aus dem Staube zu neuem, ungeahntem Glanze wieder erhoben. Die meisten von uns haben auf dem Felde der Ehre geblutet oder doch ihre Brust den feindlichen Kugeln dargeboten. Wer ein preußischer Patriot ist, der trinke mit mir auf Preußens Ruhm und Preußens Ehre!"

Mit hellem Hurrageschrei hoben sie alle die Krüge zu Munde, als ein schneidendes „Halt" des Leutnants sie unterbrach.

„Ich sehe hier jemanden," rief er, „der sich von dieser Ehrenpflicht auszuschließen scheint." Er trat mit klirrenden Schritten an den Tisch des Fremden.

„Mein Herr," wetterte er ihn an, „Sie wünschen nicht auf Preußens Ruhm zu trinken?"

Der drehte sich halb zur Seite und sagte: „Ich wünsche in Ruhe gelassen zu sein."

„Was, Herr? Sie tragen das Ehrenzeichen des Landwehrmanns an Ihrer Mütze, und weigern sich — — —"

Ein plötzlicher Griff des Fremden nach seiner Ledertasche ließ ihn verstummen.

Im nächsten Augenblicke sah er den Doppellauf eines Reiterpistols in seiner Hand erglänzen, sah ihn aufspringen und schaute zurückweichend in ein blasses, finsteres Gesicht, das er wohl kannte, doch aus welchem zwei Blitze, wie diese, ihm noch nie entgegengeflammt waren.

Er begriff es rasch: er stand einem Manne gegenüber, der zum Äußersten entschlossen war.

„Sieh mich an, Felix Merckel," sagte der einstige Freund, „und du wirst wissen, daß ich nichts mit dir zu schaffen habe. Solltest du oder einer von denen, die mit dir sind, es wagen, mir zu nah auf den Leib zu rücken, so sei sicher, daß ich dich oder den ersten, der da kommt, niederschieße wie einen Hund." Felix Merckel hatte sich rasch gefaßt.

„Ah, der Herr Baron!" sagte er mit tiefer Verbeugung, „dann freilich wundert's mich nicht, daß Preußens — —"

Das zweimalige Knacken des Doppelhahns ließ ihn innehalten.

„Noch einmal, nimm dich in acht, Felix Merckel, ich bin Offizier wie du!"

Die doppelte Warnung tat ihre Dienste.

„Wenigstens will ich nicht stören!" sagte Herr Felix mit nochmaliger Verbeugung und schritt auf seinen Platz zurück, während die Sporen an seinen Stiefeln leiser erklangen.

Die Schrandener steckten die Köpfe zusammen, und gleich darauf trat der alte Merckel ins Zimmer. Sein feistes, glatt rasiertes Gesicht strahlte von Behäbigkeit und Wohlwollen. In achtsamer Würde, wie es dem Dorfpatriarchen geziemte, schob er sich an den Gläsern und Flaschen des Schenktisches vorüber. Auf die fettglänzende Atlasweste fiel eine dicke, silberne Uhrkette nieder, deren zwei Strähne von einem goldenen Mohrenkopfschieber zusammengehalten wurden, und an welcher ein Bernsteinherz hing.

„Der Herr hat mich zu sprechen gewünscht?" fragte er mit einem tiefen Bückling, der aber gleichsam mitten entzweigebrochen wurde, als die zwei kleinen, grauen Luchsaugen bemerkten, daß der Fremdling kein Glas vor sich stehen hatte. Einem, der nichts verzehrte, brauchte man keine Reverenz zu machen.

Die Schrandener saßen auf der Lauer. — Felix war aufgesprungen, als harrte er auf einen günstigen Augenblick, den einstigen Freund mit den Fäusten zu packen.

„Es ist der junge Herr Baron, Vater," rief er mit grellem Auflachen.

Merckel fuhr drei Schritte weit zurück. Sein wohlwollendes Lächeln wurde zu Stein, seine

fleischigen Hände tasteten nach dem Schieber der
Kette und krampften sich dort fest.

„Kann ich Sie allein sprechen?"

„O, Herr Baron — natürlich, Herr Baron —
geruhen der Herr Baron?"

Und er öffnete mit weitem Schwunge die Seiten-
tür, die in das kleine Honoratiorenzimmer führte.
Ein Sofa, mit zerschlissenem Wachstuch bezogen,
samt etlichen bauchigen Lehnsesseln harrten vornehmer Gäste. Über dem vergitterten Tabaksschrank
stand auf einem Plakat geschrieben: „Hier darf nur
Wein getrunken werden."

Ehe der Wirt die Tür hinter Boleslav geschlossen
hatte, winkte er rasch und heimlich zu seinen Mit-
bürgern hinüber, als wollte er deren Unruhe be-
schwichtigen. Dann ließ er unter halbgesenkten
Lidern einen kurzen, prüfenden Blick über die Erscheinung des heimgekehrten Herrensohnes gleiten,
die ihn offenbar mit hoher Befriedigung erfüllte,
denn sein Lächeln erhielt aufs neue den behäbig
satten Fettglanz.

„Wie der Herr Junker inzwischen gewachsen
sind!" begann er — „'s ist merkwürdig!"

Boleslav fixierte ihn schweigend.

„Und den alten gnäd'gen Herrn haben der Herr
Junker — oder Herr Baron, muß ich ja wohl
sagen — auch nicht mehr am Leben gefunden.
Sind zu spät gekommen, um dem Seligen die Augen
zuzu — — —"

Er hielt inne und zerrte heftig an seinem Bern-

steinherzen, denn die Blicke Boleslavs, die sich starr
und drohend in sein Antlitz bohrten, fingen an ihn
zu beunruhigen. — Sollte er etwa einen Vaga=
bunden vor sich haben, der sich an ihm vergreifen
wollte?

„Aber ich komme nicht zu spät," brach Boleslav
los, „um das Schandenstück zu vereiteln, das meinen
Vater um seine letzte Ehre bringen will."

„Was für ein Schandenstück meinen der Herr
Baron?"

„Ich rate Ihnen, mein Wertester, die scheinheilige
Miene abzulegen. Ich durchschaue Sie ganz und
gar. Es ist mir eine Äußerung von Ihnen zu
Ohren gekommen, die es verdiente, daß ich Sie auf
der Stelle züchtigte!"

„Herr Baron!" — und er machte Miene nach
der Tür zu gelangen.

„Bleiben Sie," herrschte Boleslav ihn an, ihm
den Weg vertretend. Gott sei Dank, er hatte diesem
Geschmeiß gegenüber das altererbte Herrenbewußt=
sein wiedergefunden. „Ist das der Dank, den Sie
meinem Hause schulden, dessen Gnade Sie zu dem
gemacht hat, was Sie sind?"

Der Krämer, der einst als stellesuchender Diener
auf dem Schlosse vorgesprochen und sich allgemach
als dessen Kommissionär sein ganzes Vermögen zu=
sammengehamstert hatte, vergrub in gekränkter Un=
schuld die rechte Faust in der hohlen Linken, indem
er bedauernd dazu mit der Zunge schnalzte.

„Lieber Herr Baron," sagte er, das breite,

glatte Gesicht ganz von väterlicher Milde überstrahlt
— „ich verzeih' Ihnen die Beleidigungen, die Sie
hier gegen mich ausgestoßen haben, und werd' Ihnen
treueste Auskunft geben, als ob nichts geschehn wär',
— daraus werden Sie hoffentlich am besten sehen,
wie freundschaftlich ich's meine."

„Ich verbitte mir Ihre Freundschaft!" donnerte
Boleslav dazwischen. „Sie sollen mir als Schulze
von Dorf Schranden Red' und Antwort stehn —
weiter nichts."

„Die Schrandener, lieber Herr Baron, sind nämlich fürchterliche Menschen. Das sagt' ich schon
immer zu meiner sel'gen Frau — Sie haben sie
noch gekannt, Herr Baron! Ja, ja — hat den
kleinen Junker oft genug auf den Arm genommen
und hat nicht gedacht, daß einstmals ein solcher
Dank — —"

„Zur Sache, bitte!"

„Marianne, sagt' ich oft, diese Schrandener sind
noch mein Tod, denn, wenn die sich mal was in
den Kopf setzen — — einmal hatten sie sich in den
Kopf gesetzt, meinen Wacholderbranntwein nicht zu
trinken. Guten, schönen, reinen Wacholder, Herr
Baron. Jetzt haben sie sich in den Kopf gesetzt, den
alten gnädigen Herrn nicht begraben zu lassen, und —
mein Wort! — kein Gott und kein Teufel wird sie
dazu zwingen. — Auch Sie nicht, Herr Baron. Denn
warum? — Der Leichenwagen gehört der Gilde
— und die gibt ihn nicht her; — Pferde liefert
Ihnen auch keiner ... Leichenträger, ach du liebes

Gottchen … Gehen Sie mal 'rum im Dorf …
laſſen Sie mal ausklingeln, wer den Herrn Baron
auf die Schulter nehmen will … wenn ſich einer
finden ſollt', ſo haben ſie ihn 'ne Viertelſtunde
ſpäter lahm geprügelt — denn dieſe Schrandener!
Na, und der Herr Pfarrer — der hat ſchließlich
am meiſten zu ſagen — aber gehen Sie nur zum
Herrn Pfarrer — Sie werden ja hören, was er
meinen wird. Von Geläut und Vaterunſer gar
nicht zu reden … ja, nicht einmal 'nen Sarg kriegen
Sie gemacht."

„Das wollt' ich ſehen," knirſchte Boleslav, der
ſeinen Trotz umſo mächtiger anſchwellen fühlte, je
klarer er in dies Gewebe von Bosheit und Tücke
hineinſchaute.

„Ja, wollen Sie's ſehen?" rief der alte Merkel
in ſchlecht verhehltem Triumphe. „Ihr Wille ſoll
geſchehen, Herr Baron."

Er öffnete die Tür zum Schankraume, aus dem
ein dumpfes Brauſen von vielen Menſchenſtimmen
hereindrang. Das halbe Dorf ſchien ſich inzwiſchen
verſammelt zu haben.

„Der Hackelberg ſoll kommen!" ſchrie er hinaus
und warf die Tür eilends ins Schloß, denn an
ihrer Kante waren verſchiedene Finger ſichtbar geworden, welche die Abſicht hatten, ſie vollends auf-
zureißen.

„Wenn er nicht noch von geſtern beſoffen iſt,
Herr Baron, wird er Ihnen ſeine untertänige Mei-
nung gleich ſelber ins Geſicht ſagen." Seine Augen

blitzten in unverhohlener Schadenfreude, dann ver-
zog sich sein Gesicht wieder zu dem wehmütig be-
häbigen Patriarchenlächeln.

„Sie haben meine Freundschaft von sich gewiesen, junger Mann," begann er, das Bernsteinherz drehend, „Sie haben mein weißes Haar ge-
tränkt und beleidigt — gut — ich trag's nicht nach.
Sie würden's nicht getan haben, wenn Sie gewußt
hätten, wer es gewesen ist, der mit eigener Lebens-
gefahr, wenn diese Schrandener es nicht sahen, —
denn hätten sie's gesehen, sie hätten mich mit ihren
Fäusten erwürgt — der den seligen Herrn Vater
vor dem Verhungern bewahrt hat — fragen Sie
nur das Fräulein! — —"

„Welches Fräulein?"

„Das liebe, treue Fräulein Regine — des sel'gen
Herrn Vaters seine Herzallerliebste. Das ist eine
Perle, Herr Baron, die sollten Sie wohl in Ehren
halten und mit auf die Reise nehmen. Der hab'
ich oft genug in der Dunkelheit ein Brot zugesteckt
oder eine Rauchwurst, Herr Baron, und ein Säck-
chen Kaffee, Herr Baron, zuzeiten, als ich selber
Roggenbrei zum Frühstück aß, von wegen der
Hafensperre, Herr Baron."

„Sind Sie nicht dafür bezahlt worden?"

„Na ja, ja! Wenn man auch sein Leben doch
eigentlich bloß für Gotteslohn riskiert. — Und dann
ist auch noch ein kleines Restchen, Herr Baron, vom
letzten Eisgang her, wenn der Herr Baron die Ge-
wogenheit haben wollten —"

„Schreiben Sie auf, was Sie zu verlangen haben; das Geld wird Ihnen zugeschickt werden."

„Es eilt nicht, Herr Baron. Ich hab' Vertrauen zu Ihnen, Herr Baron. Ja, aber was ich sagen wollt'. Wenn Sie auf den Rat eines alten, erfahrenen Mannes etwas geben wollen, so gehen Sie jetzt hübsch nach Hause, — graben Sie hinter dem Schloß 'ne Grube, legen Sie den sel'gen Herrn Vater da hinein — zur Nachtzeit — ganz sacht, ganz sacht ... Das liebe Fräulein Regine kann ja mit anfassen — dann machen Sie den Rasen hübsch gleich, damit keiner weiß, wo Sie ihn eingescharrt haben, und ehe noch der Morgen tagt, nehmen Sie das Fräulein Regine untern Arm und gehen Sie hübsch wieder dahin, wo Sie — — —"

Er hielt inne, denn Boleslavs Finger zuckten nach dem Kolben seiner Pistole. Aus dem salbungsvollen Rate dieses Biedermannes grinste offen der teuflische Hohn und stachelte seinen Widerstand bis zum Äußersten.

Während die vergifteten Worte auf ihn eindrangen, war ein verzweifelter Gedanke in ihm aufgetaucht, der wie eine grelle Flamme sein Gehirn durchlohte.

Wahrlich, dies Begräbnis war nur der erste, der geringste Teil des Werkes, das zu vollenden ihm oblag! Nicht von dannen gehen in Nacht und Nebel — sich nicht wie ein Verbrecher von der Väter Erbe schleichen, um alles, was sie erschaffen, dem Verderben preiszugeben — nein, hierbleiben

— ausharren — all diesen Hyänen zum Trotz, deren schlimmste grinsend, mit gierig blinzelnden Äuglein vor ihm stand und nur darauf lauerte, sich auf die herrenlose Beute zu stürzen!

Ausharren! Ausharren!

Das war die Sühne, die er den Sünden der Väter schuldete!

Und schrie jene ruchlose Tat, die sein Erbe vom Erdboden getilgt hatte, nicht immer noch zum Himmel nach Vergeltung empor?

Sollte er abziehen als Deserteur, als Fahnenflüchtiger, und all sein Hab und Gut mitsamt der Geliebten, die ihm verloren war für Zeit und Ewigkeit und die dennoch mit Bangen und Zagen seiner harrte, elend im Stiche lassen?

Nein, wahrlich hier auf den Trümmern von Schloß Schranden wehte seine Fahne — mit feurigen Zügen stand das Wort „Rache" darauf geschrieben.

Und — ein Hundsfott — wer seine Fahne im Stiche läßt!

Er trat dicht vor den Schulzen hin, und ihm den drohenden Blick ins Antlitz bohrend, schrie er ihn an: „Wer hat Schloß Schranden in Brand gesteckt?"

Über Herrn Merkels feistes Gesicht lief ein Zucken. Die wundeste Stelle seines Gewissens schien getroffen.

Doch so zuckte ein jeder Schrandener zusammen, wenn die Frage nach dem Urheber jenes Verbrechens

an sein Ohr schlug — nur ein einziger nicht — —
und das war der Verbrecher selber — — —

Herr Merckel wollte sich zu einer Antwort
sammeln, doch in diesem Augenblicke schwoll das
Brausen im Schankzimmer zu lautem Lärme an.

Er machte eine unwillkürliche Bewegung nach
der Tür, als wollte er kommenden Ereignissen den
Riegel vorschieben, aber schon wurde sie aufgerissen,
und herein drängte, von einem Haufen wilder, be-
drohlicher Gestalten gefolgt, ein kleiner verlotterter
und zerlumpter Kerl mit starrem, schwarzem Haare,
das in geölten Strähnen bis auf die Schultern fiel,
graulichen Bartstoppeln und einem Paar verglaster
Säuferaugen, die hinter geröteten, wimperlosen
Lidern steckten.

Er schlug mit den Fäusten um sich und schrie:
„Wo ist der Kerl? wo ist die Brut? — Ich will
sie erwürgen, die Brut!"

Dann, als er Boleslavs hohe Gestalt starr aufgerichtet sich gegenüber sah, verstummte er mitten
im Worte und grollte und kollerte in sich hinein.

Hinter ihm erhob sich eine Mauer von erhitzten,
boshaften, neugierigen Gesichtern, die alle auf
Boleslav hinstarrten, wie auf ein eingefangenes
Wundertier.

„Ich allein gegen sie alle!" dachte er, und seine
Brust hob sich höher.

„Sie sind der Tischler Hackelberg?" fragte er,
indem er den Trunkenbold mit seinen Blicken im
Banne hielt. Dessen Bild stand ihm aus der

Kinderzeit dunkel in der Erinnerung. Er hatte ihn einmal mit seinem jämmerlichen Geschrei aus stillen Träumen emporgeschreckt, als er wegen Wilddiebens auf dem Hofe durchgepeitscht worden war.

Nun ballte er die Fäuste, blähte sich und grollte und grunzte vor sich hin. —

„Sie arbeiten die Särge im Dorf?"

Der Tischler schüttelte langsam den Kopf, stieren Blickes vor sich hinstarrend, dann sprach er mit Grabesstimme: „Ich arbeite nur noch zwei Särge — — einen für mich und — einen für mein armes, verführtes Kind."

Die Schrandener lachten verstohlen. Sie kannten diese Farce sehr wohl. Wenn jemand im Dorf gestorben war, so holten sie den Tischler ab, sperrten ihn mit einer Schnapsflasche und den nötigen Brettern zusammen ein und ließen ihn nicht wieder heraus, bis der Sarg fix und fertig dastand.

Er war alles in allem ein gefährlicher Kerl, dieser Hackelberg, das wußten die Schrandener sehr wohl, und sie ließen ihn keine Sekunde lang aus den Augen. Wo er ging und stand, bewachten sie ihn, und soviele Ohren begierig auf seine Worte lauschten, so viele Arme lagen auf der Lauer, um ihm im nötigen Augenblick den Atem abzuschneiden.

Sie ließen ihn neben sich in den Schenken sitzen, sie betränkten ihn, sie päppelten ihn, lauschten ihm oder stopften ihm den Mund, sie legten ihn hinter Schloß und Riegel oder ließen sich von ihm quälen

— es war, als hätten sie ihrem eigenen bösen Gewissen Fleisch und Blut gegeben und ließen es in
dieser verwahrlosten Säufergestalt unter sich umherlaufen.

„Wer fertigt außer Ihnen sonst noch Särge im
Dorf?"

Die Schrandener brachen in ein wieherndes Gelächter aus. Es würde ihm schwer werden, die
Wahrheit herauszubringen.

Hackelberg blähte sich.

„Mein armes, elendes Kind," grollte er, die
glasigen Augen auf das Bernsteinherz des Herrn
Merckel geheftet, das seinen Kopf zu beschäftigen
schien, und dann plötzlich fuhr er aus seinem Halbschlaf empor, in seinen Augen erwachte ein trüber
Glanz, er streckte die Fäuste gegen Boleslav aus
und schrie: „Was wollen Sie, Herr, von mir? —
Einen Sarg wollen Sie von mir? Für wen wollen
Sie den Sarg von mir? Für den Kerl, für den
Hund, der sein Vaterland verraten hat — der mir
mein Kind verführt hat — dem soll ich einen Sarg
machen, Herr? — Sehen Sie mich an, Herr! Bin
ich nicht ein Scheusal, Herr?" er riß sich das
Hemd unter dem Halse auseinander, so daß die
zottige Brust zum Vorschein kam — „ein Aas bin
ich — nicht wert, daß die Hunde mich an......
und sehen Sie mal, mein lieber, teurer Herr, das
hat der sel'ge Herr Baron aus mir gemacht —
einen unglücklichen, verlassenen, kinderlosen alten
Mann hat er aus mir gemacht" — er fing an sich

mit den Fetzen seiner englisch=ledernen Jacke die
Augen zu wischen — die Schrandener hinter seinem
Rücken johlten ihm Beifall — „mein Kind hat er mir
weggenommen — mein Kind hat er mir geraubt —"

„Ich denke, Sie haben Ihr Kind selbst aufs
Schloß geschickt," fiel Boleslav ihm ins Wort, aber
er ließ sich in seiner Litanei nicht anfechten.

„Zur Dirne hat er mein Kind gemacht. Und
noch mehr, junger Herr — was mir das Vaterherz
am blutigsten zerfleischt — denn ich mag ein Lump
sein, aber ein Patriot bin ich doch — denn in
Preußen lieben auch die Lumpen ihr Vaterland —
denn wir Preußen sind überhaupt keine Lumpen —
aber mein Kind — ho, wissen Sie, was er getan
hat mit meinem Kind? — Mit Rutenstreichen hat
er es gezwungen, daß es gegangen ist in Nacht
und Nebel und hat — aber glauben Sie, daß ich
seitdem noch ein Kind hab'? — Nein, Herr, verflucht hab' ich das Frauenzimmer — mein Fleisch
und Blut bist du nicht mehr — hab' ich ihr gesagt. —"

„Aber das Sündengeld hast du genommen!"
wollte ihm Boleslav ins Wort fallen, da besann
er sich, daß er damit die Schuld des Vaters diesen
Wölfen preisgäbe.

„Und vogelfrei bist du, hab' ich ihr gesagt, und
wer dich trifft, soll dich totschlagen, hab' ich ihr gesagt, und nun geh zu deinem gnäd'gen Herrn —
hab' ich ihr gesagt — und er soll sich in acht
nehmen — hab' ich —"

In diesem Augenblick wurde das Geschrei der
Schrandener so laut, daß es die Worte des Tischlers verschlang. — Fremde Gestalten drängten sich
vor ihn und nahmen ihn in ihre Mitte. Nur sein
schrilles, boshaftes Lachen drang noch aus dem
Haufen, in dem er verschwunden war.

„Nun, was hab' ich dem Herrn Baron prophe-
zeit?" fragte Herr Merckel mit seinem wohlwollend-
sten Lächeln.

Boleslav hatte sich gegen die Sofalehne gestützt
und starrte mit zusammengebissenen Zähnen die
Schar der Schrandener an, die näher und näher
herandrängte.

„Wenn's einem einfällt, die Faust zu erheben,
schlagen die anderen mich tot," dachte er bei sich.
Hier galt es ruhig Blut zu bewahren.

„Laßt mich hindurch, Leute," sagte er, indem
er mit den Händen versuchte, sich eine Gasse zu
öffnen.

Und war es der kalte, stählerne Blick seines
Auges, war es der Schimmer des Landwehrkreuzes
an seiner Mütze, was die Tobenden beherrschte —
die Bahn vor ihm wurde frei — er trat in den
Haufen hinein.

Bei jedem Schritte erwartete er den ersten ver-
derbenbringenden Streich hinterrücks auf sich herab-
sausen zu fühlen; denn nur soweit sein Auge reichte,
war er sicher. Doch nein — unangefochten gelangte
er ins Freie. Felix Merckel war ihm nicht mehr
begegnet.

Der ganze Haufe — nun mit Weibern und Kindern untermischt — trollte hinter ihm her.

Als er den Garten des Pfarrhauses erreichte, dessen Mauer, von den Strahlen der Mittagssonne überflutet, weiß leuchtend vor ihm lag, fühlte er, wie vom Herzen her ein Druck zum Halse emporstieg und ihm die Kehle zuschnürte.

In den Händen des alten Pfarrers ruhte die letzte Hoffnung. Wird auch er ihn von der Schwelle weisen? Doch das war es nicht, was in diesem Augenblicke seine Brust angstvoll emporschwellen ließ.

Angst kannte er nur angesichts der einen, die ihn verwerfen oder emporheben konnte, ihn, den Unreinen, von Schandtat Befleckten, zu sich in eine Welt des Friedens und der Unschuld.

Wie wird er sie wiederfinden?

Muß sie nicht entsetzt zurückprallen, wenn sie ihn in diesem Aufzuge, bestaubt und verwildert, von dieser wüsten Horde johlend eskortiert — vor sich wird erscheinen sehen? —

Und so geschah es!

Eine erschrockene Hand riß die Glastür der Veranda auf. . . .

Das war sie. Das mußte sie sein. — Eine lichte, schlanke Gestalt, die zitternd die abwehrenden Arme gegen ihn und den Haufen erhob — einen leichten Schrei des Schreckens ausstieß — und verschwunden war, ehe Boleslav nur einen einzigen fragenden, flehenden Blick in die geliebten Züge hätte tauchen können.

Vor seinen Augen wehten weiße Nebel. Halb
gedankenlos schritt er die Stufen der Veranda hinan
und schloß die Tür hinter sich, der Dinge wartend,
die da kommen sollten.

Die Schrandener, welche die Veranda blockierten,
drückten sich an den Glaswänden die Nase platt,
um besser sehen zu können.

Eine der Scheiben klirrte. Ein Hintenstehender
hatte seinen Vordermann hineingestoßen.

Da wurde drinnen die eherne Stimme des alten
Pfarrers laut. — Mit einem schweren Knotenstock
in der Faust erschien er in der Veranda. Sein
weißes Haar flatterte ihm um die hochgewölbten
Schläfen. Die Habichtsnase blähte ihre Nüstern,
als witterte sie Kampf und Totschlag. — Unter den
schneeweißen Brauen, die sich wie zwei halbzerfaserte
Pinsel nach vorn streckten, glühten die Augen gleich
Feuerbränden.

Das war der alte Pfarrer Götz, der im März
des Jahres 1813, mit dem Altarkreuze in der Hand
und einen Trommler hinter sich, von Haus zu
Haus gezogen war, um die Schrandener zum heiligen
Kampfe aufzurufen. Und wär' er auf dem Marsche
nach Königsberg nicht ohnmächtig liegen geblieben,
wer weiß, ob er die Wehrmänner seines Sprengels
nicht auch ins Feld begleitet hätte!

Die Schrandener hatten nicht geringe Furcht vor
seiner Zucht, und kaum sahen sie den geschwungenen
Stock, als sie eilends von den Fenstern zurückwichen
und die Gartenpforte zu gewinnen suchten.

„Du Schwefelbande! — Du Rotte Korah!" schnob er hinter ihnen drein, die Glastür auf= reißend — „komm du mir Sonntag ins Gottes= haus — dich werd' ich zwiebeln!"

Dann wandte er sich gegen Boleslav und maß ihn mit finsterem Blicke vom Wirbel bis zur Zehe. Sein Auge blieb an der Landwehrmütze haften, die dieser zwischen den Fingern hielt.

„Sie haben den Feldzug mitgemacht?" fragte er.

„Ja."

„Säh' ich das Kreuz nicht über dem Schirme, so würd' ich fragen, für oder gegen Preußen?"

Boleslav, dessen Gedanken noch an der ent= flohenen Lichtgestalt hingen, verstand ihn im ersten Augenblicke nicht, dann fuhr er in jähem Zorne gegen ihn an.

Doch der alte Pfarrer war nicht der Mann, sich einschüchtern zu lassen — und während die Blicke beider düster ineinander ruhten, rief er: „Boleslav von Schranden, hab' ich ein Recht zu diesem Argwohn oder hab' ich es nicht?"

Da schlug Boleslav die Augen nieder. Er konnte den Richterblick des einstigen Lehrers nicht ertragen.

Dieser öffnete die Tür seines Arbeitszimmers, wo zwischen Bücherschränken und Pfeifengestellen Pallasche und Feuergewehre an den Wänden lehn= ten, und sagte: „Um der Mütze willen, die Sie tragen, soll Ihnen der Eintritt nicht versagt sein. Doch machen Sie es kurz. Für einen Schranden ist kein Platz in diesem Hause."

Er stellte den Stock in eine Ecke, schlug sich den geblümten Schlafrock um die dürren Lenden und ging im Zimmer auf und nieder.

Boleslav rang nach Worten. Wie ein Verbrecher stand er vor diesem Manne, aus dessen Munde jedes Wort wie ein Tropfen geschmolzenen Erzes auf ihn niedersank. Wahrlich — es war kein leichtes Stück, die Schuld des Vaters auf die eigenen, ehrlichen Schultern zu laden.

„Herr Pfarrer," begann er stammelnd, „vergessen Sie für einen Augenblick, daß ich den Namen Schranden trage."

Der Alte lachte bitter in sich hinein. „Viel verlangt," murmelte er, „viel verlangt."

„Sehen Sie in mir nichts weiter als einen Sohn, der seinen Vater begraben will, und dem die Erfüllung dieser höchsten und heiligsten Pflicht von ruchlosem Gesindel verweigert wird."

Der Alte hob und senkte die Brauenpinsel, erwiderte aber nichts.

„Ich wende mich nun an Sie, den Priester der christlichen Kirche, und frage Sie, ob Sie einen solchen Frevel in Ihrer Gemeinde dulden wollen —?"

„In meiner Gemeinde kann das nicht vorkommen!" polterte der Alte. „Wo ich hingesetzt bin, die Seelen zu Gott zu führen, bekommt ein jeder sein ehrliches Begräbnis."

„Und doch wagt man —"

„Halt — um wen handelt es sich?"

„Um meinen Vater."

„Den Freiherrn Eberhard von Schranden?"

„Ja."

„Der Mann ist seit sieben Jahren tot."

„Herr Pfarrer!"

„Seit sieben Jahren ist er aus der Gemeinschaft der Lebenden ausgeschieden. — Seit sieben Jahren modert er in der Erde. — Lassen Sie mich in Ruhe mit ihm."

„Herr Pfarrer, ich bin Ihr Schüler gewesen.... Sie sind es, der mich den Namen Gottes zuerst gelehrt hat. ... Ich habe Sie allzeit für einen tapferen, ehrlichen Mann gehalten. ... Ich bereue meinen Glauben, Herr Pfarrer. ... Denn das sind feige, lügnerische Winkelzüge."

Der alte Mann richtete sich hoch empor. Seine Kinnbacken arbeiteten. Seine Nüstern blähten sich. Fahl und glutäugig trat er vor Boleslav hin.

„Mein Sohn," sagte er, „seh' ich aus wie einer, der Lügen feilhält?"

Boleslav trotzte vor sich hin, aber so sehr er sich dagegen wehrte, er fühlte etwas von dem alten, lang vergessenen Schülerrespekte in sich erwachen.

„Mein Sohn," fuhr der Alte fort, „es kostete mich nur ein Wort, um dich der Rotte, die draußen am Gartenzaune auf dich lauert, zu überliefern — aber noch einmal — um der Mütze willen, die du trägst, soll dir verziehen sein. Und was ich dir sagte, will ich auch beweisen."

Er schritt zu einem der Schränke, wo in langen Reihen — ein zerlumpter Foliant neben dem an-

deren — die Kirchenbücher der Gemeinde standen —
holte eines von ihnen herunter und schlug eine
Seite auf, auf welcher zu oberst die Zahl 1807 ver=
zeichnet war.

„Hier lies, mein Sohn!"

Und Boleslav las: „Am 5. März starb Hans
Eberhard Freiherr von Schranden, ex memoria
hominum exstinguatur!"

Dahinter standen drei Kreuze.

„Das ist eine Fälschung!" rief Boleslav.

„Ja, mein Sohn," erwiderte der Alte feierlich,
„das ist eine offenbare und wissentliche Fälschung,
ein Frevel an meinem Amte, und wenn du mich
den Gerichten ausliefern willst, so werde ich ab=
gesetzt und ins Gefängnis gesperrt, wo ich dann
meine Tage beschließen werde. Nun tue, was dein
Sinn dir eingibt. Mein Schicksal ist in deiner
Hand."

Ein Schauer, aus Grauen und Ehrfurcht ge=
mischt, überrieselte Boleslavs Leib. Er kannte den
wilden Drang, Freiheit, Glück und Leben der
Vaterlandsliebe zum Opfer zu bringen, gut genug
aus eigener Brust, um zu verstehen, was den Alten
zu diesem wahnwitzigen Geständnis trieb.

„Mit diesen Kreuzen," fuhr der Pfarrer fort,
„hab' ich vor sieben Jahren den Mann begraben,
der trotz seiner Grausamkeiten und wilden Gelüste
bis dahin mein Freund gewesen war. Und wer
mir noch seinen Namen aussprach, den jagte ich
selbigen Augenblicks aus meinem Hause. — Dann

kam eine Nacht, in der die Flammen des brennenden
Schlosses diese Wände taghell beleuchteten. Da bin
ich aus meinem Bette gesprungen, habe mich auf
die Knie geworfen und habe zu Gott um Verzeihung
gebetet für den, der's angesteckt hat — denn angesteckt war's, es brannte zugleich an allen vier
Enden. — Von jetzt ab, dacht' ich, wird mit dem
Täter auch die Stätte, auf der die Tat geschah,
ausgetilgt sein aus der Menschen Gedenken. — Mit
dem Gespenste, das späterhin zwischen den Ruinen
von Schloß Schranden herumgespukt haben soll,
hatte ich nichts mehr zu schaffen. — Und nun kommst
du plötzlich, mein Sohn, erzählst mir, das Gespenst
sei kein Gespenst, sondern ein lebendes Geschöpf
gewesen, selbiges habe erst vor etlichen Tagen das
Zeitliche gesegnet und harre nun auf sein christliches
Begräbnis. Allein ich verweigere es ... und zwar
auf Grund dieses Registers. — Ich begrabe niemand zweimal. — Zeigst du mich an, so werde
ich verurteilt — das versteht sich von selbst. —
Aber du weißt, daß ich sowieso darauf vorbereitet
bin. Nun tu, was du willst — begrabe den Leichnam — erweis ihm alle Ehren, deren du ihn für
würdig hältst, hol dir ein Gefolge zusammen, so
glänzend, wie's kein Kaiser hat — aber mich laß
aus dem Spiel."

Er setzte sich in seinen grüngepolsterten Lehn-
stuhl, stützte das Gesicht in die runzligen, behaarten
Hände und starrte vor sich nieder in das auf-
geschlagene Kirchenbuch.

Von diesem Eisenkopf war nichts zu hoffen. Es wäre Wahnwitz gewesen, sich darob einer Täuschung hinzugeben. — Auch jener anderen Täuschung, daß die Geliebte durch Kampf und Sühne jemals auf Erden zu erringen sei.

Zertrümmert und zerstampft war alles, was schüchterne Träume in seiner veröbeten Seele wieder aufzubauen gewagt hatten.

Ein qualvolles Lachen entrang sich seiner Kehle.

„Das also ist die Gnade, die Vergebung, die Ihr predigt," rief er, Tränen des Zornes in den Augen. — Der Alte erhob sich langsam und ließ die Hand schwer auf Boleslavs Schulter niederfallen. —

„Um deiner Mütze willen, mein Sohn, will ich dir auch hierauf Rede stehen, obwohl dein Anblick mir verhaßt ist. Es sind anderthalb Jahre her, da kamen aus Rußland Horden zerlumpter, bettelnder Franzen — elend, verhungert, mit Frostbeulen bedeckt. Die Schrandener griffen nach Sensen und Dreschflegeln, um sie totzuschlagen, und 's wär' ihnen vielleicht recht geschehen, den Napoleonischen Schinderknechten. Aber da hab' ich die Pforten der Kirche weit aufgetan, damit sie sich an Gottes Altar flüchteten, hab' ihnen Feuer angezündet auf den Fliesen, hab' ihnen eine heiße Suppe kochen lassen und zur Nacht eine Streu gelegt — denn sind es auch Feinde, hab' ich den Schrandenern gesagt, so tragen sie doch Menschengesichter wie ihr und schleppen das Kreuz des großen menschlichen Elends,

das einst der Heiland getragen, auf ihren Schultern.
Geht heim und betet zu Gott, daß er euch damit
verschonen möge. — — Du siehst, mein Sohn, ich
kann auch milde sein. — — Und um auf das Begräbnis zurückzukommen — ich weigere niemand
seinen guten Ruheplatz. Wo ich zu befehlen habe,
wird keiner in den Winkeln verscharrt, auch der
Selbstmörder nicht. Wenn's einem im Leben mise-
rabel ging, muß er doch wenigstens im Tode sein
Vergnügen haben, sag' ich. Und wenn einer vom
Schafott hergebracht würde, der seine eigene Mutter
erschlagen hat, ich würde im vollen Ornat zu seiner
Grube gehen, würde die Hände über seinem Leichnam falten und würde flehn zum Herrn der Heer-
scharen: ‚Vergib ihm, denn er wußte nicht, was er
tat.' — An allen will ich Milde üben, nur an
deinem Vater nicht! Denn wer sich an seinem
Vaterlande versündigt, der schändet alle himmlischen
und irdischen Gesetze, der schändet die Mutter, die
ihn geboren, und verfemt die Kinder, die er erzeugt.
Den soll man hinausstäupen aus aller menschlichen
Gesellschaft, denn er ist wie der Aussätzige — Tod
und Verderben bringt er mit sich, wohin er tritt.
Wie ein toller Hund ist er, der mit seinem Geifer
die Tollwut ausspritzt über alles Lebende, das ihm
begegnet. — Wie groß meinst du wohl, mein Sohn,
daß die Schuld deines Vaters ist, und was er alles
versündigte? Die paar hundert pommersche Jungen,
die draußen auf dem Anger eingescharrt liegen, die
trag' ich ihm nicht nach. Die hätten vielleicht so-

wieso dran glauben müssen. Auf ihren Gräbern
steht hohes Gras, und ihre eigenen Väter haben
sie wohl längst verschmerzt — aber komm her, mein
Sohn —"

Er ergriff Boleslavs Hand und führte ihn ans
Fenster.

„Sieh hinaus, — was siehst du dort am Garten-
zaun? Einen Haufen wilder Tiere siehst du, die
mit blutgierigem Geschrei umherlungern, ob die
Beute bald kommen wird, ihren Hunger zu stillen
und die doch zu feige sein werden, sich auf dich zu
stürzen und dich zu zerfleischen, wenn du unter sie
treten wirst. Und sieh mich an, mein Sohn! Ich
bin hierher gesetzt von Gott, seine Liebe zu verkündigen, und ich predige Haß. — Worte der Milde,
süß wie Honig, sollen von meinen Lippen träufeln,
statt dessen springen Skorpionen heraus, sobald ich
den Mund auftue, denn auch ich bin ein wildes
Tier geworden. — Und das hat die Untat deines
Vaters aus uns gemacht! — Hier unten in Schranden
findest du nichts Gutes — denn das Gift deines
Vaters gärt in uns und impft sich fort auf Kind
und Kindeskind, bis der Herr die Stätte des Frevels
samt ihrem vermaledeiten Namen vertilgen wird
von seiner heiligen Erde — Amen." ·

Mit erhobenen Händen, wie ein fluchender Pro-
phet des Alten Bundes, stand er da, und in seinen
Mundwinkeln kochte der Schaum.

Boleslav, betäubt von Entsetzen und Grauen,
wandte sich schweigend nach der Tür.

Der Alte rief ihn nicht zurück. —

Als er den Hausflur durchschritt, fuhr er heftig zusammen, denn ihm war, als hätte er hinter einer halbgeöffneten Tür das Rascheln eines Frauenkleides vernommen.

Um alles in der Welt — ihr nicht begegnen! Heute nicht, in diesem Augenblicke nicht, da ihm zu Mute war, als ob alles Gute und Hohe, was er in seiner Seele still heimlich auferbaut, zermalmt und besudelt am Boden läge.

„Wenn alle Bestien geworden sind, kann ich ja auch zur Bestie werden," dachte er, während er, die Tasche mit den Pistolen handgerecht auf der Brust, dem Haufen der Schrandener entgegenschritt.

Der alte Pfarrer hatte recht: sie johlten und schmähten hinter ihm her — Mordlust blitzte aus ihren Augen — aber Hand an ihn zu legen, wagten sie nicht. — — — — — — — — —

Als er die Zugbrücke erreichte, hinter deren Pfeilern eine Frauengestalt zusammengekauert seiner harrte, war ein wilder, verzweifelter Entschluß in ihm zur Reife gekommen: Er wird dem Vater mit Waffengewalt die letzte Ruhe erzwingen.

„Willst du dir wieder einmal ein schönes Stück Geld verdienen?" fragte er das junge Weib, das bei seinem Nahen, von Glut übergossen, in die Höhe schoß.

Sie sah ihn eine Weile sinnend und staunend an, dann, als ob sie jetzt erst begriffen habe, schüttelte sie heftig den Kopf.

„Warum nicht?" herrschte er sie an.

Sie begann zu zittern. „Was soll ich mit Geld, Herr?" fragte sie leise und bittend, „sie nehmen's mir ja doch bloß weg."

„Wer?"

„Die Menschen — alle Menschen — bitte, bitte, Herr, bloß kein Geld."

„Offenbar ist ihr Geist verstört," dachte Boleslav.

„Und dann ist ja Geld genug da," fuhr sie mit scheuem Umblick flüsternd fort, „im Keller liegt Geld — ein ganzer Kasten voll — dort, wo die Weinfässer stehen — da nehm' ich mir immer 'raus, soviel ich für ihn — für den gnäd'gen Herrn — brauchte. Für mich selber brauch' ich nichts, Herr, höchstens 'ne neue Jacke."

„Willst du dir also eine neue Jacke verdienen?"

„Die brauch' ich mir nicht zu verdienen, Herr. Wenn ich nächstens nach Bockeldorf geh' — denn der Herr muß doch was zu essen haben —, bring' ich mir eine mit."

So mag das Haustier fühlen, das gedankenlos seine Arbeit tut, wie es gedankenlos sein Futter entgegennimmt.

„Willst du also, ohne was zu verdienen, diese Nacht einen weiten Gang für mich tun?"

„Ob ich will, Herr? Wenn Sie nur wollen, Herr!" — — — — — — — — —

VI.

Folgenden Tages wurde das Dorf Schranden von einem Besuche überrascht, der seinen festlich gestimmten Bewohnern keine geringe Enttäuschung bereitete.

Es war gegen fünf Uhr Nachmittags, als auf der Dorfstraße zwei Leiterwagen dahergefahren kamen, deren jeder fünf bis sechs Insassen trug, junge Leute in Jägerröcken, Feldmützen auf dem Kopfe, Büchsen an breitem Gurte über die Schulter gehängt.

Auf dem vorderften der Wagen saß außerdem eine Frauensperson, die in dem Augenblick, da die Pferde auf den Kirchplatz einbogen, mit einem wilden Satze über die Leiter sprang und in der Richtung des Schlosses hin das Weite suchte. —

Jeder Schrandener erkannte in ihr beim erften Blicke das Liebchen des seligen Barons, allein die allgemeine Verwunderung war so groß, daß niemand daran dachte, sie zu verfolgen.

Vor dem Gafthof zum „schwarzen Adler" machten die Wagen halt. Die Fenster wurden aufgerissen, und ehe noch die Fremden ihre Sitze

verlaſſen hatten, brauſte ein wüſtſtimmiger Will-
kommenlärm ihnen entgegen.

„Die Heideſöhne — Hurra — die Heideſöhne,"
ſchrie Felix Merckel, der mit den Kameraden aus
der Sellenthinſchen Schwadron manchen Strauß
zuſammen ausgefochten hatte, und ſchwenkte einen
ſchäumenden Krug zum Fenſter hinaus.

Sein Vater öffnete raſch die Tür zum Herren-
ſtübchen, in dem nur Wein getrunken werden durfte,
denn es war Hoffnung vorhanden, daß die wohl-
habenden Bauernſöhne etwas draufgehen ließen.

Doch dieſe hatten als Antwort auf das be-
geiſterte Willkommen nichts wie ein finſteres, faſt
feindſeliges Schweigen. Ohne nach den Lärmenden
aufzuſchauen, zogen ſie allerhand Geräte — Sägen,
Beile und Grabſcheite — zwiſchen den Leitern hervor
und begannen die Pferde abzuſträngen.

Die Schrandener wurden ſtutzig.

„Potzwetter — iſt euch die Gurgel zugeſtopft?"
ſchrie Felix Merckel zum Fenſter hinaus. — „Und
wo habt ihr euer Wundertier, den Leutnant Baumgart gelaſſen?"

Noch immer erfolgte keine Antwort.

Die Schrandener begannen zu glauben, daß die
Fremden ſich einen Scherz mit ihnen ausgedacht
hätten, und ſtimmten ein unbändiges Gelächter an.

Da trat Karl Engelbert, welcher ſich als Führer
benahm, unter das Fenſter, aus welchem Felix
breitſchulterig ſich hinauslehnte, grüßte halb mili-
täriſch zu ihm hinauf und ſagte: „Mit Erlaubnis,

Herr Leutnant, wir sind nicht gekommen, ein Fest oder sonst was Lustiges zu feiern — wir sind Begräbnisleute."

„Hier in Schranden wird niemand begraben," schrie Felix Merckel noch lachend zurück, aber sein Gesicht zog sich merklich in die Länge.

„Mit Erlaubnis, Herr Leutnant — wir sind aber zum Begräbnis eingeladen."

„Von wem denn?"

„Von unserm ehemaligen Leutnant Baumgart."

„Blödsinn — hier gibt's keinen Leutnant Baumgart, — den sollt ihr ja eben mitbringen."

„Mit Erlaubnis, Herr Leutnant, der ist schon hier."

„Wo steckt er denn, der Kerl?"

„Sie werden ihn wohl bloß unter seinem Geburtsnamen kennen. Herr von Schranden hieß er sonst — —"

Der Steinkrug in Felix Merckels Hand fiel zerschellend dem jungen Engelbert vor die Füße. Das Bier spritzte an seinen Beinen in die Höhe. — —

Ein Tumult erhob sich in dem Inneren des Gasthauses, als ob eine Schlacht geschlagen werden sollte, dann wurden die Fenster dröhnend zugeworfen, und als Johann Radtke, von seinem Durst getrieben, die Treppenstufen zum Vorbau hinanschreiten wollte, flog die Haustür ihm vor der Nase ins Schloß.

„Wie die Strolche müssen wir uns hier von der Schwelle jagen lassen —" murrte der finstere

Peter Regenthin und ballte die Faust in seiner Binde.

„Haft du Luft, meineidig zu werden?" sagte Engelbert leise, an ihn herantretend, „dann kehr um. — Was auch von uns gefordert wird — ein Hundsfott, wer die Kirche von Danniglow vergißt."

„Und wem der Gaumen trocken ist, kann ja Maraunewasser saufen," fügte Johann Radtke mit einem Seufzer hinzu.

Engelbert schulterte seine Büchse. — „Die Wagen fahren vorauf!" kommandierte er — „Vorwärts marsch." — Der Zug ordnete sich; während ein Haufe von Eingeborenen, durch die Büchsen in Respekt gehalten, hinter ihnen hertrollte, schritten sie dem Schlosse zu.

Auf der Brücke stand Boleslav, sie zu empfangen.

In überströmender Freude stürzte er den Freunden entgegen — kaum, daß ein Ruf des Dankes sich über seine Lippen rang.

Engelbert reichte ihm schweigend die Hand. Doch als Boleslav ihn umarmen wollte, wich er ihm aus.

Der in seiner Erregung achtete nicht darauf. „Ich wußt's ja, daß ihr kommen würdet," stammelte er, „wußt's ja, daß ich noch Freunde habe — daß ihr mich diesen Wölfen nicht wehrlos überlassen würdet."

Keiner antwortete ihm.

In Reih und Glied, steif und still wie eine Mauer, standen sie da, nur die Blicke irrten scheu an ihm vorüber.

Engelbert war der erste, der das Schweigen brach.

„Du hast gerufen — wir sind da — aber unsere Zeit reicht nicht weit — sag uns, was du für uns zu tun hast."

Für einen Augenblick mochte Boleslav sich durch die rauhe, kurze Sprache desjenigen, der ihm von allen Kameraden stets der liebste gewesen, befremdet fühlen, aber wie durfte er an ihnen zweifeln?

Sie waren ja gekommen!

Und in wirren, durcheinanderstürzenden Worten erzählte er ihnen, wie die Schmach, welche die Schrandener dem Vater zuzufügen gedachten, sich über ihn, den Sohn, ergossen habe, und was er mit Hilfe der Freunde zu tun entschlossen war.

Derweilen starrten hinter einem Schutthaufen hervor ein Paar flammende Augen ihn an, derweilen zuckte und zitterte der Frauenleib, der dort wie ein Knäuel zusammengekauert saß.

„Sie sind hier — sie sind schon im Dorf!" so hatte sie ihm in bangem Jubel entgegengerufen, wie eine Mänade über den Hof daherstürmend.

Im ersten Augenblicke hatte er sie für eine Fremde gehalten. Sie trug einen hellen Kattunrock, eine Nachtjacke lose zugeknöpft über dem wogenden Busen und ein buntes Kopftuch unter dem Kinne geknotet, wie es bei den Bauernmädchen Sitte war.

„Das haben sie mir zum Anziehn gegeben,"
fügte sie wie zur Entschuldigung hinzu, da sie seinen
befremdeten Blick gewahrte.

In seiner Freude achtete er nicht mehr auf sie.
Dann, als er die Freunde erwartend auf der Brücke
stand, sah er sie zwischen den Trümmern herum-
schleichen. Das Kopftuch war ihr in den Nacken her-
untergefallen — in voller Verwilderung fluteten die
schwarzen Locken ihr über das sonnverbrannte Gesicht. — Sie lachte wie geistesabwesend in sich
hinein.

Da schämte er sich, daß er dies Weib den Freunden hatte zeigen müssen, und nahm sich vor, sie auf
der Stelle auszulohnen, damit sie ihnen nicht wieder
begegnete.

„Was treibst du hier?" herrschte er sie an.

Sie fuhr zusammen. „Nichts, Herr," erwiderte
sie, die Augen in Schuldbewußtsein senkend.

„Warum lachtest du?"

„Ich, Herr," stammelte sie, — „ich freu' mich
man bloß."

„Worüber?"

„Weil ich wieder da bin."

O — das elende Geschöpf!

Was war es, das sie an diesen Fleck Erde
fesselte, der ihr nichts wie Schmach und Entbehrung
geboten, und an dem sie fortan doppeltem Elende
preisgegeben war?

Man hatte ihm von Hauskatzen erzählt, die,
wenn das Haus, dem sie sich zugehörig fühlen, von

seinen Bewohnern verlassen worden, lieber unter
dem veröbeten Dache Hungers sterben, als daß sie
mit jenen in die Ferne gehen.

Wie, wenn auch diese Katzenart nicht zu vertreiben war?

In diesem Augenblicke wär's grausam gewesen,
das Wort der Verbannung auszusprechen. Mochte
sie bis morgen dableiben, wenn sie ihm nur ihren
verhaßten Anblick ersparte.

„Scher dich fort," befahl er, „und laß dich weder
vor mir noch vor den Fremden sehen."

Da hatte sie demütig den Kopf gesenkt und war
hinter den Schutthaufen verschwunden. Dort kauerte
sie nun, zitternd vor Angst, entdeckt zu werden. — —

Boleslav hatte geendet.

Engelbert wechselte einen Blick des Einverständ-
nisses mit seinen Freunden, dann sagte er: „Wir
haben die nötigen Werkzeuge mitgebracht — wenn
du uns das gehörige Holz lieferst, wollen wir dir
in kurzer Zeit einen Sarg zusammenschlagen."

„Freilich, ein Rittersarg wird's nicht werden,"
fügte Peter Negenthin mit hartem Lächeln hinzu.

Engelbert sandte ihm einen strafenden Blick zu.
Ein Raunen und Grollen ging durch die kleine Schar.

Boleslav, in freudiger Zuversicht befangen, sah
und hörte nichts davon. „Besinnt ihr euch noch,"
rief er, „auf jenen Sarg, den wir im Finstern für
den jungen Grafen Dohna zimmerten? Zwei Stunden brauchten wir dazu und konnten keine Hand
vor Augen sehen."

Aber seine Erinnerungen fanden keinen Nachhall.

„Einer bleibe bei den Pferden," sagte Engelbert, „wir andern wollen uns Hölzer suchen. — Bis zum Abend muß alles für den Gang bereit sein."

Boleslav, in Sorge, was er seinen Freunden Liebes antun könnte, gedachte des Weinlagers, das er in den Kellern gefunden hatte, und das vom Feuer verschont geblieben war. — Dort lagen auch die Speisevorräte des Hauses, etwas Brot und geräuchertes Fleisch, leider viel zu wenig, um die Freunde zu bewirten.

„Zu essen hab' ich so gut wie nichts," sagte er, „aber mögt ihr nicht wenigstens einen Schluck Wein trinken, bevor ihr ans Werk geht?"

Die Freunde schwiegen und machten finstere Gesichter.

„Laß nur," meinte Engelbert, einen leichten Ton anschlagend, „Wein macht träge Glieder.... Die Arbeit hat Eile."

Und er bückte sich, einen der angebrannten Balken, welche zwischen dem Trümmerwerk der Ställe umherlagen, prüfend zu betasten.

„Der tut's," sagte er, „aber sägt das Verkohlte nicht ab — das ersetzt uns die Farbe."

Und er schritt mit Boleslav weiter, zwei oder drei andre der Balken auszusuchen.

Da schwirrte etwas Helles vor ihnen empor und war im Nu hinter der nächsten Mauer verschwunden.

Boleslav ballte die Fäuste. Er hatte Reginen erkannt.

„Verzeih," sagte er, „daß ich dir keinen besseren Boten schicken konnte, aber ich habe niemand sonst."

Engelbert wollte reden, aber es war, als ob ihm ein Verbot die Zunge bände.

„Und bekleiden hast du sie wohl auch erst müssen?"

„Ja," sagte Engelbert, dessen Redseligkeit die Oberhand gewann, „ich fand sie halbtot und mit zerrissenem Zeug vor der Haustür liegen, als — ich Nachts aufgestanden war —, wollte doch sehen, was die Hunde so zu bellen hätten."

„Wie? war's noch in der Nacht?"

„Zwei Uhr Morgens war's. — Hier dieser Balken ist gut — den könnt ihr nehmen. Sie hat die fünf Meilen in sieben Stunden gemacht. — Hätt's nie im Leben für möglich gehalten. — Wie 'ne angeschossene Otter lag sie da — so straff und glänzend — und zappte nach Luft — und dein Blatt Papier hielt sie mit beiden Fäusten umklammert. Sie wollte aufstehen, aber da fiel sie zurück — und dann holt' ich ihr Branntwein und rieb ihr die Schläfen und gab ihr auch — — —"

Einer der Gefährten, die ihm nachgefolgt waren, sah ihn mit einem Blicke der Verwunderung an. Er erschrak und hielt mitten im Satze inne. — — —

In den folgenden Stunden hörten die Schrandener, die wütend und verstört am Ufer des Flusses entlang rannten, auf der Schloßinsel ein emsiges

Hämmern und Sägen und Klingen, das ihnen nichts
Gutes zu bedeuten schien. —

Sollten auf diese Weise ihre schönsten Pläne zu
Wasser werden?

Es dauerte nicht lange, da erschien der alte
Hackelberg mit seinem Gewehr auf dem Platze, das
er für gewöhnlich auf irgend einem Düngerhaufen
vergraben hatte, weil er fürchtete, daß man es ihm
wieder wegnehmen würde, wie schon einmal geschehen,
als er sich auf dem Marktplatze damit verlustierte,
die Fledermäuse wegzuschießen, die, wie er versicherte, schon am hellen Mittag in Scharen hinter
ihm herzogen. Mit diesem braven Gewehr war
er früher allnächtlich auf die Wilddieberei gegangen,
aber seit die nimmerfehlende Hand vom Trunke
schwach und zittrig geworden war, hatte er dies
fröhliche Handwerk an den Nagel hängen müssen.
Nur manchmal, wenn er sehr, sehr viel getrunken
hatte, kam das Bewußtsein alter Jägerherrlichkeit
urplötzlich über ihn, dann rannte er hinter die Ställe,
grub das Gewehr aus seinem Verstecke und holte
die erste Schwalbe, die vorüberschoß, mitten im Fluge
aus der Luft herab.

Mit der lallenden Beredsamkeit, die ihm eigen
war, begann auch er zu hetzen.

„Schrandener, die Ehre ruft — wappnet euch
gegen die Verräter. — Ich bin ein unglücklicher
Vater — mein Kind hat er mir geraubt — ich
schieß' ihn tot — den Kerl."

„Aber, er is ja schon tot," meinte einer.

„Is er schon tot? — Schad't nichts — die
Brut muß auch totgeschossen werden — alle müssen
sie totgeschossen werden."

Inzwischen rannte Felix Merckel wie ein an=
gestochener Eber im Gastzimmer umher. — Er
erinnerte sich der Heidesöhne gut genug, um zu
wissen, daß sie, gereizt oder gar tätlich angegriffen,
keine Schranken mehr kannten. Ein Blutvergießen,
wie es keiner der Tobenden draußen ahnte, mußte
die unausbleibliche Folge sein. — Und dann — was
dann? Würde auf ihn, als den natürlichen An=
führer, der Zorn der beleidigten Gesetze sich nicht
zu allererst ergießen?

Aber andererseits — durfte dem Schleicher, der
da gewagt hatte, sich unter falschem Namen das
Vertrauen der Kameraden und damit gar ein Leut=
nantspatent zu erschwindeln — durfte ihm, der nun
doppelt den Haß und Abscheu jedes wackeren, ehr=
liebenden Soldaten verdiente, dieser Triumph ge=
gönnt werden?

Herr Merckel senior hatte inzwischen andere
Sorgen.

Er fand es höchst tadelnswert, daß ein so großes
Quantum edelster Entrüstung zwecklos in freier
Luft verpuffen sollte, und beschloß diesem Unfug
ein Ende zu machen.

Er trat auf den Verschlag, der die Haustür um=
rahmte, und rief mit dem ihm eigenen väterlichen
Wohlwollen in den Haufen hinunter: „Ich als
euer Ortsvorstand kann es nicht dulden, liebe Kinder,

daß ihr unseren öffentlichen Platz zu einem solchen
Tumulte benutzt. — Sucht euch hübsch einen ge=
schlossenen Raum aus, Kinder — da dürft ihr Skan=
dal machen, so viel ihr wollt."

Daß mit dem „geschlossenen Raume" nur die
Wirtsstube zum „Schwarzen Adler" gemeint sein
konnte, war jedem klar, und fünf Minuten später
ließ der Konsum an geistigen Getränken nichts mehr
zu wünschen übrig.

Felix hatte den Krauskopf in beide Hände ge=
stützt und starrte in finsterer Wut vor sich in das
Glas.

Kein preußischer Patriot, geschweige denn einer,
der den Degen trug, durfte sich ein solches Unter=
fangen bieten lassen, lieber sterben — lieber —

Und er begann mit begeisterten Worten auf die
Menge einzureden. —

Die Wirkung sollte nicht ausbleiben. Einer nach
dem anderen stahl sich hinaus, um bald darauf
mit irgend einer Waffe — einem Feuersteingewehr,
einem Krummsäbel oder einer Sense — wiederzu=
kehren.

„Immer hübsch ruhig und patriotisch, Kinder!"
rief schmunzelnd der alte Merckel, während er mit
Argusaugen nach leeren Krügen spähte. — —

Es war Nacht geworden — die zwei braungelben
Unschlittkerzen auf dem Schenktisch qualmten in dem
dumpfig heißen, überfüllten Raum, dessen Halbdunkel
die Reflexe der blanken Sensen blitzartig durch=
schnitten — da stürzten ein paar Bursche, die an der

Zugbrücke als Wachen aufgestellt waren, schreiend
ins Zimmer: „Sie kommen, sie kommen!"

Ein Wutgeheul erhob sich.

Alles drängte zur Tür. Felix Merckel eilte in
sein Schlafzimmer, sich den Säbel umzuschnallen,
aber er kehrte nicht wieder. — Wahrscheinlich hatte
er sich beim Anblick der Waffe, die er so lange mit
Ehren geführt, eines Besseren besonnen. —

Sein Vater ermahnte derweilen die Tobenden
zur Ruhe und Besonnenheit, insbesondere diejenigen,
die ihre Zeche noch nicht bezahlt hatten.

„Vorwärts," lallte der alte Hackelberg, „rächt
mein armes Kind — macht sie nieder!"

Draußen auf dem Marktplatze, den das Mondlicht hinter Wolken hervor mit fahlem Dämmerlichte
übergoß, stand die ganze Bevölkerung des Dorfes
versammelt. Selbst die Säuglinge hatte man aus
ihren Wiegen gerissen. Ihr Quäken mischte sich in
den hundertstimmigen Lärm.

Dunkel und schweigend schaute die Kirche mit
ihrer riesenhaften Schattenmasse auf das wüste Schauspiel nieder. Dunkel und schweigend lag auch das
Pfarrhaus da. —

Der alte Wetterer hatte Wort gehalten. Er sah
und hörte nichts von allem, was geschah. —

Hinter den Hütten hervor, welche den Weg
zum Flusse umsäumten, drang dunkelroter Feuerschein. — Über die niedrigen Dächer empor wir-
belte schwärzlicher Qualm. Wie der Gleisch einer
aufgehenden Feuersbrunst brach der purpurne

Dunst in den bleichen Dämmer der Sommernacht hinein. —

Von gleichen Impulsen getrieben, schlugen die Haufen den Weg zum Kirchhof ein, der wenige Schritte hinter den letzten Häusern dicht an der Straße gelegen war.

Dort vor der Pforte konnte den Nahenden die Bahn am sichersten versperrt werden.

Diejenigen, welche den Krieg mitgemacht hatten, formierten sich in Reih und Glied. Hier würden ja Soldaten gegen Soldaten kämpfen.

„Wo ist der Merckel?" rief verwundert einer, der in diesem Momente die Kommandostimme des Leutnants zu hören erwartete.

Und „wo ist der Merckel?" hallte ein verdutztes Echo von allen Seiten wider.

Aber man beruhigte sich wieder. Er wird wohl gleich da sein, er ist ja nur gegangen, sich seine Waffen zu holen.

Der Feuerschein kam näher und näher.

Man unterschied etwas Schwarzes, Viereckiges, das von einem Flammenkranze umgeben in den Lüften schwankte.

„Der Sarg — der Sarg!" murmelte, von unwillkürlichem Schauer ergriffen, die Menge.

Da plötzlich — wer den Anfang gemacht, wußte niemand — es wär, als habe aller Seelen in demselben Pulsschlage derselbe Gedanke durchflutet — da plötzlich stimmte der Haufe in brausendem Chore den unheimlichen Choralvers an:

„Unſern gnäb'gen Herrn von Schranden,
Der uns bedeckt mit Schimpf und Schanden,
Der uns gemacht zu Hohn und Spott,
Schlag mit der Peſt, o Herre Gott!"

Und näher und näher kam der Sarg. Schon
übergoß der Schein der Fackeln die ſingenden Haufen,
ſchon drängten die Weiber und Kinder, welche die
Vorhut bildeten, ſchreiend nach rückwärts — —

Eine Gaſſe öffnete ſich — gerade breit genug,
daß der Zug zum Weiterſchreiten Platz gewann,
und ſchloß ſich wieder hinter dem Letzten des Ge-
folges.

Sechs Männer trugen den Sarg auf ihren
Schultern und ſchwangen flammende Kienſpäne in
der freien Hand, mit denen ſie die Menge zur Seite
ſcheuchten. — Sechs andere, die ſchußfertigen Büchſen
unter dem Arme, folgten.

Voran aber ſchritt, die Feldmütze im Genick,
zwei Piſtolen mit geſpanntem Hahne in den Fäuſten,
den brennenden Blick den Gegnern ins Antlitz bohrend, Boleslav, der Leiche des Vaters den Weg zu
bahnen.

Immer tiefer drang der Riß in den Menſchen-
knäuel hinein — immer dünner wurde die Schranke,
welche den Zug von der Schar der bewaffneten
Schrandener trennte.

Die ſahen ſich unruhig nach allen Seiten um,
denn ſie fühlten ſich führerlos.

Jetzt ſtand Boleslav Bruſt an Bruſt ihnen gegenüber. — Sie wollten ſich vorwärts ſchieben. Da —

ein plötzlicher Ruck ging durch ihre Reihen, denn ein kurzes, militärisches „Halt", wie sie's im Feldzug oft genug vernommen, war an ihr Ohr gedrungen.

Und ihre Glieder, alter Gewohnheit treu, gehorchten, ob ihr Wille sich auch sträubte.

Boleslav, der den Befehl den Trägern zugerufen hatte, gewahrte das Zucken in der Mauer dicht vor ihm — ein plötzlicher Rettungsgedanke leuchtete durch sein Gehirn. —

„Stillgestanden!" kommandierte er weiter.

Nichts regte sich. — Sein Blick, seine Stimme meisterte sie.

„Wer von euch ist Soldat gewesen? Wer hat unserem Könige geholfen, sein Land zu befreien?"

Ein dumpfes, halbwiderwilliges Murmeln ging durch die Reihen, aber sie antworteten doch.

„Der König hat euch heimgeschickt," fuhr er fort, „weil es Friede geworden ist; — glaubt ihr, daß es ihm gefallen wird, wenn er hört, daß ihr den Frieden in seinem Lande wieder gebrochen habt? — Pfui, wird er sagen, so benehmen sich Polacken, aber keine Preußen. — — Drum macht Platz — Leute — Platz da!"

Ein Wogen, ein Wanken erschütterte die Mauer, sie begann sich zu spalten, und für einen Augenblick lag die Kirchhofspforte frei vor Boleslavs Blicken — aber von hinten her drängten neue Gestalten nach der Mitte zu und füllten den Spalt.

Aufs neue erhob sich das Lärmen — ein

Hohngelächter, gurgelnd und lallend, mischte sich
darein — und im nächsten Augenblicke sah er zwischen den Schultern der Vordersten ein rundes,
schwarzes, blankgerändertes Etwas, mit einem
tückisch blinzelnden Auge dahinter, auf seine Stirn
gerichtet.

Ein Augenblick nur war's, kaum lang genug,
um das Bewußtsein dessen, was für den nächsten
ihm drohte, in seiner Seele aufzuwecken. Da ertönte
in seinem Rücken ein gellender Schrei — eine Gestalt, leuchtend und geschmeidig wie die einer Pantherkatze, schoß an ihm vorüber und warf sich in den
Haufen der Schrandener hinein, der sich aufs neue
spaltete. In dem frei gewordenen Raume sah Boleslav zwei Gestalten, die sich am Boden wälzten, die
eines Weibes, welche einen Mann überwältigt hatte
und ihm den blinkenden Lauf eines Gewehres aus
den Händen rang.

Es war der Tischler Hackelberg mit seiner
Tochter. — Die mußte heimlich und unerkannt dem
Leichenzuge gefolgt sein; denn seit sie hinter den
Trümmern der Ställe verschwunden war, hatte er
sie nicht mehr erblickt. —

Neugierig drängte die Menge herzu, die wissen
wollte, was der Knäuel am Boden bedeutete. —
Diesen Augenblick der Verwirrung benutzend, schritt
er, den Sarg dicht hinter sich, an den Kämpfenden
vorüber der Kirchhofspforte zu. — —

Hinter ihnen ertönte der Knall des Gewehrs,
das sich in den ringenden Händen entlud.

„Bewacht den Eingang!" rief er den sechsen zu, die dem Sarge folgten, während die Träger ihren Weg zwischen den Grabhügeln zum Erbbegräbnisse der Schrandener Freiherren fortsetzten. —

Karl Engelbert, welcher die Nachhut befehligte und sich als erster vor die gefährdete Pforte hingepflanzt hatte, gewärtig, den Eingang mit Leib und Leben verteidigen zu müssen, sah in dem Halbdunkel, das entstand, derweil die Fackeln sich entfernten, wie die Menge sich auf die Ringenden stürzte.

Das Weib stieß zwei, drei kurze, schneidende Schreie aus. Offenbar begann man seine Wut an ihr auszulassen. Kein Zweifel blieb, daß man sie töten würde, wenn ihr nicht schleunige Hilfe kam.

„Laßt sie los!" schrie Engelbert, mit kräftiger Faust in den Haufen hineingreifend. Im nächsten Augenblicke glitt die Gestalt, die vorhin in höchster Not aus dem Haufen hervorgetaucht war, aufs neue an ihm vorüber —, duckte sich in den trockenen Graben des Kirchhofswalles hinunter und huschte dann am Zaune entlang schattengleich in die dunkle Nacht hinaus.

Die Schrandener fingen johlend an hinter ihr her zu laufen.

„Aber das Begräbnis?" schrie einer.

„Hol' der Teufel das Begräbnis," — ein anderer und warf einen scheuen Blick auf die wachehaltenden Männer, mit denen, wie es schien, nicht zu spaßen war.

Auf jenes wehrlose Wild Jagd zu machen, das

war ein befferes Vergnügen, als hier feine Haut
zu Markte zu tragen.

Und wie eine Meute von Bluthunden ftürmten
die Schrandener von bannen. — Der Tifchler Hackelberg wollte das gleiche tun, er erhob fich langfam,
taumelte in den Graben, blieb dort liegen und
fchlief ein.

————

VII.

Die letzte der Steinplatten, welche das Grab-
gewölbe bedeckten, sank knirschend und klingend in
ihre Fugen zurück. —

Ernst Eberhard von Schranden ruhte bei seinen
Vätern. —

Die Männer, die in der Grabkapelle das Toten-
gräberhandwerk verrichtet hatten, entblößten ihre
Häupter und sprachen ein stilles Gebet. —

Die letzte Fackel entsank niedergebrannt dem
Ringe, in dem sie befestigt gewesen, und glimmte im
Verlöschen auf den blanken Fliesen weiter, in blu-
tigem Flackerschein zu den finsteren Gesichtern der
Betenden emporzuckend. —

Dann verließen sie, ohne sich nach Boleslav
umzuschauen, die Kapelle.

Der stand in einen Winkel gedrückt, hatte die
Hände vors Gesicht geschlagen, und gedachte in
wildem Trotze dessen, was seiner harrte.

Die verhallenden Schritte schreckten ihn auf. —
Schweigend folgte er den Freunden, die Gittertür
der Kapelle, die vorhin hatte aufgebrochen werden
müssen, hinter sich ins Schloß werfend.

Der Mond war aus den Wolken getreten und

warf einen grellen Schein auf die Hügel und Kreuze, die in Reih und Glied aufpostiert standen, wie Kolonnen in Kampfbereitschaft.

„Wollt ihr die Hetze weiterführen?" sagte Boleslav leise, mit einem bitteren, haßerfüllten Lächeln die Gräber betrachtend.

An der Pforte holte er die Freunde ein. Dort vereinigten sie sich mit den Wachen, die nichts mehr zu bewachen hatten, denn bis auf einzelne Gruppen von Weibern und Greisen, die schwatzend und lachend am Zaune standen, war die Straße leer.

Von den Feldern her tönte das Lärmen des großen Haufens, der seine Jagd noch nicht beendet zu haben schien.

„Gnad' ihr Gott, wenn sie sie ergreifen!" sagte Karl Engelbert und faltete gutmütig die Hände.

Dann traten ein paar der Freunde, Peter Negenthin zuvorderst, an ihn heran und sprachen leise und dringlich auf ihn ein.

Boleslav, in seine Gedanken versunken, merkte noch immer nichts von der drückenden, unheilkündenden Stimmung, die sich dichter und dichter um ihn zusammenzog; kaum daß er gewahr wurde, wie er beim Gange durch das Dorf stets wieder allein blieb, trotzdem er diesem oder jenem an die Seite getreten war.

Der erste Teil seines Werkes war vollbracht. Der Vater hatte den Ruheplatz, der ihm gebührte, aber die eigentliche Arbeit sollte ja nun erst beginnen. Bergehoch türmte sie sich vor ihm empor. Die ver=

ödeten Ruinen zu neuem Leben zu erwecken, die
verwilderten Felder, auf denen Hederich und Heide-
kraut mißfarben wucherten, in ein goldgelbes Meer
von Garben umzuwandeln, der verfallenen Habe
neuen Glanz, dem besudelten Namen neue Ehre zu
erkämpfen — und dann am Ziele seines Strebens
vor das Angesicht der Geliebten, zu der er im Bewußtsein seiner Schande jetzt selber nicht emporzuschauen wagte, vor das lichte, keusche, jungfräuliche
Angesicht zu treten und ihm entgegenzurufen: „Hab'
ich die Schmach gesühnt? Bin ich deiner nun wieder
wert?" — das alles harrte seiner, das alles wollte
erkämpft, mit Nägeln und Zähnen errungen sein.

Fast schien es Wahnwitz, so Ungeheures zu er-
streben — aber waren die Freunde nicht da? —
Hatten sie ihm nicht heute schon geholfen, schier Un-
mögliches zu erreichen? Würden sie nicht auch ferner,
dem geschworenen Eide getreu, mit Rat und Tat
an seiner Seite stehen — würden sie durch ihr Beispiel nicht allgemach den Bann der Feme lösen, der
ihn heute noch von aller Menschheit schied, und ihm
helfen, vergessen zu machen, was der Vater an ihr
gesündigt hatte? —

Höher und höher schwoll seine Zuversicht, tiefer
und tiefer grub er sich in seine Phantasien. —

Die Dorfstraße war durchschritten, die Zugbrücke
erreicht, in deren Schutz die Wagen standen. Die
Pferde waren vor den Leitern wie vor Krippen an-
gekoppelt und holten die Heubüschel mit vorgestreckten
Lefzen zwischen den Sprossen hervor.

Die Freunde schritten ohne einen Moment des Zauderns auf sie zu und machten sich bereit, sie anzuschirren.

Da wachte Boleslav erschreckend aus seinen Träumen auf.

„Was heißt das?" rief er. „Wollt ihr etwa fort? — Ich hab' euch zu danken, hab' euch um euern Rat zu bitten."

Schweigen ringsum.

„Und wollt ihr mir nicht jetzt wenigstens die Freude lassen, euch mit einem Glase Wein zu bewirten, jetzt, da alles glücklich vollbracht ist?"

Da stellte sich Peter Negenthin breit vor ihn hin, zog die geballte Faust aus der Binde und sagte zwischen den Zähnen durch: „Eher wollen wir verdursten, als daß wir auch nur einen Trunk Wasser von dir annehmen."

Boleslav taumelte zurück, als hätte jene verbundene Faust ihm einen Schlag ins Gesicht versetzt.

Ihm war, als ob die Welt ins Schwanken käme.

Da trat Karl Engelbert aus dem murrenden Haufen und sagte: „Es ist jammerschade, Baumgart — Baumgart nenn' ich dich, weil du bis zu diesem Augenblicke so für uns geheißen hast — ich mein', es ist jammerschade, daß du auf diese plumpe Manier erfahren hast, wie wir eigentlich gesonnen sind. — Hättst' ganz ruhig dein Maul halten können, Negenthin. . . . Aber da's einmal gesagt ist, sollst du auch alles wissen. — — — Du hast uns rufen lassen und wir sind gekommen. — Zwar einer oder

der andere meinte, wir hätten's nicht nötig, weil du
uns mit deinem falschen Namen etwas vorgespiegelt
hättest, aber wir anderen sagten, ob du Baumgart
hießest oder — na, 's ist egal wie, — der Schwur,
den wir einander geleistet haben vor der ersten
Schlacht — in der Kirche von Danniglow, der halte
uns fest — und meineidig zu werden, hatten wir keine
Lust. Darum sind wir hier — daß wir nicht gerne
kamen, das kannst du dir denken; denn schließlich sind
wir ehrliche Jungens und 's geht uns gegen den
Strich — ein Handwerk zu tun, bei einem ... na
kurz und gut, wenn wir jetzt zurückkommen und die
Leute speien uns an, dann müssen wir uns das ganz
ruhig gefallen lassen, denn sie sind in ihrem Recht."

„Warum habt ihr mir das nicht vorher gesagt?"
stammelte Boleslav, „warum habt ihr es dahin gebracht, daß ich jetzt vor euch steh' — wie ein — wie
ein — hahaha — wenn ihr mich anspeien wollt ...
wahrhaftig, ich muß es mir auch gefallen lassen."

„Du brauchst dir keine Vorwürfe wegen uns zu
machen," erwiderte Engelbert, „du hast an deinem
eigenen Unglück genug zu tragen, aber jetzt, nachdem wir unsere Pflicht erfüllt haben — ruhig und
ohne Murren, das wirst du uns zugeben — was
wir uns dabei gedacht haben, ist unsere Sache —
jetzt möcht' ich dich im Auftrage meiner Kameraden
und — und gewissermaßen auch — na, 's ist egal —
kurz, ich möcht' dich bitten, daß du uns fortan aus
dem Eid entläffest, den wir dir geschworen haben,
wie wir dir auch deinen gern zurückgeben wollen. —

Es steht das in deinem Belieben natürlich — aber willst du nicht — so werden wir wohl über kurz oder lang — auswandern müssen, damit die Leute uns nicht — —"

„Hör auf!" schrie Boleslav, in Todesangst vor jedem Wort, das noch über diese Lippen kommen könnte. „Euer Wunsch ist erfüllt gewesen, noch eh' ihr ihn ausgesprochen habt, denn wahrhaftig! ich hätte ja meine Schande verdient, wenn ich noch jemals einen Dienst von euch verlangte. — Ich sag' euch auch kein ‚Schön Dank‘. — Gott mög' euch alles Gute vergelten — und mög' euch nicht vergelten, daß ich jetzt so — so vor euch stehn muß — lieber hätt' ich die Leiche in den Fluß geworfen und mich hinterher — aber es ist gut ... reden wir nicht mehr davon. Darf ich euch beim Anspannen behilflich sein, da ich sonst nichts für euch tun kann?"

„Laß nur," sagte Engelbert und seine Stimme wurde weich, „es tut uns ja selbst in tiefster Seele weh ... wir haben dich so lieb, wie wir dich immer gehabt haben — aber du siehst ein — —"

„Ich sehe alles ein, lieber Engelbert — es bedarf der Entschuldigungen nicht."

„Also mag es dir gut gehen."

„Euch auch."

Die Pferde waren angespannt. Alles stand zur Abfahrt bereit.

Mit stumpfen Blicken starrte Boleslav, gegen eine Mauer gelehnt, den Aufsteigenden nach.

Von seinem Sitze wandte sich Engelbert noch einmal um. „Und vergiß — die Regine — nicht," sagte er, „falls sie mit dem Leben davonkommt. Der bist du Dank schuldig, nicht uns."

„Es ist gut," antwortete Boleslav, ohne den Sinn des Gesagten verstanden zu haben.

„Adjes also."

„Adieu auch, und glückliche Fahrt."

Die Peitschen knallten — — donnernd rollten die Räder über die Bohlen der Zugbrücke. — Wie silberumrandete Schemen schwanden die Wagen im Nebel des Mondlichts dahin.

Er war allein. — — So allein, wie auf Gottes weiter Welt noch nie ein Menschensohn gewesen.

Was beginnen?

Mit müden Schritten schleppte er sich die An- höhe hinan. Das Gestrüpp, das den Boden be- deckte, wand sich raschelnd um seine Füße. — Ein Sprühfeuer von leuchtenden Tropfen lief vor ihm her. Wie ein schwarzes Ungetüm, bereit, sich auf ihn zu stürzen und ihn mit seinen gigantischen Massen zu erdrücken, harrte auf der Höhe die Schloßruine seiner und durch die Fensterhöhlen brach das Mondlicht, daß es schien, als sähen geister- hafte Augen auf ihn nieder.

Gedankenlos schlich er an den Türmen vor- über.

Eine plötzliche Ermattung legte sich bleiern auf seine Glieder. Einschlafen — und nicht mehr er- wachen — wer das könnte!

Was war es doch, was der Freund ihm zum Abschiede vom Wagen zugerufen hatte? —

Er sann und sann, aber das Gedächtnis ließ ihn im Stiche.

Der Rasenplatz, auf dem er das fremde Weib gefunden hatte, lag grell beleuchtet wie im Tageslichte vor ihm. — In unheimlicher Schwärze hob sich der Fleck, an welchem sie die Grube zu graben begonnen, von dem flimmernden Rasen ab.

Hätt' er nur die Leiche hier verscharrt und wäre dann seiner Wege gegangen — vielleicht hätte irgendwo am anderen Ende der Welt noch ein Glück für ihn geblüht. —

Aber nun war es zu spät. — Nun hieß es ausharren, — das Werk des Trotzes zu vollenden, das so düster heute begonnen hatte. —

Allein — und einsam bis ans Ende.

Nie wieder wird er einen Freund gewinnen, nie wieder mit ruhevollen Blicken in ein Menschenantlitz schauen, seitdem die Genossen sich schaudernd von ihm gewandt.

Schaudernd, wie die Geliebte getan; denn nun verstand er, warum sie sich vor ihm verhüllte und entwich.

Losgelöst war er von allem, was in Wonne und Weh die Menschenherzen aneinanderkettet, losgelöst von Liebe, von Hoffen und Erbarmen, allein mit seiner Schmach und seinem Hasse.

Das Gesicht in den Händen vergraben, taumelte er über den Platz der Gärtnerhütte zu, da — am

Rande des Gebüsches — stieß sein Fuß an etwas
Weiches, Rundliches, das ihm den Weg versperrte.

Die Gestalt eines Weibes war's, die, den Kopf
in den Blättern vergraben, mit gelösten Gliedern
dort lag.

Regine — wahrhaftig — Regine.

„Was tust du hier? Steh auf!"

Kein Laut — keine Regung.

Wo war er ihr doch zuletzt begegnet? Richtig —
dort unten vor der Kirchhofspforte, als die Mün-
dung des Gewehrs — — und plötzlich stand das
Bild des fürchterlichen Augenblicks in Tagesklarheit
vor seiner Seele.

Für ihn hatte sie sich dem Mörder entgegenge-
worfen, für ihn dem Tode getrotzt, den die Schrandener ihr verheißen.

Und wie hatte er ihr gelohnt?

Achtlos war er an ihr vorbeigeschritten, der
Blutgier des mörderischen Haufens hatte er sie
preisgegeben, ohne mit dem Schimmer eines Ge-
dankens für ihre Rettung zu sorgen.

Und wenn sie gleich das verworfenste Geschöpf
unter der Sonne war, das verdiente sie nicht, das
wahrlich nicht.

„Regine — wach auf!"

Er bückte sich nieder und hob sie empor, doch
schlaff und leblos sank ihr Kopf in das Gebüsch
zurück. — An seinen Fingern glänzte Blut. Warm
und feucht klebten ihre Haare aneinander.

Wie, wenn sie tot war? Nein, wahrlich, sie darf

nicht, sie soll nicht. — — — Geopfert für ihn — durch ihn, das hieße ja eigene Schuld zu der ererbten häufen. — Und diesem Wesen etwas schuldig sein — welch schmachvoller Gedanke!

Sie muß weiter leben, damit er sie bezahlen kann!

Mit jähem Ruck riß er ihr das Hemd unter dem Halse entzwei und legte das Ohr auf die kühle, schwellende Brust.

Gott sei gelobt — noch klopfte das Herz!

Und als er sich emporrichtete, sah er ihr Auge groß und leer zu sich aufgeschlagen.

Erschrocken, wie auf einem Fehltritt ertappt, ließ er den Kopf aus seinen Armen fallen.

Sinkend ächzte sie leise. Die Berührung der Zweige tat ihr weh, doch damit kam sie vollends zur Besinnung. Sie stützte sich auf die Ellenbogen und sah ihn stumm und fragend an.

„Steh auf, Regine," sagte er.

Der Ton seiner Stimme ließ sie erschauern. Sie wollte sich emporraffen — aber kraftlos sank sie zurück ... „Laß mich liegen," bat ihr furchtsam flehender Blick.

„Steh auf, ich werde dir helfen."

„Muß ich gehen?" fragte sie, seinen Händen ausweichend. Angst und Jammer verzerrten das blutbesudelte wild-schöne Angesicht.

„Du möchtest also bei mir bleiben?"

„Ach, Herr — was fragen Sie?"

„Aber du wirst es schlecht haben bei mir."

„Ach nein, Herr. Der gnädige Herr hat mich alle Tage geschlagen. Ich bin dran gewöhnt —"

„Aber draußen wird man dich besser behandeln."

„Wo draußen?" — Neu erwachende Angst malte sich auf ihren Zügen.

„Irgendwo — mein Gott. — Ein Weib wie du, das fleißig und willig ist und so starke Glieder hat —"

Sie schüttelte heftig den Kopf. „Ich würd' nicht weit kommen, Herr. Wenn Sie mich fortjagen, leg' ich mich in den Graben und hungre mich tot."

Ein weicherer Blick strahlte aus seinem Auge.

Mag sie auch schlecht und stumpf und verworfen sein, schließlich ist sie ja die einzige auf Gottes weiter Welt, die zu ihm halten will.

Verachtet, verfemt, verstoßen von der Menschen Wohnungen ist sie wie er; sie trägt den gleichen Fluch wie er — warum sollt' er sie von seiner Schwelle weisen?

VIII.

Schon die nächsten Tage zeigten ihm, wie wenig er im stande gewesen wäre, ohne sie auf seinem Grund und Boden zu leben, um wieviel mehr er von ihrer Fürsorge, als sie von seiner abhängig war.

Hilflos wie ein Schiffbrüchiger, der auf ein wüstes Eiland verschlagen worden, schlich er auf seiner Väter Erbe umher. Mochten auch die Minen und Wolfseisen seine Schritte nicht mehr bedrohen, unsicher schwankte sein Fuß, und sein Sinn verwirrte sich in dem Chaos rauchgeschwärzter Mauern, die der Verfall so sehr verändert hatte, daß sie nicht einmal mehr seinen Kindheitserinnerungen Halt und Stütze boten. Selbst der Park, in dem er einst jeden Baum und jeden Busch gekannt, hatte durch die jahrelange Verwilderung ein so fremdes Ansehen gewonnen, daß er neuer Anhaltspunkte bedurfte, um sich darin zurechtzufinden.

Als der erste Rausch des Trotzes verflogen war, trat mit umso herberer Gewalt die Frage an ihn heran: „Was soll nun werden?"

Und diese Frage wurde dringlich, denn die armseligen Vorräte an Brot und geräuchertem Fleische,

die in den Kellern aufbewahrt worden, gingen zu
Ende.

Sich bei Reginen Rats zu holen, verbot ihm
sein Stolz, er hatte nicht wieder mit ihr gesprochen.
Geräuschlos und unsichtbar waltete sie im Hause.
Es schien, als ahnte sie, daß es geraten war, sich
so wenig als möglich bemerkbar zu machen. Aber
wenn er Morgens vom Flusse heimkehrte, wo er
ein Bad genommen hatte, fand er das rotgeblümte
Himmelbett sauber geordnet und gedeckt, fand er die
Dielen mit knirschendem Sand und duftenden Tannen-
reisern ausgestreut und sah auf dem goldplattierten
Tische, dessen vierter Fuß mit einem Ziegel gestützt
werden mußte, eine braune Kaffeekanne dampfen
und zarte Schnitten schwarzen Brotes daneben liegen.

Die Scheu, aus ihren Händen Speise zu nehmen,
hatte er in Bälde fahren lassen, — anfangs zögerte
er ein wenig, das Brot zu brechen, das sie ihm
gebracht, aber es sah so gar appetitlich aus, und
das herbstlich kalte Bad hatte seinen Hunger geschärft.

Mittags standen eine Brotsuppe und ein paar
Schnitte gebratenen Fleisches für ihn bereit, die
Flasche Wein nicht zu vergessen — und Abends
ward durch irgend einen Kniff eine neue Abwechs-
lung geschaffen.

So mußte sie mit den wenigen elenden Resten
hauszuhalten, die er im Keller vorgefunden hatte.

Manchmal sah er sie mit Töpfen und Kesseln
am Fenster vorüberhuschen, die sie wohl unten am

Fluſſe reinigen wollte. Wenn ſie dann zurückkehrte,
brach ſie vorſichtig die Zweige des Buſchwerks auseinander und lugte mit ihren Flammenaugen heraus, um zu ſchauen, ob der Weg frei war. —
Stand er vor der Tür oder hatte er ſich zum Fenſter
hinausgelehnt, ſo war ſie im nächſten Augenblicke
wieder im Dickicht verſchwunden.

Die frühere Gärtnerwerkſtatt hatte ſie ſich zu
ihrem Reich gewählt. Eines Morgens, als er ſie
zum Fluſſe hatte hinuntergehen ſehen, war er dort
eingetreten.

Er fand einen ſchräg gegiebelten Raum, der ein
Dach aus Tretbhausfenſtern trug. Die grünen,
rußigen, bleigefaßten Rauten waren vielfach zer-
ſchlagen, und durch die Lücken drang herunter, was
vom Himmel kommen wollte. — Der Boden war
ungedielt und ungepflaſtert und mit einer ſchwarzen,
fetten Gartenerde bedeckt, die wie Torfſtreu ausſah.
An den Wänden erhoben ſich ſtufenförmig Bretter-
geſtelle, die dem Gärtner einſt für ſeine Blumen-
töpfe gedient hatten, und auf denen nun das kärg-
liche Gerät des Hauſes untergebracht war. In
ſchönſter Ordnung ſtanden die Töpfe, Schüſſeln und
Teller dort aufgereiht und glitzerten in blitzblanker
Sauberkeit. — Neben der Tür lag auf zwei niedrigen Holzböcken — ein bis zwei Schuh über dem
Boden — eine ausgehakte Tür, die an beiden Ecken
ſtark angekohlt war, ein Überbleibſel vom Brande
ſonder Zweifel. Eine dünne Strohſchicht lag darüber-
gebreitet und auf dem Stroh ein paar härene Decken,

wie man sie sonst den Pferden über den Rücken
legt. Das war ihr Lager. „Jeder Haushund
hat ein besseres," dachte Boleslav. — Ein roher
Ziegelherd stand in der entgegengesetzten Ecke.
Darüber war eine Art von Brettermantel an-
gebracht, selbstgezimmert, wie es schien, um dem
aufqualmenden Rauche einen Weg zu weisen,
allein der hatte sich nur wenig darum gekümmert
und sich, wo es ihm nur beliebte, einen Ausweg
gebahnt.

Auf diesem schwarzen, kalten Boden, über sich
die rauchgeschwärzte Decke, hauste sie und begehrte
nichts Besseres. Daran hing ihr Herz, das hegte
sie als das Paradies, aus dem vertrieben zu werden
ihr Tod und Verderben bedeutete.

Armes, elendes Weib! —

Und eines Abends war sie verschwunden. Er
hatte endlich der Vorräte wegen mit ihr sprechen
wollen und sie zu sich gerufen. Keine Antwort.
Die Küche war leer. Im Parke, in den Ruinen,
vor der Brücke — auf der ganzen Insel keine Spur.
Unbedingt hätte sie ihn hören müssen, denn ihr
Name hallte laut genug in die Nacht hinaus.

Der Argwohn stieg in ihm auf, daß sie sich zum
Lohn für die einsame Arbeit des Tages zur Nacht
in den Armen eines Freundes gütlich tue. Sie
war ja in den Künsten des Lasters erfahren und
wohl dazu angetan, daß irgend ein roher Patron
in wildem Gelüsten den Arm nach ihr ausstreckte.
Mancher da unten mochte nur deshalb mit Steinen

nach diesem Leibe werfen, weil er ihn nicht sein eigen nennen durfte.

Und schließlich, was konnte es sein, was sie nach dem Tode des Vaters an dieses Elend fesselte, wenn nicht eine neue Sünde, eine, die mit jener alten vielleicht schon lange Hand in Hand gegangen war?

Der Ekel stieg ihm zur Kehle. „Kann sie sich nicht reinigen, so stäup' ich sie morgen früh von dannen." Mit diesem Gedanken legte er sich zur Ruhe. Aber zu schlafen vermochte er nicht viel, denn die Zukunft ohne sie machte ihm Sorge. Sie hinausjagen, hieß noch an demselben Tage selber von hinnen ziehen.

Es war gegen sechs Uhr, da wurde er durch ein leises Klirren der Außentür aus dem Halbschlummer geweckt.

Rasch kleidete er sich an, denn er wollte sie auf der Stelle zur Rechenschaft ziehen.

Als er die Küche betrat, fand er sie am Herde stehen, über die frischglimmenden Kienspäne gebeugt, in die sie mit vollen Backen hineinblies.

Langsam wandte sie sich um und sagte, die großen Augen erstaunt zu ihm aufschlagend: „Wünsch' guten Morgen, Herr!"

Er bebte vor zorniger Erregung.

„Wo warst du diese Nacht?" fuhr er sie an.

Da begann sie ängstlich zu werden, ließ die Arme am Leibe herunterfallen und zog sich in die hinterste Herdecke zurück.

„Nun, wird's bald?"

„Ach, Herr," stammelte sie, den Kopf in die Schultern hineinziehend, „ich hab' gedacht, Sie würden's nicht merken, und ich würd' wieder dasein, bevor der Herr aufgewacht sind —"

„Also wenn ich's nicht merke, meinst du, dich nächtlich 'rumtreiben zu dürfen?"

Sie war vor lauter Angst ganz in sich zusammengekrochen.

„Aber — aber — ich konnt' doch nicht anders," stammelte sie, „wir hatten doch nichts mehr — und der Herr haben sowieso schon immer Rauchfleisch gegessen!"

Da fielen ihm die Schuppen von den Augen.

„Du warst also Nahrungsmittel holen?"

„Nun ja doch, Herr, ich hab' Kalbfleisch gebracht und frische Eier und Butter auch — und Wurst und allerhand sonst. Es liegt alles schon im Keller."

„Wer hat dir das gegeben?"

„Aber Herr, Sie wissen ja. — In Bockeldorf war ich, da kenn' ich den Krämer — der besorgt mir schon im voraus, was wir brauchen, und wenn ich des Nachts anklopf', macht er mir die Hintertür auf — nur seine Frau weiß drum, sonst kein' Menschenseel' — und eigentlich teuer ist er auch nicht. Der Herr Merkel hier im Dorf nimmt für jedes Pfund Fleisch 'nen Taler und schimpft mich obendrein noch aus."

„Und die sechs Meilen hin und zurück hast du in dieser Nacht zu Fuße gemacht mit deiner Last auf dem Rücken?"

Verwundert und noch immer in Angst sah sie
ihn an.

„Ich denke, das wissen Sie, Herr, ich hab's
Ihnen ja schon früher mal gesagt.“

„Aber dazu ist doch kein Mensch im stande —
lüg mir nichts vor, Weib. Ich weiß aus dem Feldzug, was man aushalten kann — was Männer
aushalten können.“

Nun sie einsah, daß er nicht mehr zürnte, wagte
sie sich aufzurichten und reckte die mächtigen Arme.

„Ich halt' mehr aus wie jeder Mann, Herr,“
sagte sie mit einem glücklichen Lächeln — „sonst
wär' ich hier auch gar nicht zu brauchen —“

„Wie lange gehst du diese Wege schon, Regine?“

„Seit fünf Jahr', Herr, alle Woch' — auch
manchmal öfters — aber im Sommer ist's 'n Spaß
— im Winter und im Herbst — wenn der Schnee
im Wald liegt oder die Wiesen überschwemmt sind —
dann wird's einem manchmal sauer — glücklicherweis'
sind dann die Nächte wieder länger, daß man wenigstens nicht gesehn wird — und ich geh' doch lieber
die sechs Meilen, als daß ich bei dem Hund — bei
dem Herrn Merckel wollt' ich sagen — bitten tu' —
der nimmt fürs Pfund Fleisch 'nen Taler — ist das
nicht unverschämt? Und dann überhaupt ins
Dorf —“

Erschrocken hielt sie inne, als fürchtete sie, wegen
ihrer Geschwätzigkeit gescholten zu werden.

„Was wolltest du sagen, Regine?“ fragte er
milder.

„Ich wollt' eigentlich nur um Verzeihung bitten, daß ich ohne Erlaubnis weggegangen war — aber ich dacht', 's würd' den Herrn freuen, wenn er zum Frühstück mit einmal frische Eier — — —"

„Es ist gut, Regine," sagte er und wandte sich ab, „du bist ein braves Mädchen." —

Dann ging er hinaus und zum Flusse hinunter, um sein Bad zu nehmen. Als er zurückkam, fand er wohl wie sonst das Zimmer geordnet, allein der Kaffee war heute ausgeblieben.

„Sie wird vor Übermüdung eingeschlafen sein," dachte er bei sich und beschloß eine Weile zu warten, denn er mochte sie heute nicht einmal mahnen. — Aber da ihn infolge des Bades bitterlich fror, wollte er den erwärmenden Trank nicht länger entbehren. Er trat auf den Zehenspitzen in die Küche, um selber nach dem Feuer zu sehen, wenn möglich, ohne sie zu wecken. Allein sie schlief nicht. Auf den ersten Blick freilich schien es so. Sie saß auf der Kante ihres Lagers, hatte die Hände vors Gesicht geschlagen und rührte sich nicht. Von Zeit zu Zeit lief ein Zittern durch ihren Leib, wie es dem Schlafe der Übermüdung eigen ist.

Doch als Boleslav näher hinschaute, gewahrte er, daß helle Tropfen an ihren roten, fleischigen Fingern hinunterliefen. Gleichzeitig brach ein Ton keuchenden Schluchzens aus ihrer Brust.

„Was ist dir, Regine? Warum weinst du?"

Sie antwortete nicht, doch ihr Schluchzen wurde lauter.

„Hab' ich dir weh getan, Regine? Ich hätte dich nicht gescholten, wenn ich gewußt hätte, wo du gewesen bist."

Da ließ sie die Hände vom Gesicht sinken und sah aus dickgeweinten Augen zu ihm auf.

„Ach, Herr," stieß sie, halberstickt von Tränen, hervor, „'s hat mich — noch keiner — so genannt, und 's ist auch nicht — wahr —"

Seine Stimmung verhärtete sich. Er war sich nicht bewußt, einen Schimpfnamen gebraucht zu haben. Das fehlte gerade, daß dies Geschöpf, welches man sonst mit Hunden hetzte, anfing, gegen ihn die Empfindliche zu spielen.

„Was ist nicht wahr?" herrschte er sie an.

„Was Sie gesagt haben."

„Was hab' ich gesagt — Schockschwerenot!"

„Daß ich — ein braves —" ein neuer Anfall krampfhaften Schluchzens erstickte ihre Stimme.

Kopfschüttelnd schaute er auf sie nieder. Er hatte noch nie in Menschenseelen nachgeschaut und wußte nicht, daß Rätsel darin hausen, wußte nicht, daß auch Ehrlosigkeit ihr Ehrgefühl besitzt. — Lächelnd legte er die Hand auf ihre Achsel und sagte: „Du kannst dich beruhigen, Regine. Es war nicht bös gemeint — und nun mach mir mal das Frühstück fertig."

„Darf — ich's — auch 'reinbringen?" fragte sie, immer schluchzend.

„Sollt' ich's mir holen kommen?"

„Ich dacht', ich — darf nicht." Damit schritt

sie zum Herde und blies mit den tränennassen
Backen das halbverlöschte Feuer an.

Von nun an scheute sie sich nicht mehr, in seiner
Gegenwart das Zimmer zu betreten. Angstvoll
hing alsdann ihr Blick an seinem Angesicht, um
seine Wünsche zu erraten, aber kein Wort wagte
sich über ihre Lippen.

Boleslav hatte in den Kellergewölben, dort, wo
das bare Geld und die Weinflaschen aufbewahrt
wurden, große Massen von Papieren vorgefunden,
welche in mehreren Kisten in unentwirrbarem Chaos
durcheinandergewühlt lagen. Der ganze Briefwechsel
des Vaters, Zeugnisse und Dokumente aller Art.

Was ihm gleich am ersten Tage des Suchens
in die Hände fiel, war nichts weniger als ein
Testament, laut welchem die Tante Exzellenz ihm,
Boleslav von Schranden, dem einzigen Sohne ihrer
Lieblingsnichte, ihr gesamtes Vermögen vermachte,
„um ihn für die Unbill zu entschädigen," — so
lautete die Klausel, — „unter welcher er sein Lebtag zu leiden haben wird."

Die Freude Boleslavs war nur gering; erst als
er sich überlegte, daß ihm hiermit für den bevorstehenden Kampf eine gute Waffe in die Hand gedrückt worden, begann er den Wert der Gabe zu
schätzen. — — Der Geberin selbst, die allzeit gütig
zu ihm gewesen, gedachte er kaum, so verhärtet
hatte sich sein Gemüt, so ausschließlich war sein
Sinn auf das düstere Werk gerichtet, das zu vollenden
ihm oblag.

Wenn nur ein einziger Weg sich hätte erblicken
lassen, auf dem er ungestüm, wie es sein Tem-
perament verlangte, hätte vorwärtsschreiten können.
Aber für Monate hinaus lag nichts als öde,
lähmende Hoffnungslosigkeit vor ihm.

Der Kampf mit den Schrandenern, zu dem er
entschlossen war, mußte in großem Stile geführt
werden, sollte er nicht mit derselben Niederlage
enden wie der, in welchem der Vater den letzten
Rest seiner Lebenskraft eingebüßt hatte. — Ganze
Scharen von Arbeitern mußten aufgeboten werden,
um dem wilden Gesindel dort unten Respekt einzuflößen. Doch woher die nehmen, wenn niemand
in der Gegend sich herabließ, in seine Dienste zu
treten? Freilich für Geld ist alles erreichbar, und
die Aussicht auf dreifachen Lohn hätte manchen, der
jetzt, in vermeintlichem Patriotismus sich brüstend,
stolz auf seine Schwelle spie, zum katzenbuckelnden
Knechte gemacht.

Allein so weit reichten seine Mittel nicht. Die
Barsumme, die er vorfand und die beim ersten
Anblicke ein ungeheurer Reichtum geschienen, hatte
sich als durchaus unzulänglich erwiesen, um irgend
eine Operation damit ins Werk zu setzen. Es waren
viertausendfünfhundert Taler, als Rest der Außen-
stände, die der Vater nach dem Brande, als ihm
die ganze Welt in Flammen aufgegangen schien,
schleunigst gerettet hatte. Wohl ließ sich das elende
Dasein, das er mit Reginen nach des Vaters Art
zu führen begonnen, jahrelang mit dieser Summe

friften; allein für das Werk, das ihm vorschwebte, war sie ein Tropfen auf heißem Stein.

Vor der Entdeckung des Testaments hatte er mit schwerem Sorgen geplant, die Waldungen, die der Stolz seiner Väter gewesen, zum Verkaufe auszubieten, sie zu verschleudern, wenn's nicht anders möglich war. Nun ließ er den Gedanken schleunigst wieder fallen. Gesetzten Falles, die Verkäufe vollzogen sich so glatt, wie er es wünschte, so mußten doch Monate darüber vergehen, eh' er das erste Bargeld in Händen hielt. Zudem stand der Winter vor der Tür, einer der harten ostpreußischen Winter, die das werktätige Leben im Freien bis zum April hin vollständig vernichten. — Für dieses Jahr also war weder an Bauen noch Ackern mehr zu denken. — Wozu also ein Opfer bringen, das durch ein kurzes Gedulden — es handelte sich ja nur um Wochen — vollständig zu vermeiden war?

Wenn er am 1. April das Erbe erhob, um sodann mit vollen Taschen die Werbefahrten anzutreten, konnte der Bau im Mai bereits in vollem Gange sein, vielleicht war es sogar noch möglich, dem Boden etwelche Aussaat anzuvertrauen.

Bis dahin aber — bis dahin!

Wie würde er im stande sein, das öde Einerlei der grauen Wintertage in stumpfem Nichtstun hinzubringen, derweil die Arbeit ihm unter den Nägeln brannte? — Wie würde er's ertragen, die Geliebte in seiner Nähe zu wissen tagaus, tagein — ohne Hoffnung, die Frage, die eine große, schicksalschwere

Frage, von der Leben und Glück für ihn abhing, an sie zu richten? — Wird sie ausharren? Wird sie verzeihen? Wird sie ihr Herz verschließen, damit der Pesthauch des Hasses, den ihre Umgebung ausatmet, ihre Liebe nicht vergifte?

Das Madonnenbildchen aus dem Dome fiel ihm ein. Ob sie ihm noch gleichen mochte? Wenn er nur für einen einzigen Augenblick in ihr Antlitz hätte schauen können! Vor seinen Augen leuchtete es weiß und rot von Lilien und Purpurrosen, er sah eine lichte Madonnengestalt sich lächelnd herniederbeugen, aber wie die Geliebte ausgesehen, war ihm entfallen.

Nun gleichviel — so mag sie, in Wolken gehüllt, als ein unsichtbarer Schutzgeist über seinem Schaffen walten und einst mit ihrer Liebe krönen, was er vollendet. — In diesem Gedanken schlief allgemach die Sehnsucht ein, sie wiederzusehen; hätte er nur ein einzig Wort von ihr erhaschen können, das ihm ihre Treue bestätigte, seine Wünsche wären vollauf erfüllt gewesen.

Immer tiefer grub er sich in das Chaos von Papieren, das umso gewaltiger anschwoll, je sehnlicher er hoffte, ihm bis auf den Grund zu dringen. Schon waren an den Wänden des Wohnzimmers bis über den Kopf der schönen Großmutter die vergilbten Schriften aufgestapelt, und noch immer standen Kisten und Kasten vollgestopft in den Gewölben. Das ganze Familienarchiv schien in einer Stunde der Not eilends zusammengerafft und ohne

Zucht und Ordnung in Sicherheit gebracht zu sein.
Nun galt es, aus diesem Wirrwarr herauszufinden,
was für die Weiterführung der Herrschaft von
Wichtigkeit und zum Teil ganz unerläßlich war.
So fehlten unter anderem die Dokumente über die
Auseinandersetzung mit den freigewordenen Bauern
samt allen Grenzbestimmungen. Sicherlich hatten
die Hyänen dort unten von den herrenlos gewordenen Ländern gerafft, was ihnen nur irgend
paßte. Endlose Streitigkeiten standen bevor, und
wenn er nicht um jeden Fußbreit Erde prozessieren,
wenn er sich selber sein Recht erzwingen wollte,
durfte dessen Umfang keinem Zweifel unterliegen.

Zudem hielt eine unüberwindliche Scheu ihn ab,
sich an die Behörden zu wenden. — Noch stand
das Bild des Vaters vor ihm von dem Tage her,
da er ihn lebend zum letzten Male gesehen. Damals hatte man dem verfemten Manne, der kühn
genug sein Recht zu suchen kam, einfach die Türen
verschlossen. . . . Freilich, damals war in Preußen
alles drunter und drüber gegangen. Die Mauern
des Staates wankten — drum hatten die Ratten
freies Spiel. — Aber wer konnte wissen, ob dem
Sohne jenes Vaters ein willigeres Ohr sich öffnen
würde? — Hintertüren bot das Gesetz genug, um
einen mißliebigen Gesellen rechtlos zu machen, und
daß es am guten Willen dazu nicht fehlen würde,
daran zweifelte er nicht. — So tief hatte er sich
in das Gefühl seiner Verlassenheit hineingewühlt,
daß ihm Ordnung und Gesetz wie wilde Bestien

erschienen, die an der Zugbrücke gegen ihn auf der
Lauer lagen. — Auch seiner soldatischen Pflichten
gedachte er nicht mehr. Der Leutnant Baumgart
stand auf der Liste der Gefallenen. Wozu den
Herren vom Amte mit dessen Wiederaufleben un-
nütze Arbeit machen? — Sie würden ihm wenig
Dank dafür wissen. —

Ein Wort aus der Bibel kam ihm nicht aus
dem Sinn: „Seine Hand soll sein wider jedermann
und jedermanns Hand wider ihn." Der Fluch, der
einst dem Sohne Hagars ins Leben mitgegeben
worden, mußte sich ihm in Segen wandeln, so ver-
maß sich sein Trotz.

Die Wochen verrannen, er merkte es kaum.
Den Tag über saß er in seinen Papieren vergraben,
des Abends rannte er in den ungebahnten Pfaden
des Parkes umher oder stolperte über den Schutt
der Ruinen.

Nur einen einzigen Ort vermied er ängstlich.
Das war der Katzensteg. Das Herz begann ihm
zu klopfen, sobald er in seine Nähe geriet, und
rascher eilte er an den Gesträuchern vorüber, die
ihn verbargen.

Aber eine dumpfe, quälende Begier, den Ort
des Unheils von Angesicht zu sehen, erwachte in
ihm und ließ ihm fürder keine Ruhe mehr.

Es war eines Abends gegen Ende September,
und zum ersten Male wieder seit seiner Heimkehr
stand der Vollmond weißleuchtend am Himmel.
Ruhelos hastete er in den Gängen des Parkes um-

her. Die welkenden Blätter raschelten vor seinen Schritten, und durch die Gebüsche strich schauernd der Herbstwind. Wie Scharen weißen Getiers liefen die Mondlichter am Boden einher, in schwarzen, zackigen Mauern ragte das Gesträuch vor ihm empor.

Da — in einem Anfalle finsteren Trotzes — überwand er die abergläubische Scheu, die ihn bisher in Banden gehalten, und drang durch das Dickicht, welches den Pfad schützend verhüllte.

Ein steiler Abhang fiel beinahe senkrecht zum Flusse hinunter, dessen Spiegel Erlenbüsche fast ganz verhüllten. Ein leises Murmeln und Plätschern erscholl geheimnisvoll von ihm empor.

Auf der Höhe ragte ein geländerter Balken weit in die Luft hinaus. Ein Gerüst, das in den Abhang hineingegraben war, hielt ihn mit Eisenstangen fest. — Ein ebensolcher Balken reckte vom jenseitigen Ufer sich ihm entgegen, doch war's dort der Stumpf einer mächtigen Eiche, in den er eingelassen war, und der ihm Halt und Gleichgewicht verlieh. In der Mitte klaffte eine zehn bis zwölf Fuß breite Lücke. Wie zwei Arme, die sich verlangend nacheinander ausstrecken und sich doch nimmer erreichen können, hingen hüben und drüben die Balken über der Tiefe.

Wenn sie sich in Wahrheit nimmer erreicht hätten, das Unheil wäre ungeschehen geblieben. — Aber nie hatte ein Kuppler leichtere Arbeit. Auf dem diesseitigen Balken lagen zwei Bretter, die mittels eines Keiles mühelos hinübergeschoben

werden konnten. Selbst ein Geländer war vorhanden, das sich jetzt an den Balken anlehnte und
das mittels eines Scharniers nach entgegengesetzter
Richtung hinübergedreht werden konnte. So war
alles trefflich eingerichtet gewesen, um dem Verrate
leichtes Spiel zu geben.

Als Denkmal ewiger Schmach ragte das Bau-
werk schwarz und schwankend in die nebelig
flimmernde Nacht hinaus.

Der plätschernde Laut unten auf dem unsichtbaren Flusse verstärkte sich. Es schien, als ob die
Wellen heute noch in Entrüstung aufschäumten über
die Tat, welche nun im Schoße des Todes sich barg.

Langsam wie ein Träumender betrat er den
Steg, tief unter sich die silberne Fläche, über die
Funkenschwärme hinzuhuschen schienen. Da sah er
eine weißliche Frauengestalt, welche die Röcke zwischen
die Schenkel gepreßt hatte und bis zum Knie im
Wasser stand. Es war Regine, die am Rande der
Sandbank ihre Wäsche spülte.

Er runzelte die Brauen. Daß er ihr selbst hier
begegnen mußte! — Aber freilich — ungerecht durfte
er nicht sein, sie ging ihm ja aus dem Wege, wo
sie nur konnte, er hatte wahrlich nicht viel von ihrer
Gegenwart zu leiden.

Halb gedankenlos lehnte er sich über das Geländer und schaute ihr zu. Sie ahnte nichts von
seiner Nähe. Tief auf das Wasser herabgebeugt
stand sie da, ihr Nacken straffte sich, die nervigen
Arme schüttelten die nasse Wäsche, daß die leuchtenden

Tropfen umherstoben. Von Zeit zu Zeit begann sie das Lied mit den zwei Tönen, das sie damals beim Schaufeln des Grabes gesummt hatte, und ließ es wieder fallen, wenn das aufspritzende Wasser ihr in Mund und Nase kam.

Wie eifrig sie arbeitete, jetzt am späten Abend, da er sie längst auf ihrem Lager glaubte!

Und nun fuhr sie erschrocken empor. Sein Fuß hatte ein paar Kieselsteinchen hinuntergescharrt, die plätschernd dicht vor ihr in den Fluß gefallen waren.

Argwöhnisch spähte sie nach dem jenseitigen Ufer hinüber. Ihr erster Gedanke war offenbar, daß jemand drüben im Gebüsch ihr auflauerte. — Dann erst fiel ihr ein, zum Steg emporzuschauen. Sie stieß einen leisen Schrei aus.

„Du brauchst nicht zu erschrecken, Regine," rief er hinunter, „ich tu' dir nichts."

Da wandte sie sich ruhig zu ihrer Wäsche zurück.

„Wie kommst du da hinab?" fragte er weiter.

Sie wischte sich mit dem nackten Arm über das Gesicht. „Ich kann gut klettern," sagte sie und blinzelte für einen Augenblick zu ihm herauf.

„Friert dich nicht im Wasser? Es ist schon spät im Jahr!"

Sie antwortete etwas, was er nicht verstand. Dann störte er sie nicht mehr. Aber er war neugierig, wie sie's wohl anfangen würde, mit ihrer Last an dem abschüssigen Ufer hinanzuklimmen.

So blieb er an seinem Platze und sah ihr zu. — Nach wenigen Minuten packte sie ihre Wäsche zusammen und stieg ans Ufer. Das Mondlicht zog einen flimmernden Ring um ihren Scheitel herum, der heute beinahe glatt gekämmt war. Es sah aus, als trüge sie ein Krönchen.

Mit scheuem Anblick vergewisserte sie sich, daß er oben noch stand, dann tauchte sie in das Gebüsch, wo er sie bald wie eine Wildkatze von Knorren zu Ast, von Ast zu Knorren emporklimmen sah.

Als sie oben war, strich sie sich die Röcke glatt und wollte mit dem Korbe von dannen gehen, aber er rief sie heran.

„Warum tust du deine Arbeit zur Nachtzeit?" fragte er und bemühte sich, ihr ein freundliches Gesicht zu machen.

„Weil sie mich bei Tag' nicht in Ruh' lassen," erwiderte sie.

„Die vom Dorfe?"

„Ja, Herr."

„Was tun sie dir?"

„Nun, was sie immer tun — sie schmeißen."

„Über den Fluß weg?"

„Ja, Herr."

„Das nächste Mal, wenn dir ein Übles geschieht, kommst du mich holen."

Sie antwortete nicht.

„Hast du verstanden?"

Sie faltete die Hände und sah ihn flehentlich an.

„Was gibt's?"

„Ach, bitte, Herr, nicht schießen!" stammelte sie. —

„Ich weiß, Sie wollen schießen. Er hat's — der

gnädige Herr mein' ich — hat's auch einmal probiert. Da fingen sie drüben ebenfalls an. Das knallte immer hin und her, wo man ging und stand. Ein Wunder war's, daß keiner getroffen wurde. — Schließlich, wenn sie sich dran gewöhnt haben, die Flinten immer mitzunehmen, knallen sie mich einfach nieder, sobald sie mich draußen treffen, denn ich muß ja von der Insel 'runter."

Er hatte sie noch nie so lange und so vernünftig sprechen hören. Es erschien ihm neu und seltsam, daß hinter dieser niedrigen, wildumlockten Stirn Gedanken voll ruhiger Überlegung wohnen sollten.

„Du hast recht, Regine," erwiderte er, „schon um deinetwillen darf ich sie nicht reizen."

Er sah im Mondlicht, wie eine dunkle Röte ihr Antlitz überflutete.

„Um meinetwillen, Herr?" stammelte sie, „ich weiß nicht, wie Sie das meinen?"

„Gut — gut," erwiderte er abwehrend. „Doch was ich noch fragen wollte, Regine, — bist du zufrieden mit deinem Dienste? Fehlt dir nichts?"

Sie starrte ihn an und schwieg.

„Du mußt mir nicht verdenken, Regine, wenn ich unfreundlich gegen dich bin. Ich habe meinen Kopf voll Sorgen und lebe am liebsten allein für mich hin. Daher denke nicht, daß ich dir böse bin, wenn ich nicht mit dir rede." — —

Ihre Augen verschleierten sich. Ihre Hände tasteten nach dem Geländer, wie um eine Stütze zu suchen. Im nächsten Augenblicke wandte sie sich um — und ihren Korb im Stiche lassend, floh sie von bannen, wie von Furien gepeitscht.

„Seltsames Geschöpf," murmelte er, hinter ihr herblickend. „Ich muß milder mit ihr sein. Sie verdient es sich."

Dann lehnte er sich über das Geländer und schaute zu den Wassern hinunter, auf deren silbernem Grunde ein Garten von Lilien und Purpurrosen erwuchs.

IX.

Herr Leutnant Merckel war mit den Erfolgen des Begräbnistages nur wenig zufrieden. Er nannte die Schrandener Memmen und alte Weiber und schalt sie unwürdig, des Königs Rock getragen zu haben.

Wenn man ihn fragte, warum er sich vor dem Auszuge unsichtbar gemacht und die Schar im entscheidenden Momente führerlos gelassen habe — so erwiderte er, mit ihm wäre das ganz was anderes, er sei Offizier und als solcher verpflichtet, seinen Degen nur in des Königs Dienst zu ziehen.

Den Schrandenern, die an scharfe Logik nicht gewöhnt waren, schien dies einleuchtend. Sie versprachen, den Fehler bei nächster Gelegenheit wieder gutzumachen.

Allein Felix Merckel konnte sich hiermit unmöglich zufrieden geben.

„Vater," sagte er eines späten Abends, als der alte Gastwirt freundlich schmunzelnd die Tageskasse zählte, „ich kann den Gedanken nicht ertragen, daß der Schuft, der Lumpenhund königlich preußischer Offizier sein soll, wie ich. Man muß sich ja ordentlich schämen, mit ihm zusammen gedient zu haben.

Solche Gesellen kann unsere Armee nicht brauchen. Die verunzieren die Kokarde, vom Portepee ganz zu schweigen. Ich werd' ihn zum Duell fordern und ihn über den Haufen schießen."

Er streckte die Beine über die Holzbank und drehte sich kühl lächelnd seinen Reiterschnauzbart. Der Alte ließ vor Schreck die Handvoll Silbergroschen, an der er zählte, auf den Ladentisch fallen, so daß die Geldstücke fernab in die Ritzen rollten.

„Felixchen," sagte er, „du mußt nicht so viel von dem Wacholderschnaps trinken. Der ist für die Gäste gut genug. — Ich werd' dir morgen 'ne Flasche von dem leichten Wein hinsetzen, Felixchen. Vielleicht macht's dir einer oder der andere nach. Und wir kommen wieder auf die Kosten."

„Vater, du irrst dich," erwiderte Felix. „Es ist mein Ehrgefühl, was mir keine Ruh' mehr läßt. Ich bin ein deutscher Jüngling, Vater, und ein tapferer Offizier — ich kann die Schande für meinen Stand nicht länger mit ansehen." —

„Felixchen," sagte der Alte, „geh schlafen, mein Sohn, dann siehst du und hörst du nichts mehr." —

„Vater," erwiderte der Sohn, „es tut mir leid, dir das sagen zu müssen — du hast kein Ehrgefühl im Leib." —

„Felixchen," fuhr der Alte fort, „du machst dir zu wenig Beschäftigung. Wenn du noch wenigstens nach den Flaschen sehen möchtest — mein Gott, ich verlang's ja nicht, dazu ist die Mamsell ja da —

aber 's würd' dir ganz gut tun. Du würdest auf
andere Gedanken kommen — auch auf die Jagd
könntest du gehn — —"

„Wo denn?"

„Na, lieber Gott — die Schrandenschen Wälder
stehen ja da — ob sich die Hasen untereinander auf-
fressen, oder ob du ihnen ihr Teilchen besorgst —
es bleibt sich ja ganz egal."

„Schickt sich nicht für mich, Vater — ich bin
Offizier — darf auf keinem Wildfrevel betroffen
werden."

„Lieber Gott, Felixchen, wie du nur redest. Ich
bin doch der Ortsschulz hier — ich werd' dich nicht
an den Galgen bringen. — Aber wie du willst,
mein Sohn. — Oder du kannst ja auch öfters ins
Pfarrhaus gehn. Der alte Pfarrer spielt gern
mal 'ne Partie Schach — 's ist zwar nichts dabei
zu verdienen, aber die Leute sagen ja, daß es ein
Vergnügen ist, und dann ist doch auch die Helene
da — — —"

„Ach die!" sagte Felix und strich sich mit ge-
schmeicheltem Lächeln über das Kinn.

Der Alte betrachtete aufmerksam die vorweltliche
Fliege, die in das Bernsteinherz eingeschlossen war.

„Ich hab' nämlich den Animus, daß das 'ne
ganz gute Partie für dich wäre, falls der Pfarrer
einwilligt und sie dich haben will."

„Warum sollte sie mich wohl nicht haben wollen?"
fragte Felix.

„Es wär' doch möglich, daß sie wen anders —"

Felix lächelte zweifelnd.

„Oder meinst du, daß sie schon ein Auge auf dich —"

Felix zuckte die Achseln.

„Siehst du, Felixchen, das wär' ein großes Glück für uns, denn die Leute munkeln dies und das von der Art, wie ich mein bißchen Geld erworben hab'. Mit Unrecht, versteht sich — mit Unrecht. — Gibt uns aber der Pfarrer Götz seine einzige Tochter zur Frau — siehst du — ein Mann wie der Pfarrer Götz, der bringt die Lästermäuler schon zum Schweigen. Also, wie gesagt, sei ein bißchen um sie 'rum, streich ihr Honig um den Mund — und überhaupt ein Kerl wie du —"

„Lieber Vater, spar dir gefälligst deine Rat-schläge," unterbrach ihn der Sohn. — „Ob Helene meine Frau wird oder nicht, hängt ausschließlich von mir ab. — Ich bin eben noch nicht entschlossen. Sie hat ja 'ne niedliche Fratze, das ist nicht zu leugnen, bißchen dumm zwar ist sie, aber schließlich könnt' man sie ja 'rausfuttern. Und dann, weißt du, hat sie so was von der alten Jungfer — so was Spitziges, Eckiges. Wenn man sie mal um die Taille fassen will, meint sie, ,ach, lieber Herr Leutnant, Sie werden mir den Strich verknüllen' — neuerdings siezt sie mich nämlich; oder wenn man sie mal pieken will — zum Jokus, weißt du, dann schreit sie gleich — ,ach, lieber Herr Leutnant, tun Sie das ja nicht, ich hab' so 'ne feine Haut.' Natür-lich ist das alles Geziere und Getue — und wenn

man sie mal resolut anfassen würde, möcht' sie
schon mit Handkuß einwilligen, aber wie gesagt —
ich bin noch nicht entschlossen ... Sie läuft ja nicht
davon, siehst du."

Der Alte, der inzwischen mit flinken Händen die
Geldstücke in Papierrollen zusammenschloß, schaute
mit freudigem Stolze zu dem Prachtsohne hinüber,
den er sich erzogen hatte. Dann faßte ihn die Besorgnis aufs neue: „Und nicht wahr, Felixchen, das
Duell, da denkst du nicht mehr dran ... das ist ja
Unsinn ... das heißt ja das Leben aufs Spiel
setzen."

Felix warf sich in die Brust: „In Ehrensachen,
Vater, bleib aus dem Spiele. Davon verstehst du
nichts. Sobald ich einen anständigen Kartellträger
gefunden habe —"

„Was ist das — Kartellträger, Felixchen?"

„Das ist der Mann, welcher die Forderung
überbringt."

„Wem überbringt — dem Boleslav?"

„Natürlich."

„Auf die Insel?"

„Auf die Insel."

„Aber, Felixchen, wo denkst du hin? Welcher
Christenmensch wird sich denn auf die Insel wagen?
Du weißt doch, daß dort Schritt für Schritt Wolfsfallen und Selbstschüsse und weiß Gott was sonst
noch für Mordinstrumente aufgestellt sind. — Sieh
dir den Hackelberg an, der hinkt ja noch heutigestags, der hat mal drin gesessen — aber red nicht

davon, verstehst du. Denn es darf nicht 'rauskommen,
daß der Hackelberg jemals auf der Insel gewesen
ist. Wie gesagt, das darfst du keinem zumuten,
und überhaupt, wer wird sich mit so 'nem gefähr-
lichen Menschen einlassen? dabei ist nichts zu verdienen, mein Jungchen."

„O, er soll mir kommen," knirschte Felix in sich
hinein.

Der Alte betrachtete ihn mit Besorgnis, dann
schenkte er ein Spitzglas mit Pfefferminzschnaps voll
und brachte es seinem Sohne.

„Trink das aus, Felixchen," sagte er, „das schlägt
nieder."

Felix trank.

„Und fürs weitere laß deinen alten, braven Vater
sorgen, der wird über Nacht schon ein Mittelchen
finden, das dich von deinem sogenannten Ehrgefühl
kurieren soll. — Gute Nacht, Felixchen."

Er hatte nicht zuviel versprochen, der alte, brave
Vater.

Am nächsten Morgen, als er seinem Sohne
gegenüber am Frühstückstische saß, fragte er in dem
ihm eigenen Tonfall wohlwollenden Bedauerns:
„Na, Felixchen, hast du den dummen Gedanken nun
ausgeschlafen?"

Felix wurde böse. . . . „Ich hab' dir schon gesagt, Vater, — davon —"

„Versteh' ich nichts! Sehr richtig, mein Jungchen. Aber eins möcht' ich drum eben wissen: Mit
wem willst du dich eigentlich duellieren, mit dem

Herrn von Schranden oder dem Herrn Baumgart?"

Felix stutzte. Eine dunkle Ahnung sagte ihm,
wo der Vater hinwollte. „Das sind Spitzfindig-
keiten, Vater," erwiderte er. — „Ich bin ein schlichter,
geradedenkender Soldat. Mir mußt du mit so was
nicht kommen."

„Aber, Felixchen, sei doch nicht so hitzig. Ich
mein's ja gut mit dir. Der Herr von Schranden
ist nie Offizier gewesen, der geht dich also nichts
an, und der Leutnant Baumgart ist ein Schwindler,
denn er hat sich 'nen falschen Namen zugelegt, der
geht dich also erst recht nichts an."

„Das ist wahr," sagte Felix, sich Honig auf
sein Butterbrot streichend. „Ich dürft' ihm eigentlich die Ehre gar nicht antun, ihn zu fordern."

Ein neues Bedenken stieg in ihm auf. „Wenn
er sich nur nicht Leutnant titulieren dürft'," fügte
er grimmig hinzu, „das leidet mein Ehrgefühl nicht
von solchem Schuft."

Der Alte schien auf diesen Einwurf nur gewartet zu haben.

„Warum tituliert er sich denn noch Leutnant?"
fragte er, indem er die fleischigen Lippen schmunzelnd
ineinanderkniff. „Weil seine Vorgesetzten nichts
von dem Betrug wissen. Die würden ihn schön
auf den Trab bringen, wenn sie 'ne Ahnung
hätten."

Felix begann zu verstehen.

„Du meinst, man sollte —"

„Natürlich sollte man."

Aber Felixens leicht verletzbares Ehrgefühl wollte auch hiervon nichts wissen. „Ich erinnere dich daran, daß ich Offizier bin, Vater," rief er entrüstet. „Deine Zumutung ist geradezu beleidigend für mich."

Der Alte zuckte die Achseln. „Ja, wenn du nicht willst," meinte er.

Dem ehrliebenden Sohn erschien jetzt ein rettender Ausweg.

„Man müßte denn gerade ohne Namensunterschrift —" meinte er nachdenklich.

„Darauf geben sie nichts," erwiderte der Alte. „Aber ich weiß viel was Besseres. Ich werd' die Geschichte selber in Schwung bringen. Du sollst bloß mit den anderen zusammen deinen Namen unterzeichnen. Da verliert er sich in der Masse."

Am Nachmittage desselben Tages wurden die Landwehrmänner durch den Gemeindeboten Hoffmann in den „Schwarzen Adler" geladen, ein Verfahren, das nur dazu diente, die Feierlichkeit der bevorstehenden Handlung zu erhöhen, denn sie wären auch ohnehin gekommen.

Als alle Tische besetzt waren — das Dorf Schranden hatte etwa dreißig Kämpfer in den heiligen Krieg entsandt — und das wachsame Auge des Herrn Merckel weit und breit gefüllte Gläser vor sich sah, trat er hinter dem Schenktisch hervor, rieb sich behaglich das Bäuchlein, und einen verstohlenen Blick mit seinem Sohne wechselnd, begann er folgende Anrede: „Ja, seht mal, liebe Mitbürger, die Ge-

ſchichte iſt nämlich folgende: Ihr ſeid hier alles brave
Soldaten und habt in mancher heißen Schlacht für
euer armes Vaterland gekämpft. Da ſeid ihr
manchmal durſtig genug geweſen und habt nicht
einmal einen Tropfen ſchmutziges Lachenwaſſer in
der Nähe gehabt. Drum iſt's euch wohl zu gönnen,
daß ihr jetzt nach Laſt und Hitze des Krieges von
Zeit zu Zeit in den ‚Schwarzen Adler‘ geht und
dort einen guten Schluck Braunbier trinkt. Das
habt ihr euch redlich und ſauer verdient. Proſt,
Soldaten!" —

Er führte ſeinen Krug, den er für dieſen und
ähnliche Fälle bereit hielt, mit einem wackeren
Schwunge zum Munde und hielt während des
Trinkens lauernde Umſchau nach allen denen, die
ihr Stangenglas bis gegen den Grund hin geleert
hatten. — Dann gab er der Schenkmamſell einen
heimlichen Wink, und ſich kräftig die Lippen wiſchend,
fuhr er fort: „Ich als euer Ortsſchulze bin nun
zwar nicht mit in den Krieg gezogen, denn ich mußte
derweilen für eure Hinterbliebenen ſorgen" — ein
Murmeln beifälliger Rührung ging durch den Raum
— „aber ich bin ein Patriot wie ihr und mein
Herz ſchlägt warm und treu für Vaterland und
Ehre, wie nur das eure, ihr braven Soldaten. —
— Beeil dich mal ein bißchen, du faule Perſon,
der Herr Weichert verdurſtet ja ſchon faſt" —
Herr Weichert wehrte ſich, aber es half ihm nicht,
das Glas wurde ihm aus den Händen fortgeriſſen
— „und meine Bruſt hebt ſich vor Stolz, wenn

ich meinen Sohn ansehe, der ein schlichter, geradedenkender Soldat ist und den das Vertrauen der
Kameraden und des Königs Gnade gar zum Offizier
gemacht hat. Ich spreche gewiß euch allen aus dem
Herzen, wenn ich rufe: Die Freude des Dorfes,
der brave Sohn, der gute Kamerad, der tapfere
Soldat und ehrliebende Offizier, Leutnant Merckel
lebe hoch und noch einmal hoch und zum drittenmal
hoch!"

Voll Begeisterung stimmten die Schrandener ein,
und Herr Merckel senior bemerkte mit Genugtuung,
daß bei dieser Gelegenheit wiederum einige der
Gläser leer geworden waren. Um Amalien Zeit
zum Vollfüllen zu lassen, machte er eine kleine,
effektvolle Pause, während welcher er seinem Sohne
in stummer Ergriffenheit um den Hals fiel; dann
fuhr er fort: "Mit umso größerem Schmerze aber
muß es uns erfüllen, wenn wir sehen, wie unser
geliebter und gesegneter Ort, dessen Schande ihr
durch eure glänzenden Waffentaten schon getilgt
hattet, aufs neue verunglimpft wird durch den Sohn
jenes Mannes, der schuld an all unserem Unglück
ist. — Auf der Brandstelle haust er nun zusammen
mit der Geliebten seines Vaters — ich will nichts
weiter gesagt haben, aber schön, Kinder, ist es nicht,
was dort oben geschieht." — Ein unsauberes Lachen
erhob sich ringsum und wandelte sich langsam in
sittliche Entrüstung um. "Ja, und was das schönste
ist, dieser wüste Gesell gehört gleichfalls unserer
braven und glorreichen Armee an, unter falschem

Namen hat er sich in die Reihen eingeschlichen, ja noch mehr als das, bis zum Offizier hat er sich in die Höhe geschwindelt. ... Was euch allen, ihr braven Männer, nicht gelungen ist — mit Ausnahme meines Sohnes natürlich — das hat so ein Mensch sich durch Lug und Trug erworben. Wollt ihr das dulden, ihr braven Schrandener, wollt ihr es euch gefallen lassen, daß am Ende so ein Schwindler, der Sohn eines Landesverräters, euch als seine Untergebenen betrachten soll? — Seid ihr deshalb durch die Gnade eures lieben Königs zu freien Männern geworden?"

Der Augenblick schien günstig, um Seine Majestät den König hoch leben zu lassen, denn Amalie war inzwischen mit dem Einschenken fertig geworden. Der Erfolg war ein vollständiger, und Herr Merckel begann nach zwei Seiten hin mit den Resultaten seiner Rede zufrieden zu sein.

„Nein, ihr braven Schrandener," fuhr er fort, „das dürft ihr euch nicht gefallen lassen, die Armee muß befreit werden von dem Schandfleck — sonst müßt ihr euch ja schämen, preußische Soldaten zu sein."

„Schlagt ihn tot! Schlagt ihn tot!" erscholl es von den Tischen her.

„Nein, lieben Freunde," erwiderte er mit seinem gutmütigen Schmunzeln. „Ihr müßt nicht immer gleich von Totschlagen reden — ich als eure Obrigkeit darf das gar nicht gehört haben — sonst" — er erhob in wohlwollendem Drohen den Zeigefinger.

„Aber ich will euch was viel Besseres raten. Die hohen Herren haben natürlich keine Ahnung, wer eigentlich hinter dem Leutnant Baumgart steckt, denn vorigen Frühling fragte man nicht erst viel nach Taufschein und sonst was; aber jetzt ist die Sache anders, — jetzt wird man sich den Mann wohl mal ansehen wollen, den man als königlich preußischen Leutnant a. D. im Lande 'rumlaufen läßt. Und mit dem ‚a. D.‘ hat das noch so 'ne Bewandtnis. — Besinnt ihr euch, was der Johann Radtke aus der Heide hier an dieser Stelle erzählt hat, damals als noch keiner von uns 'ne Ahnung hatte, welches saubere Tierchen sein berühmter Herr Leutnant Baumgart eigentlich ist?"

Ein zorniges, haßerfülltes Lachen unterbrach ihn. Sein Sohn Felix war's, der es ausgestoßen hatte.—

„Aus Frankreich soll er hergewandert sein, zu Fuß und mutterseelenallein, wie 'n Handwerksbursch. Und verwundet hat er gelegen, und gefangen ist er gewesen, und was weiß ich sonst. — Aber überlegt euch mal, was das sagen will! Das will sagen, daß er keinen Abschied genommen hat, sondern daß er sich aus der Armee 'rausgestohlen hat, wie 'n Dieb in der Nacht, akkurat so, wie er sich vorher 'reingeschlichen hat. Und wißt ihr, wie das auf gut Preußisch heißt? Desertieren heißt das." —

Ein Jubelgeschrei erhob sich, welches Herr Merckel mit großer Genugtuung begrüßte, da seiner Erfahrung nach durch Schreien die Kehlen trocken wurden. — —

Er ließ sie also nach Kräften sich satt toben, dann fuhr er fort: „Wir als brave Patrioten und wackere Soldaten haben nun die heilige Pflicht, den hohen Herren vom Generalkommando ein Licht über den sauberen jungen Herrn aufzustecken. Wir sind das unserem Könige, unserem Vaterlande und vor allem uns selber schuldig. Mag man ihn mit Schimpf und Schanden ausstoßen aus unserer tapferen Armee — mag man ihn ins Gefängnis werfen — mag man ihn füsilieren — uns kann's egal sein — wir haben keine Ursach', uns für ihn ins Zeug zu legen.“

Die Schrandener erhoben ein Wut- und Wehegeschrei bei dem bloßen Gedanken, daß so etwas von ihnen verlangt werden könnte.

Herr Merckel zog ein Blatt Papier aus der Brusttasche.

„Ich habe eine kleine Niederschrift gemacht,“ sagte er, „in welcher ich einem hochweisen und hochedlen Generalkommissario untertänigst unsere Beschwerden auseinandersetze. Wenn ihr es erlaubt, lieben Freunde“ —

Er machte Miene, das Blatt zu entfalten, da kam ihm ein glücklicher, ein vielverheißender Gedanke.

„Ich könnte euch nun die Schrift sogleich zum Unterzeichnen vorlegen,“ fuhr er strahlend fort, „aber dann hätte sie meine und nicht eure Fassung. Und ich will, daß ihr die Worte aufs genaueste prüft und, wo nötig, auch ändert.... Daher schlag' ich euch vor, daß ihr eine Kommission von fünf Kameraden aus eurer Mitte wählt, mit denen wir uns, mein Sohn und ich, in das Herrenstübchen zurückziehen wollen, um in Ruhe die Fassung zu beraten, während ihr anderen hier versammelt bleibt." Dann nannte er die Namen derer, die er als Würdigste zu diesem Ehrenamte in Vorschlag brachte — fünf Bursche, welche er als flotte Geldausgeber kannte und bei denen sich etliches Ehrgefühl erhoffen ließ. —

Halb neidisch und halb schadenfroh stimmte man ihm zu.

Die Erwählten machten lange Gesichter, denn sie ahnten, was ihnen bevorstand, aber da sie sich zu gleicher Zeit geschmeichelt fühlten, so hüteten sie sich, nein zu sagen.

Mit der Ehrfurcht, die Herr Merckel sofort empfand, wenn jemand Miene machte, das Herrenstübchen zu betreten, riß er die Türe auf, über der als Warnung und Lockung zugleich die bedeutungsschweren Worte geschrieben standen: „Hier darf nur Wein getrunken werden."

In ängstlichem Stolze betraten die Auserwählten den vornehmen Raum, die Mützen krampfhaft zwischen den Fingern drehend.

Als letzter folgte der Sohn des Hauses.

Da wandte sich Herr Merckel noch einmal um und rief laut und feierlich zum Schenktisch hin: „Amalie, zwei Flaschen Muskat für mich und den Herrn Leutnant."

Muskat war ein Wein, den er aus Rum, Zucker,

Zimmet und Johannisbeersaft mit dem nötigen
Quantum Wasser selber zu bereiten pflegte und für
einen Taler die Flasche an die Schrandener ver-
kaufte. Die Doppelzahl nannte er, damit die Gäste
sich nicht einfallen ließen, je paarweise eine Flasche
unter sich zu teilen.

In der Schankstube entstand ein tiefes Schweigen.

Mit ernsten, gespannten Gesichtern sahen die
Zurückgebliebenen einander an und starrten dann
wieder nach der geschlossenen Tür.

Auch aus dem Herrenstübchen drang kein Laut.
Dort wurde zwischen dem Wirt und seinen Gästen ein
stummer, doch erbitterter Kampf geführt. Es war
zweifelhaft, wer Sieger bleiben würde.

Doch nach etlichen Minuten schon — die Mamsell
war soeben mit zwei rasch aufgefüllten Flaschen aus
dem Keller zurückgekehrt — riß Herr Merckel die
Tür weit auf und schrie triumphierend hinaus:
„Amalie, noch fünf Flaschen Muskat!"

Ein vielstimmiger Seufzer erscholl in dem Raum.
Die Spannung löste sich. Die Partei der Gäste war,
wie gewöhnlich, unterlegen.

Gleich darauf drangen die eintönig dumpfen
Laute eines Vorlesenden den Lauschenden ans Ohr.

*　*　*

Als Herr Merckel senior sich diesmal zur Ruhe
legte, fand er, daß sein Tag kein verlorener gewesen. —

Der Sohn war von seinem gefahrvollen Gedanken befreit, das Schicksal des Letzten derer von Schranden war besiegelt, und in der Kasse fand sich eine Extraeinnahme von acht Talern und fünfundzwanzig Silbergroschen. —

„So schlägt man drei Fliegen mit einer Klappe," sagte er zufrieden lächelnd, faltete die Hände und entschlummerte sanft.

———————

X.

Es ward Winter.

Ein unsäglich trauriges, qualvolles Absterben war ihm vorangegangen. Boleslav, der sich an der Natur großgezogen hatte und sich von aller Empfindelei frei wußte, hätte es nimmer für möglich gehalten, daß ihm der Herbst mit seiner weichlichen Symbolik Todesschauer durch die Gebeine jagen würde.

Er hatte Furcht vor der Zeit, die sich vorbereitete.

Die Abende begannen unheimlich lang zu werden. Wie ein Geier schwebte die Einsamkeit über seinem Haupte, immer enger und enger wurden ihre Kreise, schon wehte der Odem ihres Flügelschlags lähmend in sein Angesicht.

Seltsam! War er doch sein Lebtag allein gewesen und hatte sich nie etwas Besseres gewünscht! — Woher plötzlich der Drang, sich an Menschen anzuschmiegen, jetzt, da alles, was ein Menschenantlitz trug, ihm feind geworden war? — —

Tiefer und tiefer grub er sich in den Wust von Papieren hinein, ein dumpfes, zweckloses Tun, gerade gut genug, quälerische Stunden zu töten. Es gehörte nicht wenig Selbstüberredung dazu, um sich glauben zu machen, er könnte der Zukunft nützen, indem er die Vergangenheit aus ihrem Schutte hervorzog. Was er brauchte, hatte er bald gefunden, für das übrige war's schade, daß es beim Brande verschont geblieben.

Regine verwaltete schweigend und geräuschlos sein kleines Hauswesen. Ohne aufzuschauen, betrat sie sein Zimmer; wenn er das Wort an sie richtete, schrak sie zusammen, — ihre Antworten waren, wenn auch schüchtern und stockend hervorgebracht, doch klar und umfassend und trafen stets den Kern seiner Frage.

Doch manchmal gingen sie beide viele Tage lang nebeneinander her, ohne ein einziges Wort gewechselt zu haben.

Umso öfter beobachtete er sie im geheimen, sah ihr zu, wie sie den Tisch bereitete, und blickte ihr nach, wenn sie, über den Vorplatz schreitend, in den Gebüschen verschwand.

Gar oft fragte er sich dann: „Wie mag's in diesem Kopf aussehen? Was denkt sie wohl tagaus, tagein? Wäre es möglich, daß ihr ganzes Dasein sich um meine Person drehen sollte, um einen Menschen, der sie nichts angeht, der sie durch nichts zu halten weiß, ja der ihr noch nicht einmal einen Heller baren Lohnes gegeben hat?"

Alsdann überkam ihn manchmal ein Gefühl der Scham darüber, daß er sich so opferreiche Dienste mit so herablassendem Gleichmut gefallen ließ. Und er versprach sich, ihr freundlich und gesprächig zu begegnen, damit sie das Elend ihrer Lage weniger hart empfände.

Allein eine Scheu, die er sich selber nicht erklären konnte, machte es ihm unmöglich, seine Absicht auszuführen. Er haßte sie nicht mehr. Sein Abscheu war gewichen, seit er sie in stetem selbstlosem Wirken für sich tätig sah. Und dennoch vermochte er nicht mehr unbefangen mit ihr zu reden. Es lag etwas zwischen ihm und ihr, was ihre Gestalt wie mit einem geheimen Dunstkreis umgab und sie gewissermaßen unnahbar machte. Sie war ihm unheimlich geworden.

Fast schien es, als ob der Geist des Vaters um sie schwebte und durch seine grauenvolle Gegenwart dem Sohne die Zunge lähmte. Hatte die Schande, die sie trug, ihr jenen atemraubenden Reiz verliehen, den das Laster auf unerfahrene Jugend ausübt? Oder war es die Größe ihres Unglücks, die diese Macht ausströmte? — — —

Häufig, wenn sie das Abendessen brachte oder die Decke von seinem Bette abhob, richtete er sich von seiner Arbeit auf und versuchte ein Gespräch mit ihr zu beginnen. Aber die Zunge klebte ihm am Gaumen fest, er wußte nicht, wovon mit ihr zu reden, denn er wollte seiner Würde nichts vergeben, und mehr als kurze, harte Befehle kamen nicht über seine Lippen.

Schon lange war ihm aufgefallen, wie sehr sie sich in ihrer Erscheinung verändert hatte. Zu ihren Gunsten, natürlich. — Sie ging nicht mehr abgerissen

und verwildert einher und zeigte nicht mehr die
Blößen ihres Leibes. Sie trug ihre Jacke züchtig
unter der Kehle zugeknöpft und hatte einen wollenen
Bandfetzen um den Hals geschlungen. Ihr Kleid
war sorgfältig geflickt und die Zipfel der Jacke
krochen nie mehr aus dem Gürtel hervor. — Ihr
Haar lotterte nicht wie früher in tausend wüsten
Strähnen an Schläfen und Nacken herum, sie band
und kämmte es sorglich, und an manchem Morgen
glänzte ihr Scheitel blitzblank von dem Wasserbade,
das sie zur Bändigung der Wirrnis verwendet hatte.

Die Tage wurden kalt, aber noch immer ging
sie in ihrem Kattunfähnchen einher, über welches
sie im Freien ihr würflig wollenes Tuch kreuzweis
um Schulter und Taille zu schlingen pflegte.

Eines Abends, als sie sich zu ihrem allwöchent-
lichen Gange rüstete und die Einkäufe mit ihm be-
sprach, — fragte er sie: „Warum hast du dir noch
keine Winterkleider mitgebracht, Regine?"

Sie schlug die Augen nieder und meinte: „Ich
möcht' schon."

„Nun also?"

„Ich wußt' ja nicht, ob ich darf!"

„Gewiß darfst du. Ich werd' dich doch nicht erfrieren lassen."

„Ja, aber —"
Sie stockte und wurde rot.

„Was aber?"

„Es ist da eine — Jacke — von blauem Tuch —
die hat einen Pelzbesatz. Der Kaufmann meint —"

Er lächelte. „Gott sei Dank — sie fängt an Mensch zu werden," dachte er, „die Putzsucht ist erwacht. — — Nun — und was meint der Kaufmann?"

„Die würd' mir passen, meint er, und weil ich die großen Gänge geh', müßt' ich was Warmes haben und was Bequemes. Aber, die Jacke ist eigentlich für Fräuleins und —"

„Darum sollst du sie haben," rief er lachend. „Daß du mir nicht ohne die Jacke wiederkommst! — Gute Nacht und glücklichen Weg!"

Sie stieß einen Freudenschrei aus und bückte sich nieder, ihm die Hand zu küssen, doch mit einem leichten Schlage auf die Schulter wehrte er sie ab.

Als ihre Schritte draußen in der Finsternis verhallt waren, nahm er die Lampe und ging in das Glashaus, in welchem sie ihr Wesen trieb.

Das Feuer auf dem Herde glimmte noch, trotzdem war es bitter kalt in dem unwirtlichen Raum. — Durch die Lücken des Daches schwirrten vereinzelte Flocken, denn ein leichter Herbstschnee stäubte bereits durch die Lüfte.

„Warum bessert sie die Scheiben nicht aus?" dachte er und beschloß, morgen am Tage Bretter über die schadhaften Stellen zu legen. Er kletterte an einem der Gestelle hinan und tastete prüfend nach der Glaswandung. Da sah er freilich ein, warum Regine es vorzog, halb unter freiem Himmel zu schlafen. Die Bleifassung der Rauten war morsch und brüchig geworden. Unter seiner bloßen Be-

rührung knirschte und klirrte das Dach in allen
seinen Fugen. Jeder Versuch einer Ausbesserung
mußte es vollends zum Verfalle bringen.

„Sie länger so hausen zu lassen, hieße ein Verbrechen an ihr begehen," sagte er sich.

Er kehrte in sein Zimmer zurück und zog unter
seinem Laken alles an Federbetten hervor, was ihm
irgend entbehrlich erschien. Auch eines der Kissen
nahm er von seinem Platze und trug alles zusammen
nach ihrem Lager hin, legte es zurecht und breitete
die härene Decke sorgfältig darüber, so daß jedes
Zipfelchen des Bettzeugs von ihr bedeckt wurde.

„Was wird sie für Augen machen," dachte er,
„wenn sie sich morgen übermüdet auf ihr Stroh
wird werfen wollen?" Und innig vergnügt kehrte
er zu seinen Papieren zurück.

Als er am nächsten Morgen erwachte, schimmerte
ihm von den Wänden die Bläſſe des Schneelichts
entgegen.

Die Welt war über Nacht zur Winterruhe gegangen.

Er kleidete sich an und rief nach Regine. Keine
Antwort. Sie war noch nicht zurückgekehrt.

Er wartete zwei Stunden und ging dann selber
sein Frühſtücksmahl bereiten. Unter den Lücken des
Glasdaches lagen drei flache Schneehügel, ein vierter
machte sich auf dem Herde breit. Grünliches Zwie-
licht erfüllte den Raum, der nun im Schnee gleich-
ſam vergraben war.

Halb mechanisch nahm er Schaufel und Besen

zur Hand und fegte die weißen Hügel zur Tür
hinaus, dann holte er sich etliche Bogen grober
Pappe, wie sie den Aktenbündeln zur Decke dienten,
schnitt sie zurecht und schob sie vorsichtig durch die
Lücken, so daß sie, in der lockeren Schneeschicht
haftend, die schadhaften Stellen überdachten.

„Mehr kann ich beim besten Willen nicht tun,"
sagte er, während er fröstelnd in dem Raume Um=
schau hielt, in welchem es nun beinahe Nacht ge=
worden war. — Dann schritt er mit einem Seufzer
zum Herde, um das Feuer anzuzünden.

Der Tag verging, ohne daß Regine wieder=
kehrte. Augenscheinlich hatte das Schneegestöber sie
bis zum Morgen in Bockeldorf zurückgehalten.

Mißmutig und gelangweilt reckte er sich über
seine Arbeit, machte einen und den anderen Spazier=
gang zum Katzenstege, über welchen sie kommen
mußte, würgte das kalte Mittagessen hinunter und
schaute von Zeit zu Zeit nach der Wanduhr, die
ihre Messingzeiger kaum von der Stelle schob.

Regine fehlte ihm an allen Ecken und Kanten,
und wenn sie auch sonst fast unsichtbar geblieben,
er hatte doch gewußt, daß sie da war, daß er nur
zu pfeifen brauchte, um sie vor sich zu sehen.

Um sich auf andere Gedanken zu bringen, legte
er die Arbeit beiseite und fing zu zeichnen an. Auf
die Rückseite einer fünfzig Jahre alten Wagenbauer=
rechnung malte er einen langen, langen Garten=
zaun, über welchen in steifen Reihen Lilien und
Rosen herüberguckten — zuerst eine Schicht von

Rosen, dann eine solche von Lilien — dann wieder
Rosen und so fort, bis das Ganze einer wunderlich
gemusterten Tapete glich.

Dann warf er sich auf das wackelnde Sofa und
träumte von der Madonna, die hinter jener Blumen=
mauer saß, bereit, sich segnend zu dem Sünder
herniederzuneigen, welcher den Mut fände, die
Mauer zu durchbrechen.

Schon dämmerte es stark, da ertönten Schritte
auf dem Vorplatz.

Er schoß in die Höhe und eilte hinaus.

Mit Bündeln und Paketen beladen, mit Schnee
bestäubt von Kopf bis zu Fuß, trat Regine keuchend
über die Schwelle. Weiß bepudert hing ihr das
krause Stirnhaar über das glühende Gesicht, aus
dem die Augen ihm angstvoll aufgeregt entgegen=
leuchteten.

„Ich bin gelaufen, Herr, soviel ich gekonnt hab',"
stammelte sie, indem sie mit der Rechten nach dem
Herzen tastete, „der Kaufmann hat mich vor Tag
nicht weggelassen, weil er gemeint hat — ich soll
die Jacke —"

Sie stockte und sah schuldbewußt zur Erde nieder.

Er nickte ihr lächelnd zu; er war viel zu froh,
sie wieder hier zu wissen, um ihr ein böses Wort
zu sagen. „Koch mir nur rasch etwas Warmes,"
sagte er, „auch du wirst's nötig haben."

Ängstlich verwundert starrte sie ihn an.

„Worauf wartest du noch?"

„Ja — aber —" Und dann, wie erschrocken

über das, was sie hatte sagen wollen, rannte sie
an ihm vorüber der Küche zu.

„Es scheint, sie beansprucht ihre Züchtigung,“
murmelte er, indem er lächelnd hinter ihr her sah.

Als sie die Abendsuppe brachte, saß er vor dem
Pulte, an dem er gewöhnlich arbeitete. Die grün-
beschirmte Öllampe breitete einen ungewissen Däm-
merschein über das Gemach.

Verstohlen sah er sich nach ihr um, denn er
liebte es, sie aus dem Schatten des Schirmes hervor bei ihrer Hantierung zu beobachten. Heute
schrak er bei ihrem Anblick zusammen, so fremd, so
stolz, so herrlich mutete ihre Erscheinung ihn an.
Das war nicht mehr die verlotterte, in Elend und
Stumpfsinn versunkene Magd. Man hätte sie für
eine Dame halten können, so vornehm, so anmutig
war jede ihrer Bewegungen, so streng und reizvoll
sprachen die Linien ihres Kopfes. — Das dunkle
Wollenkleid und vor allem die neue Jacke war's
mit ihrem silbergrauen Pelzbesatze — „Kazabeika“
nannte man dergleichen drüben im Polnischen —,
welche die Veränderung bewirkt hatte.

Während sie den Tisch deckte, lächelte sie verschämt und glücklich vor sich hin und sandte von
Zeit zu Zeit einen raschen, heimlichen Blick zu ihm
hinüber.

Offenbar wollte sie bewundert sein, wagte aber
nicht, ihn auf sich aufmerksam zu machen.

Als sie in den Lichtkreis der Lampe trat, sie
auf den Eßtisch hinüberzusetzen, schlug er rasch die

Augen nieder, um sich den Anschein zu geben, als habe er sie nicht bemerkt.

Aber nun mußte ihr doch ein Wort gegönnt werden.

„Du bist wohl sehr stolz auf deine neuen Kleider?" fragte er.

Sie wurde rot bis an den Hals hinunter.

„Ach — die sind ja viel zu schön für mich," flüsterte sie, immer noch lächelnd, immer noch mit verschämter Koketterie nach ihm hinüberschielend. — Nur um nach dem Spiegel hinzugucken, war sie noch nicht Evastochter genug.

Als sie sein Nachtlager bereitete, entdeckte sie mit Erstaunen die Verminderung des Betten= bestandes. Sie wollte etwas sagen, verschluckte es aber, wohl weil sie ihn nicht mehr anzureden wagte.

Dann wünschte sie „Gute Nacht" und ging hinaus.

Er schmunzelte vergnügt in sich hinein. „Das wird eine Überraschung werden," dachte er.

Dann vertiefte er sich aufs neue in seine Skrip= turen.

Wohl eine Stunde mochte vergangen sein, da ließ ein leichtes Geräusch hinter seinem Rücken ihn erschrocken zusammenfahren.

Leichenblaß, mit zuckendem Munde und schwim= menden Augen stand sie da und sog die Luft durch die Nase aus und ein. Die Pelzjoppe war unter dem Halse geöffnet und legte das grobe Hemd bloß, deſſen Falten die wogende Bruſt lockerte und ſtraffte. Sie hatte wohl in der erſten Beſtürzung vergeſſen, ihre Kleidung zu ordnen.

„Wie ſchön iſt ſie,“ dachte er bewundernd, und verſuchte an ihr vorbeizuſehen.

„Nun, was begehrſt du noch?“ fragte er dann in ſeinem weichſten Tone.

Sie verſuchte zu reden, aber es dauerte eine Weile, ehe ſich ein Stammeln von ihren Lippen rang.

„Herr — haben Sie — das — mit den Betten — ſo — gemacht?“

„Natürlich, wer denn ſonſt?“

„Ja, aber — warum tun — Sie das?“ In bangem Staunen flammten ihre Augen ihn an. Offenbar hatte ſeine Güte begonnen, ihr Angſt zu machen.

Er mußte einen härteren Ton anſchlagen, um der eigenen Bewegung Herr zu werden. Daß es ſie ſo tief erſchüttern würde, hätte er nimmer geglaubt. „Dummes Ding,“ herrſchte er ſie an, „ſoll ich dich denn da draußen erfrieren laſſen?“

Starr und ſchweigend wie eine Statue ſtand ſie da, während große, leuchtende Tropfen ihr über die Wangen rollten.

Und plötzlich fiel ſie an ihm nieder, ergriff ſeine beiden Hände und bedeckte ſie mit Tränen und Küſſen.

Willenlos, in Schauen verſunken, ſah er für einen Augenblick auf ſie hernieder, im nächſten wehrte er sie von sich ab und befahl ihr, sich zu erheben.

„Führ mir keine Komödien auf, Regine," sagte er, „geh zur Ruhe, du hast sie nötig."

Sie wollte sich mit den Armeln die Augen wischen, wie sie's gewohnt war, da gewahrte sie den neuen zarten Pelzbesatz, und ihn zu schonen, ließ sie die Tränen weiterrinnen.

„Ach, Herr," schluchzte sie, „ich weiß gar nicht, was mit mir geschieht. — Das können Sie nicht im Ernst meinen — das verdien' ich ja gar nicht. — — Zuerst die schöne Jacke — und dann, wie ich denk', ich werd' Schläge bekommen — weil ich über Tag weggeblieben bin — auch noch das."

„So hör doch auf," befahl er, „du mußt doch dein Bett haben. — Wie hast du denn früher geschlafen?"

Sie schrak zusammen und schlug die Augen nieder. —

„Ach, früher!" stammelte sie.

„Nun?"

„Früher — lag ich entweder draußen vor der Tür" — sie stockte —

„Oder?"

Sie schwieg und zitterte. —

„Oder wo sonst?"

Sie warf einen scheuen Blick nach dem Himmelbette. „Sie wissen ja, Herr," stammelte sie. Dann schlug sie, überwältigt von Scham, die Hände vors Gesicht. —

Jawohl, er wußte! — Daß er es nur für einen Augenblick hatte vergessen können!

„Hinaus!" rief er, geschüttelt von Zorn und Grauen, und streckte den Arm nach der Tür.

Schweigend, gesenkten Hauptes schlich sie von hinnen.

———

XI.

Boleslav hatte Glück. Ihm war eine neue, große Aufgabe geworden, welche die lähmende Däm= merung seiner Tage mit frohem Lichte erhellen sollte.

Es galt das Andenken des Vaters zu retten!

Wie er auf die Idee verfallen war, wußte er selber wohl kaum. Ein paar vorgefundene Briefe, von polnischen Edelleuten an den Vater gerichtet, hatten den ersten Anstoß gegeben. Wenn es mög= lich war, nachzuweisen, daß der Verewigte gegen bessere Einsicht, den edleren Gefühlen seines Herzens zum Trotze, nur einem dumpfen Zwange gehorcht hatte, einen übereilten Schwur oder ein abgenötigtes Versprechen zu erfüllen, so war eine tragische Ver= kettung der Umstände gewonnen, die den verlästerten Mann, wenn auch nicht von der Schuld selber freisprach, so doch zu einer Art von Märtyrer um= stempelte.

Wenn er dann nach genauestem Studium der Dokumente mit der auf quellenmäßiges Material gestützten Entstehungsgeschichte des Verrates vor die Öffentlichkeit trat, einer Geschichte, die nachwies, daß Eberhard von Schranden, weit entfernt, die

teuflische Rolle gespielt zu haben, welche das Gerücht ihm zuwies, einfach ein Opfer der Ereignisse
geworden war, so sollte noch einer kommen, der
seine Hand gegen den Schatten des Dulders ausstreckte.

Und je mehr er sich in diese Aufgabe vertiefte,
desto inniger begann er sich mit dem Toten eins zu
fühlen, desto mehr gewöhnte er sich daran, das Bewußtsein der eigenen Schuldlosigkeit auf jenen zu
übertragen.

Das Herz war ihm so voll von seinen Plänen,
daß er Nachts nicht schlief und Tags wie ein Besessener
in dem vollgeschneiten Parke umherlief. Und je
weniger er im Grunde seiner Seele auf ihr Ge-
lingen hoffen mochte, desto heißer ward sein Verlangen, sich im Reden mitzuteilen, sich die Last der
Zweifel von der Brust zu wälzen.

Aber da war niemand als das schweigende
Weib, das schuldbeladen, mit dem scheuen Flammen
des Auges an ihm vorbeischlich.

Und eines Abends, als die Einsamkeit ihn fast
erstickte, sprach er sie an: „Regine, du frierst wohl
draußen in deiner Küche?"

„Ich lasse das Feuer tagüber nicht ausgehen,
Herr."

„Aber was machst du Abends in der Dunkelheit?"

„Ich sitz' am Herde und nähe, Herr, bis die
Finger mir erklammen."

„Hast du denn Licht?"

„Ich brenne Kienspäne, Herr."

Er schwieg zögernd und kaute seine Unterlippe, endlich faßte er sich ein Herz.

„Regine, du darfst nach dem Abendbrot mit deinem Nähzeug in die Stube kommen."

Sie wurde blaß. „Ja, Herr," stammelte sie.

Ihm schien das wohl zu wenig an Dankbarkeit. „Das heißt, wenn du nicht willst —," meinte er achselzuckend.

„O, Herr — ich will schon."

„Aber zieh dich ordentlich an — vorher. Warum trägst du übrigens deine Kleider nicht?" Sie war seit jenem Abende wieder in ihrer Kattunjacke einhergegangen.

„Ach, Herr, ich hab' ja gewußt, daß sie zu schad' für mich sind," erwiderte sie.

„Zu schad'? Weswegen?"

„Weil Sie bös geworden sind, Herr, daß eine wie ich —"

„Dummes Zeug," unterbrach er sie rasch. Viel fehlte nicht, so hätte sie sich ihm wieder verleidet.

Nach dem Essen erschien sie furchtsam an der Tür. In ihrer Hand schimmerte weißes Linnen. An der Tür blieb sie stehen, bis er sie ungeduldig zum Sitzen einlud.

„Man muß ja Umstände mit dir machen, als ob du eine große Dame wärst," schalt er.

Sie lächelte verwirrt. „Es ist nur die Angst, Herr," sagte sie stockend, „weil ich nicht weiß, wie ich — mich benehmen soll." Dann wandte sie sich zu ihrer Arbeit.

Geredet wurde an jenem Abende nicht mehr zwischen ihnen, und es verging wohl eine Woche, ehe ein Gespräch sich herausbildete.

Er saß sinnend über den vergilbten Papieren, und sie ließ die Nadel an dem knirschenden Linnen entlang fliegen. Wenn die Uhr elf schlug, wickelte sie das Nähzeug zusammen, flüsterte eine „Gute Nacht" und glitt, ohne seine Antwort abzuwarten, auf den Zehenspitzen hinaus.

„Was nähst du denn da so fleißig?" fragte er eines Abends, nachdem er sie eine Weile beobachtet hatte.

Sie schaute auf und strich sich mit angefeuchteten Fingern das Gelock aus der Stirn.

„Hemden für Sie, Herr!" war die Antwort.

„Also dafür sorgst du auch?"

„Wer sollt's denn sonst, Herr?"

Kurzes Schweigen, dann fragte er weiter: „Wer hat dich das alles gelehrt, Regine? Deine Mutter?"

Sie schüttelte den Kopf. „Meine Mutter, Herr, ist früh gestorben. Kaum, daß ich noch 'ne Erinnerung hab' an sie. Die Leute sagten, der Vater hab' sie zu Tode geprügelt."

Er dachte an die Bildergalerie und an das blasse, schmale Angesicht mit den müden Augenlidern, von dem beim großen Brande die letzte Spur in Flammen aufgegangen war.

„Wie hat sie ausgesehen — deine Mutter?" forschte er weiter.

„Sie hat lange schwarze Haare gehabt und Augen wie ich, sagten die Leute, und von den Haaren weiß ich noch, daß sie mich manchmal drin einwickelte, des Abends, wenn ich ausgezogen war — und dann saß ich drin wie in einem Mantel und lachte. — Und wenn der Vater —" in plötzlichem Erschrecken hielt sie inne. „Aber, warum wollen Sie das wissen, Herr?" fragte sie.

„Erzähl nur weiter," rief er hastig . . .

„Und wenn der Vater heimkam und auf mich los wollte, weil er betrunken war, hat sie sich vor mich hingestellt und mir gesagt, ich soll mich in ihr Kleid einwickeln, und das hab' ich denn auch getan. Und in dem Kleide war's wie in einer Berghöhle — ganz finster und ganz still — und Vaters Schimpfen ist bloß wie von weit her zu mir gedrungen. Und dann ist sie gestorben. Das war an einem Sonntag — ja, es war an einem Sonntag. Denn wie ich am Zaune stand und dachte, ob sie wohl auch einen so schönen Sarg kriegen wird — und ob er grün sein wird, wie der oben auf dem Pfahl, da sind Sie, Herr, eben zur Kirche vorbeigegangen. Das heißt, Sie waren damals so klein wie ich — und trugen einen blauen Rock mit silbernen Litzen und einen kleinen Degen an der Seit' — — und blieben stehen und fragten mich, warum ich wohl weinen mocht', und wie ich's nicht sagen konnt' vor lauter Furcht, da schenkten Sie mir einen Apfel."

Darauf vermochte er sich freilich nicht mehr zu besinnen, aber wie er ihr den jungen Spatz weggenommen, das fiel ihm ein und das erzählte er ihr.

Sie wußte es noch alles, und ihr Auge leuchtete auf, wie in glückseligen Bildern verloren.

„Ich wundere mich eigentlich, daß du ihn so willig hergabst," sagte er.

„Was hätt' ich denn tun sollen?" antwortete sie.

„Ihn mir verweigern."

Ihr Blick verschleierte sich. „Ich war ja so froh, daß Sie ihn haben wollten," sagte sie leise; „denn wann passiert einem armen Mädel mal das Glück, daß ein reicher, vornehmer Herr was von ihm geschenkt nimmt?"

Er biß sich auf die Lippen. — Wahrlich, er nahm mehr von ihr geschenkt, als Recht und Menschlichkeit erlaubten.

„Und dann," fuhr sie fort, „wenn ich auch nicht gewollt hätt' — Sie waren ja der Junker. Ihnen gehörte ja sowieso alles an uns." — —

Wie selbstverständlich das von ihren Lippen kam!

„Höre, Regine," sagte er, „du hast die Zeit wohl ganz vergessen, da du unten im Dorfe in Freiheit lebtest?"

„O, nicht doch, Herr," erwiderte sie mit einem Lächeln, das beinahe schalkhaft schien, „zum Beispiel auf den gnädigen Junker besinn' ich mich noch ganz genau."

Er beugte sich mit seinem Stuhle weit in den Schatten des Schirmes zurück. — „Welch ein herr-

licher Stoff ist hier verdorben," dachte er und verschlang sie mit seinen Blicken.

Und dann mußte sie ihm erzählen, was sie aus
jener Zeit noch von ihm wußte. Da kam freilich
nicht viel Liebes zum Vorschein. Einmal hatte er
sie ins Brachwasser gestoßen, ein andermal in einer
Mehlschöpfe den Fluß hinunterfahren lassen, bis auf
ihr Jammergeschrei Instleute gekommen waren, sie
ans Ufer zu ziehen; wieder ein andermal, als sie
ein weißes Kleid getragen, ein Geschenk der Schloß-
verwalterin, hatte er ihr Gesicht und Hände mit
Kalk bestrichen und sie stillstehen geheißen, damit
sie einem der Steinbilder oben im Parke gliche.
Das hatte sie auch geduldig getan, bis der Kalk ihr
auf den Lippen und in den Augenwinkeln fürchterlich zu beißen angefangen, da sei sie weinend davon-
gelaufen.

Das alles berichtete sie nun mit strahlenden
Augen, als ob ihr einst wunder was Gutes damit
geschehen wäre.

Er seinerseits erinnerte sich dieses oder jenes
Vorfalls sehr wohl, nur daß just Regine dabei das
Opfer seiner Laune gewesen, war ihm entfallen.
Ein Gefühl der Beschämung dämmerte in ihm auf.
Er sah statt des träumerischen, großmütigen Edel-
knaben, als der er sich stets erschienen war, einen
kleinen, grausamen Dorftyrannen, der seine Macht
über die Altersgenossen rücksichtslos ausnutzte, selbst
bis an die Grenze der Bösartigkeit hin.

„Und hab' ich dir meine Übeltaten nie ver-

golten?" fragte er, um doch etwas Gutes von sich
zu hören. —

„Geschenkt haben Sie uns genug, Herr!" er=
widerte sie. „„Teilt euch das!' pflegten Sie zu
sagen und warfen allerhand vor uns auf die Erde —
einmal Äpfel und Nüsse, — ein andermal zer=
brochene Zinnsoldaten, oder auch eine Handvoll
blanker Knöpfe. — Aber natürlich bekamen die
Größten und Stärksten das meiste, besonders der
Felix Merkel, der verstand zu raffen — — wir
Mädchen hatten das Nachsehen."

„Und du selbst, Regine, du hast nie etwas von
mir bekommen?" fragte er.

Sie wurde glutrot und bückte sich tief über ihr
Nähzeug. „Ja, Herr, einmal," sagte sie leise.

„Was war es denn?"

Sie schwieg und wagte nicht die Augen zu er=
heben.

„Mein Gott, weshalb schämst du dich?"

„Weil — ich's — — noch hab'."

„Ach — Unsinn!" Er lächelte. Ein wohliges
Gefühl durchrieselte ihn.

Sie — statt der Antwort — langte in die Tasche
ihres Kleides und legte ein Strohkästchen aus farbigen
Halmen geflochten, kaum größer als eine Kinder=
faust, vor ihn auf den Tisch.

Er nahm es zur Hand und betrachtete es auf=
merksam von allen Seiten. Drinnen klapperte
etwas.

„Darf ich aufmachen?"

„Warum fragen Sie erst, Herr?"

Ein Ring von Glasperlen war's, blau, weiß und gelb, wie ihn kleine Mädchen, den ersten Instinkten der Eitelkeit folgend, sich zu verfertigen pflegen.

Er nahm ihn heraus und versuchte ihn über den kleinen Finger zu streifen, aber er war viel zu enge, kaum daß er am Nagel entlang glitt.

„Ist der Ring auch von mir?"

„Nein, Herr — der stammt von meiner lieben Mutter. Er hat sich in das Fleisch eingewachsen gehabt, drum trug ich ihn Tag und Nacht am Finger, bis der Faden gerissen ist. Da war sie schon lange tot, und weil's das einzige Andenken ist, das ich an sie hab', drum tat ich die Perlen wieder auffädeln und trag' den Ring immer bei mir."

„In meinem Kästchen?"

Sie nickte und schlug die Augen nieder.

„Warum soll ich nicht, Herr?" sagte sie flüsternd, „es bringt mir ja Glück."

Er maß sie mit einem mitleidigen Lächeln. „Glück? dir? —"

„Nun, Herr," erwiderte sie triumphierend, „wenn Sie die vielen Steine bedenken — —"

In diesem Augenblicke glitt der Ring, den er soeben an seinen Platz zurücklegen wollte, ihm aus den Fingern und fiel zur Erde.

Regine schoß in die Höhe und eilte um den Tisch herum, ihn aufzuheben; aber sie fand ihn nicht.

„Er ist wie untergesunken," sagte sie mit zagem
Blicke und ließ sich dicht an Boleslavs Seite auf
den Boden nieder.

Er sah den straffen, herrlichen Nacken sich ent-
gegenleuchten, er sah das schwarze wirre Gekräusel,
das ihn spielend umrahmte.

Das Herz begann ihm zu pochen. — Ein kalter
Strom ergoß sich durch seine Glieder. Mit stierem
Lächeln blickte er auf sie nieder. —

„Da ist er!" rief sie und richtete sich knieend
empor, ihm das geliebte Spielzeug darzubieten.

Er erhob die Hand. Ihm war, als würde sie
von einer fremden Macht emporgezogen, und lastete
doch zentnerschwer an ihm. —

Dann legte er sie in banger Liebkosung an ihre
Wange. —

Sie fuhr erschauernd zusammen. Ein schwim-
mender Glanz brach aus ihrem Auge, das träume-
risch und fragend auf ihm ruhte. —

Sein Arm sank schlaff herab.

„Ich danke dir," sprach er heiser. —

Sie ging auf ihren Platz zurück. — Eine tiefe
Stille entstand. —

Ihm war, als hätte er ein Verbrechen begangen,
das jeder Moment des Schweigens verschlimmerte.
Er mußte sich zum Reden zwingen.

„Was fragt' ich dich? Richtig — wer also hat
dich das Nähen gelehrt?"

Ihr war derweilen der Faden aus dem Nadelöhr
entwichen. Sie versuchte ihn aufs neue einzuziehen.

Der blanke, kleine Schaft wankte zwischen ihren Fingern wie ein Rohr im Winde.

„Das war im Pfarrhause, Herr," erwiderte sie beklommen. „Die — Helene sollte —" sie stockte, denn er war beim Klange des geliebten Namens, den er zum erstenmal aus ihrem, aus solchem Munde hörte, zusammengefahren, wie von einem Peitschen- hiebe gezüchtigt.

Sie deutete seine Erregung als Zorn und setzte furchtsam hinzu: „Das Pfarrfräulein mein' ich!"

„Es ist gut," sagte er, mühsam an sich haltend. „Geh schlafen!" — — — —

In dieser Nacht kämpfte Boleslav einen schweren Kampf.

Ihm schien, als wäre das Bild der Hohen, der Reinen besudelt, seitdem sein Auge mit Wohlgefallen auf diesem verworfenen Weibe geruht hatte.

Und besudelt war er auch selbst durch jene kosende Berührung.

Nun galt es aufs neue Reinheit und Frieden zu gewinnen.

Vor allem mußte er mit Helenen ins klare kommen, damit er sich stark wüßte im Kampfe gegen Sinnen- trug und lähmenden Zweifel.

Und so eilig hatte er's mit seinen neuen Ent- schlüssen, daß er sich mitten in der Nacht erhob, um sie ins Werk zu setzen.

Beim Schein des Nachtlichts schrieb er einen Brief an Helenen, worin er sie seiner ewigen Liebe und Treue versicherte und sie beschwor, ihm Kunde zu geben, damit er wüßte, ob sie zu ihm stehen wolle in der Not wie einst im Glücke, ob er sie für sich erkämpfen dürfe — Himmel und Hölle zum Trotze.

Mit jeder Zeile fühlte er seine Seelenangst sich mildern, und als er sich wieder zur Ruhe legte, war ihm zu Mute wie einem, der sich durch ein Zusammenraffen seiner Willenskraft einer langen und drückenden Verpflichtung mit einem Mal enthoben hat.

„Willst du es unternehmen, Regine," fragte er am Abend des folgenden Tages, „diesen Brief ungesehen dem Pfarrfräulein zu übergeben?"

Sie sah ihn eine Sekunde lang groß an, dann schlug sie die Augen nieder und murmelte: „Ja, Herr."

„Aber wenn sie dich ergreifen unten im Dorf?"

„Pah — die!" sagte sie und zuckte verächtlich die Achseln, wie auch sonst, wenn sie von den Dörflern sprach.

Bald darauf sah er sie wie einen Schatten am Fenster vorbei durch die Dämmerung gleiten.

Stunden vergingen. Sie kehrte nicht wieder. Er geriet in Sorge und fing an, sich Vorwürfe zu machen, daß er sie um seiner Herzensaffäre willen ihr Leben aufs Spiel setzen ließ.

Endlich gegen Mitternacht klirrte die Haustür.

Zähneklappernd, mit blauem Gesichte, erschien sie auf der Schwelle, den Brief noch zwischen den erklammten Fingern.

Er hieß sie am Ofen niederhocken und gab ihr spanischen Wein zu trinken — da erst vermochte sie zu reden.

„Ich hab' bis jetzt am Pfarrzaun im Schnee gelegen, Herr," sagte sie, „aber 's war nicht möglich, an sie 'ranzukommen. Jetzt eben hat sie in ihrem Schlafzimmer das Licht ausgelöscht. Da bin ich denn heimgegangen. Seien Sie nicht böse, Herr. Vielleicht werd' ich morgen mehr Glück haben."

Er wollte nichts davon hören, daß sie das Abenteuer noch einmal bestände; aber als sie am folgenden Abende zum Gange gerüstet vor ihn trat, sagte er nicht nein.

Diesmal kam sie mit glühenden Wangen und fliegendem Atem heim. Zwei Bauern, die vom „Schwarzen Adler" heimgekehrt waren, hatten sie entdeckt und Jagd auf sie gemacht.

„Aber morgen, Herr, morgen gelingt's ganz gewiß."

Und sie behielt recht.

Nicht weniger atemlos als Abends vorher, doch mit freudeglänzenden Augen trat sie gegen zehn Uhr ins Zimmer und streckte ihm von der Tür aus triumphierend die leeren Hände entgegen.

„Gott sei Dank," dachte er, „zum viertenmal hätt' ich sie nicht hinausgejagt."

Und in frohem Eifer begann sie zu erzählen. Der Sultan an der Kette, der kannte sie von früher her, und zum Überfluß habe sie ihm noch ein Stück

Schwarte mitgebracht. Dann habe sie sich vor die Hintertür gestellt und durchs Schlüsselloch geguckt. — „Im Hausflur steht der große Küchenschrank, und wenn die Helene — das Fräulein mein' ich — zu morgen früh Mehl und Kaffee wird 'rausgeben wollen, wird sie sich wohl sehen lassen müssen. Und richtig, Herr, mit einem Mal fällt mir Lichtschimmer ins Aug', und da steht sie keine drei Schritt von mir entfernt. —"

Er seufzte tief auf. „Die Glückliche, sie hat sie mit ihren Augen geschaut."

„Ich mach' nun die Haustür ganz leise auf und rufe hinein: Helene! Fräulein Helene! Wie sie mich zu sehen kriegt, schreit sie auf und läßt den Leuchter fallen. . . . Helene, sag' ich, ich will dir ja nichts Böses tun. — Hier ist ein Brief vom Junker Boleslav. . . . Da befällt sie ein Zittern, kaum daß sie mir den Brief aus der Hand nimmt. Und dabei ruft sie ganz entsetzt: Geh — geh fort von mir! Gerad, daß ich ihr noch vom Briefkasten was sagen kann — vom Briefkasten an der Zugbrücke, da hat sie die Tür schon abgeschlossen und abgeriegelt. — Ach du lieber Gott," fügte sie mit einem wehmütigen Lächeln hinzu, „ich bin's ja gewohnt, daß man mich so behandelt, aber diesmal bracht' ich doch Botschaft von Ihnen."

Er stützte den Kopf in beide Hände. Helenens Benehmen gab ihm zu denken. —

Freilich hätte er ihr das Begegnen mit der verlotterten Jugendgespielin ersparen müssen. War es ein Wunder, daß ihr keusches, reines Herz sich vor dem Anblick dieses Weibes zusammenkrampfte?

Von nun an lief Regine tagtäglich nach der Zugbrücke hinunter, um in dem Briefkasten, der dort an einem Pfosten befestigt war, nach Antwort von Helenen nachzuschauen.

Allein der Kasten blieb leer.

Hatte Boleslavs Stimmung sich schon zu klären begonnen, so wurde er nun aufs neue bitter und trotzig, und selbstquälerische Gedanken bohrten sich in seiner Seele fest.

Sein Stolz wollte es nicht zulassen, von dem Weibe, das er liebte, verworfen zu werden, und dennoch durfte er kaum mehr zweifeln, daß sie sich von ihm losgesagt hatte, daß sie mit seinem entehrten Dasein nichts mehr zu schaffen haben mochte. — Ihm war zu Mute, als ob mit der Hoffnung, die Geliebte seiner Jugend zu erringen, das ganze große Werk seiner Zukunft in Trümmer sank.

Tage vergingen, ehe er sich aus dieser Stimmung emporraffte; erst als die fieberhafte Unruhe des Wartens sich zu sänftigen begann, kehrten langsam Frieden und Kraft zurück.

Er stürzte sich aufs neue über seine Arbeit und stöberte nach Beweisen gegen seines Vaters Schuld.

Die Zeugnisse verwirrten sich. Briefen, die den Vater als zähen, preußischen Patrioten behandelten, standen andere gegenüber, in denen er als vorgeschobener Posten des polnischen Freiheitskampfes

betrachtet wurde. Das konnten freilich schönredne-
rische Phrasen sein, den Schwankenden vollends zu
gewinnen, aber sie veröffentlichen, hieß den Toten
noch einmal an den Pranger stellen.

Die einzige Erholung in diesem aussichtslosen
Kampfe mit der Wahrheit waren die Abendstunden,
in welchen Reginens Gegenwart ihm andere Gedanken brachte. Es war ein merkwürdiges Gefühl,
gemischt aus Unruhe und Behagen, das ihn überfiel,
sobald sie sich ihm gegenübersetzte. Manchmal vor
ihrem Kommen, wenn er mit vorgebeugtem Kopfe
auf das Geräusch hinhorchte, das aus der Küche
gedämpft ins Zimmer drang, packte ihn eine plötzliche Angst, daß er aufspringen und ihr zurufen
wollte: „Bleib draußen — komme nicht," und dennoch
atmete er befriedigt auf, wenn sie ins Zimmer trat.

„Die Einsamkeit ist's, die mich zu ihr treibt,"
so sagte er sich oft, „sie trägt ja ein Menschenantlitz
und eine Menschenstimme tönt aus ihrem Munde."

Oft, wenn sie, über ihr Nähzeug gebeugt, schweigend einen Stich zum anderen reihte, konnte er sich
schlafend stellen und mit geschlossenen Augen ihrem
Atem lauschen. Es war ein voller, langsamer, leise
verhallender Laut, und er klang in seinen Ohren
wie verhaltene Musik. Es war wie das Ebben und
Fluten in einem Ozean von Lebenskraft. — Wenn
sie lange in gebückter Stellung dagesessen hatte,
richtete sie sich plötzlich hoch auf und reckte die
Arme mit geballten Fäusten nach den beiden Seiten
der Stuhllehne hin, so daß die Wölbung der Brust

in mächtigen Formen heraustrat und schier das Kleid zu sprengen drohte. Es war, als müßte sie von Zeit zu Zeit der Lebensfülle bewußt werden, die in ihr quirlte und toste.

Dann sank sie wieder zusammen und nähte friedlich weiter. —

Es dauerte nicht lange, da war das Zusammensein mit ihr eine liebe, kaum entbehrliche Gewohnheit geworden. Die Lampe leuchtete noch einmal so hell, seit ihr Licht von dem weißen Linnen zurückgestrahlt wurde, der Messingzeiger der Uhr lief noch einmal so rasch, seit er sich von keinem ungeduldigen Blicke zur Eile angefeuert wußte. Der Wind in dem Geäste, der sonst gar drohend pfiff und sauste, hatte einen weichen, leisen, wiegenliedartigen Ton angenommen, und selbst die Sparren in dem morschen Dache knarrten und knackten nicht mehr so laut.

Mit Grauen erwartete er die Abende, an welchen sie sich mit hereinbrechender Dämmerung nach Bockeldorf auf den Weg machte, und mehr als einmal schon war ihm der Gedanke gekommen, sie zu begleiten.

Aber das Beieinandersein, das sich so freundlich zu gestalten schien, trug einen Giftstachel in sich.

Manchmal, wenn er sie lange angestarrt hatte, packte ihn ein quälerisches Verlangen, in den Wunden ihrer Vergangenheit zu bohren und sie nach ihrem Verkehr mit dem Toten auszuforschen. Eine Zeitlang gewann er's über sich, die Fragen, die ihm

auf der Zunge brannten, in sich zu verschließen,
denn er fühlte, daß nur wenig Gutes daraus er-
wachsen könne; aber auf Umwegen schlich das Verlangen aufs neue an ihn heran.

„Sie ist die einzige, die Zeugin jener Untat
war," so sagte er sich, „ja, mehr als das — die
einzige Mitschuldige — sie allein kann mir Rede
stehn."

Und eines Abends brach er mit brüsker Forderung das Schweigen, das sich so lange wohltätig
erwiesen hatte. — Sie verfärbte sich und ließ die
erschlaffende Hand in den Schoß sinken.

„Sie werden wieder bös auf mich werden, Herr,"
stammelte sie.

„Tu, was ich dir befehle."

Sie suchte nach Worten. „Es ist so lange
her," flehte sie, „und ich versteh' auch nicht zu erzählen."

„Aber meine Fragen beantworten kannst du!"
Da ergab sie sich in ihr Schicksal.

„Wer war's, der dich zuerst zu dem nächtlichen
Gange aufforderte?"

„Der gnäd'ge Herr."

Er kniff die Lippen zusammen. „Wie geschah
das?"

„Der gnäd'ge Herr hatt' mir befohlen, bei Tische
aufzuwarten. Und ließ den großen Kronleuchter
anstecken, der sonst nie brannte, und die goldenen
Uniformen von den französischen Offizieren funkelten
in all dem Lichte, daß mir ganz schwindlig wurde,

wie ich die Suppe in den Saal trug. — Da lachten sie alle und zeigten nach mir, und sprachen auf Französisch, was ich nicht verstand."

„Wieviel waren's?"

„Fünf und einer mit grauem Haar, das war der Oberste. Und wie ich zu dem Obersten, der das meiste Gold anhatte, mit der Suppe kam, da faßte er mich um meine Taille. Ich stellt' aber den Teller hin und haut' ihm auf die Finger. Da lachten sie wieder, und der gnädige Herr sagte: ‚Sei nicht so dumm, Regine!' Da schämt' ich mich, daß grad' der gnäd'ge Herr das zu mir sagt', und meinte ganz laut, ich brauche ja gar nicht aufzuwarten, wenn ich mir so 'nen Schimpf gefallen lassen müßt'. — Da lachten sie noch lauter, und der Oberste fing an Deutsch zu reden, das war, wie wenn kleine Kinder reden, und meint': ‚Du sein eine söne, tapfere Mädchen.' Und der gnäd'ge Herr sagte drauf: ‚Ein Mädchen, das Ihnen noch sehr nützlich werden kann, meine Herren —' oder so was Ähnliches. Und als ich zum Schluß den Likör 'reinbrachte, zog er mich am Ohr zu sich 'runter und sagt' leise, ich möcht' in der Nacht zu ihm kommen."

Er fuhr in die Höhe. „Und was tatst du?"

Sie schlug die Augen nieder. „Ach, Herr," bat sie, „wozu fragen Sie mich noch? Ich hatt's ja schon oft getan und dacht' mir gewiß nichts Schlimmes dabei."

Er fühlte es heiß in sich aufkochen.

„Wie alt warst du dazumal?"

„Fünfzehn, Herr."

„Und so verdorben, so . . ." Seine Stimme
erstickte der Zorn.

Sie sandte einen unsäglich traurigen Blick zu
ihm hinüber. „Ich wußt's ja, daß Sie böse sein
werden," erwiderte sie, „aber ich kann mich doch nicht
besser machen, als ich bin."

„Fahre fort!"

„Und als ich um Mitternacht zu ihm kam, war
er noch auf und ging mit großen Schritten um
den Tisch herum und fragt' mich, ob ich mir viel
Geld verdienen wollt'. Gewiß, gnäd'ger Herr, sagt'
ich da, das tu' ich gern, denn damals war ich noch
arm. Und drauf fragt' er mich, ob ich wohl vor
der Finsternis Furcht hätt'? Da lacht' ich und
meint', das wüßt' er ja am besten. Und drauf tat
er noch ein paar Fragen, um mich zu prüfen, und
endlich kam's 'raus: Ob ich mich wohl getraute,
die Franzosen in einer Stunde übern Katzensteg
und durch den Wald zu führen. Da fing ich an zu
weinen, denn die Franzosen wirtschafteten furchtbar
im Schloß und rannten den Mägden in alle Winkel
nach, und ich fürchtete, mir könnte Gewalt angetan
werden."

„Also das fürchtetest du doch?" warf er mit höhni-
schem Lächeln ein.

„Ja — und sagte dem gnäd'gen Herrn, das
tät' ich nimmermehr. Da wurde er aber furchtbar
zornig und packte mich an beiden Schultern, so daß

ich in die Knie sank, und schrie mich an, ich wär'
ein undankbares Frauenzimmer — und er würd'
mich mit Schimpf und Schand' ins Dorf zurückjagen
— und würd' dem Herrn Pfarrer sagen, was ich
für eine wär', daß ich würd' Kirchenbuß' tun müssen
— und dabei würgt' er mich am Halse — und da,
Herr, wie mir die Luft zu fehlen anfing —"

„Hör auf," sagte er, ergriff die Briefe, welche
des Vaters Schuldlosigkeit dartun sollten, und riß
sie mitten durcheinander. — — —

XII.

Am nächsten Morgen nahm er eines der Gewehre aus dem Schrank und wanderte in den beschneiten Forst hinaus. Den Tag über irrte er in der Wildnis umher, ohne einem menschlichen Wesen zu begegnen. Die Rehe und Hasen hatten gute Ruhe vor ihm, er stierte an ihnen vorbei ins Leere.

Erschöpft und elend kehrte er mit sinkender Dunkelheit nach Hause zurück. Am Katzenstege stand Regine wie ein Steinbild aufgepflanzt und wartete auf ihn. Als sie ihn kommen sah, machte sie Miene, ihm entgegenzustürzen, aber sie besann sich, kehrte kurz um und schritt leise lachend und murmelnd vor ihm her ins Haus.

Schweigend wie sonst trug sie ihm das Essen auf. Er aß und starrte vor sich nieder. Da plötzlich hörte er sie in ein kurzes, krampfhaftes Schluchzen ausbrechen.

„Was hast du?" rief er, aus seinem Brüten emporfahrend.

Aber sie rannte hinaus, ohne ihm Rede zu stehen.

Er machte eine Bewegung, als wolle er hinter ihr her, dann biß er die Zähne aufeinander und setzte sich wieder. Ein dumpfer Groll gärte in ihm. Er konnte ihr noch nicht verzeihen, daß sie ihm den Wahn genommen, in dem er sich's seit Wochen hatte wohl sein lassen.

Aber nun galt es, den Kelch bis auf die Neige leeren, mochte der Bodensatz auch noch so bitter schmecken.

Nach einer Weile trat Regine zum Ausgehen gerüstet ins Zimmer.

„Du willst fort?" fragte er barsch.

Sie hielt den Kopf halb abgewendet, damit er ihre verweinten Augen nicht sähe. „Morgen ist Weihnachts heiliger Abend, Herr. Und in der Christnacht will er seine Ruh' haben, hat der Krämer gesagt."

Weihnachts heiliger Abend! Wie seltsam, wie märchenhaft das klang! Also gab es noch Freude und Freudenfeste in der Welt? Noch immer umkreiste man jubelnd strahlende Tannenbäume?

„Du wünschest dir doch auch deine Bescherung, Regine?" fragte er mit bitterem Lächeln.

„Ach, Herr," erwiderte sie, „das ist hier nie Mode gewesen. Ich würd' mich auch gar nicht mal drüber freuen."

„Warum nicht?"

Sie zögerte. „Lassen Sie mich gehen, Herr," bat sie beklommen.

„Ich habe dich noch vieles zu fragen, Regine."

„Es muß bleiben, Herr, sonst —"

„So geh!"

„Gute Nacht, Herr!"

„Gute Nacht!" Aber noch einmal rief er sie
zurück.

„Erst gesteh mir, warum du vorhin das Schluchzen
bekamst."

Aus ihren geröteten Augen brach ein Leuchten
verschämter Glückseligkeit.

„Sie können sich's doch denken, Herr," stammelte sie.

„Durchaus nicht."

„Weil ich Angst gehabt hab', Sie könnten am
End' nicht wiederkommen." — Dann wandte sie
sich zur Tür. Ihre Schritte verhallten in der
Nacht. —

Am folgenden Morgen wurde Boleslav durch
ein Sausen und Singen geweckt, welches schon eine
Weile unheimlich in seinen Halbschlaf hinein-
gedrungen war.

Es stürmte aus Leibeskräften. Die Kronen der
Pappelbäume peitschten gegeneinander — am Boden
fegten weiße Wolken dahin — aber die Luft war
klar — ein Schneegestöber schien nicht zu befürchten.

In dem öden, kalten Hause war heute kein
Bleiben. Es zog ihn hinaus ins Freie, dem Sturm
entgegen.

„Sie hat ein schweres Tagewerk heute," sagte
er sich, während der Nord ihm seine Eisnadeln ins
Gesicht schnob, daß der Atem ihm fast verging.

Im Walde war's ein wenig besser. Dort raste
der Sturm sich in den Wipfeln satt, die knarrend
und kreischend aneinanderschlugen. Er schritt da-

hin, ohne zu wissen wohin, und schließlich fand er sich auf dem Wege nach Bockeldorf.

„Das sieht ja fast aus, als lief' ich ihr entgegen," so schalt er sich und bog mit ärgerlichem Lachen in das ungebahnte Dickicht hinein.

Es ist doch merkwürdig, dachte er, wie ein so niedriges Geschöpf, wenn man tagaus, tagein ausschließlich mit ihm zusammen ist, sich in die Gedanken eines ernsten und nichts weniger als leichtsinnigen Mannes einzunisten vermag. Beinahe beängstigend war es ihm heute, sich klar zu werden, wie er sich ihr von Tag zu Tag näher fühlte, wie ihm schon manches in ihr verständlich und entschuldbar, ja beinahe großgeartet erschien, was er früher als Zeugnis ihrer Verrohtheit mit Abscheu von sich fortgewiesen haben würde.

Es war zweifellos: der Kontakt mit ihr tat ihm nicht gut. Sie zog ihn zu sich herab in den Schlamm ihrer würdelosen Existenz.

Dem mußte abgeholfen werden. Vor allen Dingen war notwendig, daß er sie wieder aus seiner Nähe entfernte und in die Stellung der verachteten Magd zurückwies. Das Weihnachtsfest bot ihm Gelegenheit, sie abzulohnen, so reich und überreich, daß er für alle Zeit des Schuldtums gegen sie enthoben war. Mit einem Federstriche wollte er ihre Zukunft sichern und sich zugleich das Recht erkaufen, sie als das zu betrachten, was sie tatsächlich war — seine Leibeigene.

Heute zum letztenmal mochte sie ihm noch Gesellschaft letzten. Noch brauchte er sie und ihr Zeugnis, denn jetzt, da der Bann einmal gebrochen, mußte er alles wissen. Vornehmlich aus jenen zwei fürchterlichen Nächten, die wie Schuld und Sühne, wie Blut und Flamme einander gegenüberstanden.

„Und wenn sie mir alles gebeichtet hat," dachte er, „dann werde ich sie hinausschicken in ihr Glashaus, wohin sie gehört. Mag sie doch den ganzen Park auf ihrem Herd verheizen, falls es sie friert."

Aber schließlich schickte es sich nicht für ihn, daß er sich hier in der Einsamkeit so viel mit ihr beschäftigte. Er beschloß dem Unfug ein Ende zu machen.

Ein Hase, der des Wegs dahergelaufen kam, brachte ihn auf andere Gedanken. Er schoß und traf. Das Häslein schlug drei Purzelbäume und blieb dann auf der Nase liegen.

„Darüber wird sie sich freuen," meinte er, seine Beute über die Schulter hängend. Da dachte er schon wieder an sie.

Der Himmel hatte sich inzwischen umwölkt. Weiße prickelnde Schauer stäubten zwischen den Stämmen dahin. In das Rauschen und Brausen der Kronen mischten sich wilde, zischende Laute, die ihm Mark und Bein durchschauerten.

Der Kompaß wies ihm den Heimweg. Als er aufs freie Feld hinaustrat, fand er den Schneesturm in voller Gewalt entwickelt. Kaum vermochte er noch gegen ihn standzuhalten. . . . Die Schneemassen verfinsterten die Luft. Von dem Buschwerk des Parkes, der kaum dreihundert Schritt entfernt sein mochte, war keine Spur zu erkennen.

„Hoffentlich ist sie zu Hause," dachte er und kämpfte sich weiter.

Auf dem Katzensteg lag frischer Schnee. Doch Fußstapfen fanden sich nicht darin. Sie konnten freilich bereits verweht sein.

Das Herz begann ihm zu pochen. Er rannte zum Hause hin, er rief ihren Namen — kein Laut gab Antwort. Der Herd war kalt, die Betten lagen, wie er sie verlassen.

So steckte sie also mitten im Schneesturm, den sie auf ihrem Wege mehr als die Schrandener fürchtete.

Eine quälende Unruhe bemächtigte sich seiner. Er rannte von einem Raum in den anderen, machte sich Feuer, verlöschte es wieder, versuchte zu essen und warf voll Widerwillen das Messer fort.

Dann fand er sein Treiben lächerlich. Seit sechs Wintern zog sie in Sturm und Schneewehen hinaus und war noch nimmer verunglückt. Warum sollte sie gerade heute — —

Um die Zeit zu töten, setzte er sich an den Schreibtisch und verfaßte mit erstarrenden Fingern einen Schenkungsbrief. Die Ziffer, um die es sich handelte, hatte drei Nullen — Regine durfte zufrieden sein.

Die Dunkelheit nahm zu. Der Zeiger wies auf drei Uhr, und schon schien es Nacht zu werden.

Da hielt es ihn nicht länger im Hause. Wenigstens

bis zum Katzensteg wollte er gehen, um nach ihr auszuschauen.

Dort mußte er sich am Geländer festhalten, wollte er vom Sturme nicht heruntergerissen werden. Das Holzwerk knirschte in allen seinen Fugen. Auf dem Eise tief unter ihm tanzten spiralige Wirbel. Lilienstengel wuchsen zu ihm empor und sanken in Häuflein weißen Staubes zusammen, die im nächsten Momente von dannen gerissen wurden, um anderen Platz zu machen. Der Garten des Madonnenbildchens tauchte vor ihm auf, aber er verschwand sofort, und andere Gestaltungen drängten sich an seine Stelle.

Und plötzlich trat aus der grauen Dämmerung ein Schatten, der schwer und schwankend näher kam.

„Regine! Gott sei gelobt!"

Er wollte ihr entgegeneilen, da durchrieselte ihn heiß ein Gefühl der Scham, das ihm die Glieder lähmte und das Blut zum Herzen trieb.

An derselben Stelle, wo er jetzt auf sie wartete, hatte sie gestern gestanden und in die Dämmerung hinausgeschaut, weil die Sorge um ihn sie nicht hatte ruhen lassen, wie heute ihn die Sorge um sie.

Für einen Augenblick war ihm zu Mute, als müßte er in den Büschen untertauchen, damit sie ihn nicht sähe, doch im nächsten schämte er sich dieser Scham und trat ihr auf dem Katzensteg entgegen.

„Du hast es schwer gehabt, Regine," rief er zu

ihr nieder und wollte ihr den Sack abnehmen, den sie auf dem Rücken trug. —

Aber hastig trat sie zur Seite und streckte den Ellenbogen abwehrend gegen ihn aus. Zu reden vermochte sie nicht, denn Mund und Nase waren in Tücher eingehüllt.

Schweigend schritten sie hintereinander her. An der Schwelle des Hausflurs drehte sie sich um und riß die Tücher vom Gesicht.

„Ich hab' 'ne Bitte, Herr," sagte sie keuchend.

„Nun?"

„Bleiben Sie für 'ne halbe Stunde draußen oder in der Küche, damit ich heizen und aufräumen kann."

„Aber ausruhen wirst du doch erst?"

„Später, Herr, wenn Sie erlauben." —

Und sie schritt ins Haus, wo sie im Dunkel ihre Lasten zur Erde fallen ließ.

„Mag sie ruhig drinnen hantieren," dachte er und wandte sich nach den Ruinen, um dort einen Unterschlupf zu suchen.

Aus den Kellergewölben wehte es warm herauf. Er zündete sich Licht an und schritt die schlüpfrigen Stufen hinunter. Ihm war so wohl, so leicht zu Mute, als hätte der Christabend ihm wunder was für Freuden gebracht.

Er sah die Weinflaschen mit ihren grünen und roten Kappen lüstern aus ihren Gestellen gucken.

„Sie soll wissen, daß Weihnacht ist!" sagte er lächelnd, und zog aus der hintersten Ecke, dort, wo der Schatz der Schätze aufgespeichert lag, ein paar spinnwebüberzogene Flaschen. Da drinnen gor ein Saft, den noch die Sonne des achtzehnten Jahrhunderts gezeitigt hatte.

Sein jüngster Beschluß kam ihm zu Sinn, doch der fing ja erst morgen zu gelten an. — In der Christnacht schließt sich zusammen, auch was nicht zusammengehört, in der Christnacht soll keiner einsam und traurig sein.

Gehorsam Reginens Wünschen spazierte er eine halbe Stunde lang in den Gewölben auf und nieder, von deren Mauern eine glitzernde Eiskruste ihre Funken auf ihn niedersprühte. Dann nahm er die Flaschen unter den Arm und stieg in die Sturmnacht hinauf.

Seinem Hause zueilend, bemerkte er mit Erstaunen, daß dessen Läden geschlossen waren, was sonst niemals geschah.

„Sollte der Sturm durch die Ritzen gefegt sein?" dachte er bei sich, aber die Ritzen waren ja wetterfest. — Erst als er den Hausflur betrat, fand er des Rätsels fröhliche Lösung. Dort stand Regine glückstrahlend und verschämt, und riß die Stubentür weit vor ihm auf. Erstaunt blieb er stehen.

Kerzenschimmer und Tannenduft drangen ihm festlich entgegen. Auf dem weiß gedeckten Mitteltische stand ein Weihnachtsbaum, mit Wachslichtern besetzt und goldenen Äpfeln behangen. Das ganze Gemach strahlte in friedlich-feierlichem Glanze.

Noch nie in seinem Leben hatte für ihn ein

Weihnachtsbaum gebrannt. Von fremden Tür=
schwellen her hatte er mit feuchtem Auge in den
Glanz des fremden Glückes gestarrt.

Wo war Regine? Hinter ihm, in den finstersten
Winkel des Hausflurs gedrückt, stand sie und schaute
mit schüchternem Stolze nach ihm aus.

Er ergriff ihre Hand und zog sie ins Zimmer.

„Wie bist du auf diesen Gedanken gekommen,
Kind?"

„Die Krämersfrau putzte gerad' ihren Weih=
nachtsbaum, wie ich dort ankam des Morgens um
drei Uhr. Und weil mir das gefiel, dacht' ich: Er
soll auch seinen Weihnachtsbaum haben, damit er
weiß, daß einer da ist, der für ihn sorgt. — Und
dann ließ ich mir zeigen, wie man Äpfel vergoldet,
und machte mir gleich 'nen Vorrat, kauft' mir auch
Lichter und nahm 'nen Sack mit, damit Sie den
Baum nicht gleich bemerkten."

„Und wer gab dir den?"

„Den schnitt ich mir am Waldrand ab, nicht
weit von hier."

„Mitten im Sturm?"

Sie lachte verächtlich. „Das bißchen Wind,
Herr, das tut mir nichts." Und plötzlich, in hellen
Jubel ausbrechend, rief sie: „O, sehn Sie nur,
Herr, wie schön er brennt und wie fromm er
aussieht! Nicht wahr, er macht ein ganz from=
mes Gesicht? Es könnt' ihn ein Engel gebracht
haben."

Er bejahte lächelnd und sagte ihr ein paar

Dankesworte voll gezwungener Herablassung, denn er fürchtete, allzu herzlich zu werden.

Aber schon das schien ihr zu viel. „Warum reden Sie so, Herr?" bat sie vorwurfsvoll. „Es ist ja alles für Ihr Geld geschehn. Ich hab' ja keins. Ich bin ja 'ne arme Person — sonst — ach — sonst!" Und sie schlug die Hände über dem Kopfe zusammen.

Der Schenkungsbrief kam ihm zu Sinn. „Damit du siehst, daß ich an deinen Weihnachten auch gedacht hab'," sagte er und reichte ihr das Blatt.

Befremdet blickte sie ihn an. „Das soll ich lesen?" fragte sie und faßte das Papier respektvoll mit zwei Fingern an.

Und als sie die Schrift genugsam studiert hatte, schaute sie sich ratlos nach allen Seiten um.

„Verstehst du's nicht?"

„O — ich — ... verständ' ... schon, Herr. — Aber — erstens ... kann es doch nicht Ihr Ernst sein.... Und dann ... wenn's Ihr Ernst wär', was soll' ich wohl damit?"

„Dir deine Zukunft sichern!"

„Meine Zukunft ist ja gesichert.... Ich hab' mein gutes Essen und angezogen geh' ich wie 'ne Dame. Was fehlt mir denn noch!"

„Aber wir können doch nicht allezeit beisammen bleiben!"

Sie stieß einen Angstschrei aus. „Wollen Sie mich fortjagen, Herr?" rief sie mit gefalteten Händen.

„Nicht doch! Aber setz einmal den Fall, daß ich stürbe."

Sie schüttelte nachsinnend den Kopf. „Dann sterb' ich auch," sagte sie.

„Oder daß ich in den Krieg müßte."

„Dann geh' ich als Marketenderin mit."

Ihre Ausdauer wurde ihm unangenehm. „Tu, wie du willst," sagte er, „aber nimm, was ich dir gebe."

Ihr schien ein erlösender Gedanke zu kommen. „Gut, Herr," rief sie, „ich nehm's, aber nächste Weihnachten schenk' ich Ihnen dafür, was mir paßt." Und glücklich in dieser Hoffnung rannte sie hinaus. — —

Der Weihnachtsbaum war erloschen. Im Ofenwinkel stand er dunkel und bescheiden, und nur von Zeit zu Zeit glitt von seinen goldenen Lasten ein Leuchten aufblitzend zum Tische hin, wo Herr und Dienerin einander gegenübersaßen.

Regine hatte heute mit ihm zusammen Abendbrot essen dürfen, hatte sich sehr ungeschickt dabei benommen und kaum über sich gebracht, einen Bissen zu Munde zu führen. Das große, unerwartete Glück betäubte sie fast. Nun waren die Schüsseln abgeräumt. Nur Gläser und Flaschen standen noch zwischen ihnen. Sie trank den alten, feurigen Wein in langen, unvernünftigen Zügen. — Nun glühte ihr Gesicht. Ihre Augäpfel schimmerten in verschwommenem Glanze unter den halbgesenkten Lidern hervor. Sie reckte und streckte

sich auf ihrem Sitze. Eine wilde Lässigkeit ließ ihre
Glieder erschlaffen.

„Bist du müde, Regine?"

Sie schüttelte voll Entrüstung den Kopf. Ihre
Scheu vor ihm schien verschwunden. Fast über=
mütig war der Glanz, der von Zeit zu Zeit in
dem glückstrunkenen Auge erglomm.

Auch ihm goß der Wein Flammen in die Glieder.
Sein Blick hing wie gebannt an ihrer Gestalt, die
sich in mänadenhafter Anmut wand und dehnte.

Inzwischen raste draußen der Sturm, pfiff um
die Ecken und schüttelte prasselnde Schauer gegen
die Fensterläden. In dem Gebälke des Daches er=
scholl ein Ächzen und Knarren, als ob das morsche
Holz aus seinen Fugen gerissen würde.

„Ich fürchte, es geschieht ein Unglück," sagte er
horchend.

„Mag doch," erwiderte sie mit träumerischem
Lächeln und kauerte sich zusammen. Und dann hub
sie aus freien Stücken zu schwatzen an: „Ich mein',
es tut nicht gut, Herr," sagte sie, „daß Sie so gut
zu mir sind. Ich hab' mein Lebtag nur Schläg'
und Schimpfe bekommen — zuerst vom Vater, dann
von ihm — und die fremden Leute gar nicht zu
rechnen. Und ich werd' wohl auch nichts Besseres
verdient haben. Aber wenn Sie mich verwöhnen,
Herr, dann werd' ich stolz werden — und Stolz
ist ein großes Laster, hat der Pfarrer gesagt ...
ich werde denken, ich sei 'ne Prinzessin geworden
und hätt' nicht mehr nötig, dienen zu gehen."

Sie brach in ein tolles Lachen aus und ließ die
Arme am Leibe heruntersinken. Leiser, wie mit sich
selber redend, fuhr sie fort: „Es ist überhaupt noch
die Frage, ob ich ein Dienstbote bin. Manchmal
scheint's mir, als sei ich 'ne verwunschene Prinzessin
— und Sie, Herr, werden mich erlösen. — Werden
Sie, ja?" —

Und sie blinzelte an ihrem Weinglas vorbei zu
ihm hinüber.

Er nickte ihr freundlich zu. Mochte sie in ihren
Träumen schwelgen. Es war ja Weihnacht.

„Es sind Fälle vorgekommen," fuhr sie fort,
„wo eine Prinzessin ganz zur gewöhnlichen Kröte
geworden ist. Die haben die Menschen auch mit
Steinen geworfen und haben ausgespieen vor ihr
und haben gerufen: Schlagt sie tot, die schmutzige
Kröte. Und doch hat 'ne Prinzessin dahinter gesteckt."

„Glaubst du denn an Kindermärchen?" fragte
er verwundert.

Sie lachte vor sich hin. „Nein, Herr. Aber
wenn man so viele Stunden im Jahr allein und
unterwegs ist, muß man was zu denken haben.
Und wenn der Regen platscht und der Sturm saust
— hören Sie nur, Herr, was für'n Spektakel er
macht — denken Sie mal, wenn ich nun jetzt unterwegs wär'. Und ich bin schon oft so unterwegs
gewesen. Aber ich hab' nie was davon gespürt. —
Wenn ich in den Wald hineinkam, hab' ich mich
gefragt: Willst du 'ne Königin sein und auf einem

goldenen Throne sitzen, oder willst du 'ne katholische
heilige Jungfrau sein und unseren lieben Herrn und
Heiland zum Sohne haben, oder willst du dem
Teufel seine Großmutter sein und alle Schrandener
in Pech und Schwefel schmoren, oder willst du
lieber 'ne gnädige Frau sein und" — — sie stockte.

„Und?"

Sie reckte sich und lachte beklommen. „Das sag'
ich nicht — das ist zu dumm. — Kurz und gut, ich
hab' dann bloß zu wählen. Und während ich durch
Nacht und Nebel marschier', mal' ich mir alles aus
und bin mit einem Mal in Bockeldorf, als wär'
ich durch die Lüfte geflogen. Manchmal denk' ich
mir auch, ich flieg'. Und dann flieg' ich wirklich.
Es ist im Leben alles genau so wie im Märchen.
Nicht wahr, Herr?"

Er betrachtete sie mit Neugier und Verwunderung, als hätte er sie noch nie gesehen. Und es
war ja auch das erste Mal, daß er einen Blick in
ihre Seele tat, da der Wein ihr die Zunge gelöst
hatte. Nun wurde ihm manches an ihr klar, was
er bisher verständnislos hingenommen hatte.

„Glückseliges Geschöpf," murmelte er.

„Bin ich auch," erwiderte sie trotzig und stemmte
die Ellenbogen auf den Tisch, indem sie ihn in fröh-
licher Herausforderung anblickte. „Daß ich hier mit
Ihnen zusammensitz' und Wein trink' und wie ein
Mensch behandelt werd', das ist akkurat so wie im
Himmelreich.... Meinen Sie überhaupt, daß ich
je dahin kommen werd'?... Ich glaub's nicht!

Ich bin ein zu schlechtes Frauenzimmer.... Und eigentlich hab' ich auch Angst davor.... Denk's mir in der Hölle viel lustiger.... Dort gehör' ich auch hin.... Schon der Herr Pfarrer pflegte zu sagen, ich sei ein kleiner Deiwel, und ich habe mich nie darüber gegrämt. Warum sollt' ich mich auch grämen? Ich war der Teufel und Helene der Engel. So war alles vortrefflich eingerichtet!... Nicht wahr, Herr, die Helene sah doch aus wie'n leibhaftes Engelchen? So weiß und rosenrot und die Augen so blau, und immer ging sie mit gefalteten Händen. Und schöne... Schleifen ... trug sie um ... den Hals und duftete immer nach ... Rosenseife...."

Ihn durchrieselte es kalt. Ein dumpfes Gefühl sagte ihm, daß er sich und die Geliebte herabwürdigte, wenn er diese halbtrunkene Dirne von ihr wie von ihresgleichen reden ließ.

„Höre auf!" stieß er heiser hervor.

Sie antwortete ihm nur noch mit einem verträumten Lachen. Wein und Müdigkeit hatten sie plötzlich bewältigt. Nun lag sie auf dem Stuhle ausgestreckt, den Kopf über die Lehne geworfen, und kämpfte mit dem Schlafe. —Wie eine Bacchantin lag sie in seligem Taumel da. —

In ihm wogte ein Zorn, der sich hob und senkte, wie die Schauer des Sturmes draußen.

„Das macht der Wein," dachte er und trank.

Er wollte sie wecken, sie hinausschicken, aber er vermochte den Blick nicht von ihr loszureißen. Und allgemach fühlte er sich versöhnlicher werden.

„Sie hat es nicht bös gemeint," — dachte er und faltete die Hände, indem er dicht an sie herantrat. „Es wird ja das letzte Mal sein, daß sie bei mir drinnen sitzt, und morgen ist alles vergessen. Von morgen ab soll sie nur noch den Herrn in mir finden."

Ihm kam zu Sinn, was er sie alles hatte fragen wollen. — „Es ist gut so," dachte er weiter. „Wozu sich die Christnacht verderben. Ein andermal."

Der Sturm schien noch zu wachsen. Die Schlösser klirrten, die Läden erzitterten. — Eigentlich war es grausam, sie in das eisige Glashaus hinauszujagen, aber was half das Mitleid?

„Regine!" rief er, sie an der Schulter packend. —

In diesem Augenblick erscholl ein Prasseln, ein Donnern, ein Dröhnen, so fürchterlich, daß die Mauern zu wanken und der Erdboden sich zu öffnen schien.

Regine schrie hell auf, versuchte seine Hand zu umklammern und sank dann wieder zurück. Er schritt hinaus, um nach der Ursache des Lärms zu forschen. Im Hausflur war nichts zu entdecken; doch als er die Tür des Glashauses öffnete, stob ein Schneeschauer ihm entgegen, als ob er ins Freie träte. Ringsum schwarze Nacht. Er ging zurück und zündete seine Laterne an. Das Bild der Zerstörung, das nun, grell beleuchtet, sich ihm darbot, übertraf seine schlimmsten Ahnungen.

Reginens Heimstätte, von der aus sie geräuschlos

die ganze Wirtschaft versah, schien in einen Trümmer-
haufen verwandelt.

Das Dach war zur Hälfte eingestürzt und
hatte einen Teil der Mauer mitgerissen. Zwischen
der Tür und dem Herde lag ein Schneewall von
Manneshöhe, gespickt mit Balken, Ziegeln und
Glassplittern.

Was nun? Wohin mit Reginen? Wollte auch
er sie wie einen Hund vor seiner Schwelle liegen
lassen? Lieber wanderte er nach den Ruinen aus
und suchte sich ein Lager in den Kellergewölben.

Sein Entschluß war rasch gefaßt. Es gab nur
ein Mittel. Das mußte ergriffen werden.

Er zog Reginens Betten aus dem Schnee hervor,
schüttelte sie im Hausflur sorgfältig ab, so daß nicht
eine Flocke daran hängen blieb, und trug sie dann
in das Zimmer. In dem Ofenwinkel, halb unter
dem Weihnachtsbaum, bereitete er auf der Diele
ein Lager.

Regine schlief, vom Scheine der Oellampe friedlich beleuchtet.

Er trat zu ihr und rief und schüttelte sie. Allein
sie war nicht zu erwecken.

Da hob er sie empor, um sie zu ihrem Bette
hinzutragen. — Sie seufzte tief auf, umschlang mit
ihren Armen seinen Hals und ließ den Kopf an
seine Schulter sinken.

Sein Herz begann zu klopfen. Der blühende
Leib, der auf ihm ruhte, machte ihm Angst. — Halb
trug, halb schleppte er sie durch das Zimmer. —

Ihr Atem überrieselte ihn mit lauer Wärme ...
ihr Haar streifte seinen Hals.

Als er sie auf ihr Lager hinsinken ließ, griff sie
mit den Armen wie sehnsüchtig in die Luft und riß
dabei das Tannenbäumchen mit.

Er zog es unter ihrem Leibe hervor und stellte
es als Schirm und Wache zwischen sich und sie.
„Morgen werd' ich eine spanische Wand aufrichten,"
dachte er.

Dann kleidete er sich aus und ging zu Bette.

Das Licht erlosch, aber an ein Einschlafen war
nicht zu denken. Draußen raste der Sturm und
zerrte in ohnmächtiger Wut an Schlössern und
Riegeln.

Boleslav hörte nichts davon. Während er auf
den Atem des schlafenden Weibes horchte, ging schwer
und angstvoll sein Atmen durch die Nacht.

XIII.

Sr. Hochwohlgeboren dem Freiherrn Boleslav
von Schranden auf Schloß Schranden.

Ew. Hochwohlgeboren

werden hierdurch angehalten, am 3. Januar anni
futuri um 2 Uhr Nachmittags im Gastlokale des Herrn
Merckel zu Schranden sich persönlich zu gestellen und
die erforderlichen Papiere mitzubringen, um Dero
Angehörigkeit oder Nichtangehörigkeit zur preußischen
Landwehr vor mir auszuweisen.

Im Auftrage des Kreisausschusses
für Landwehrangelegenheiten:
Der Königliche Landrat v. Krotkeim.

Dieses Schreiben fand Boleslav am Neujahrs-
morgen in dem Kasten der Zugbrücke.

Nicht sogleich begriff er das Bedrohliche des In-
halts, nur daß die Behörde auf sein Militärverhält-
nis hatte aufmerksam werden können, machte ihn
stutzig. Seit er den Namen seines Vaters wieder
angenommen, hatte er beschlossen, den Leutnant
Baumgart verschollen sein zu lassen für alle Zeit.
Er hatte seiner Pflicht genügt; kühner und opfer-
freudiger als tausend andere hatte er sich dem Tode
preisgegeben. Nun, da der Friede geschlossen war,

und er aufs neue die Bürde ererbter Schmach auf
seine Schultern geladen hatte, wünschte er von
müßigen Federfuchsereien verschont zu bleiben.

Erst allgemach sah er ein, welch neue Gefahren
auf ihn lauerten. Das einzige, was seinem ver-
dorbenen Leben Halt und Weihe gab, die Ehre seiner
soldatischen Vergangenheit, sollte ihm unter den
Füßen fortgezogen werden.

Wehrlos stand er dem drohenden Unheil gegenüber.

Nur wenig böser Wille gehörte dazu, um seine
Handlungsweise als Fahnenflucht aufzufassen und
demgemäß abzuurteilen, ja selbst die Führung des
falschen Namens konnte ihm unter obwaltenden
Umständen als Verbrechen angerechnet werden.

Der Sohn des Freiherrn von Schranden durfte
nicht darauf zählen, daß man Gnade für Recht ergehen ließ. Und wenn man ihn auf der Stelle
gefangen nahm, um ihn dort, wo die Überbleibsel
seines Regiments kantonierten, vor ein Kriegsgericht
zu stellen, so durfte er sich nicht einmal über Härte
beklagen.

Für einen Augenblick war der Gedanke an Flucht
in ihm aufgestiegen, aber mit trotzigem Lachen hatte
er ihn von sich gewiesen.

Oft genug war sein Leben ihm feil gewesen, es
lohnte wahrlich nicht, die paar elenden Reste, die
davon noch übrig waren, bei Nacht und Nebel ins
Polenland hinüberzuschmuggeln. —

Aber was sollte aus Reginen werden? Ihm

klopfte das Herz bei diesem Gedanken. Sie hatte keine Ahnung von dem, was ihm drohte. Seit der Weihnachtsnacht sprach er kaum das Nötigste mit ihr, und auch das kam finster und herrisch zum Vorschein. Die Kehle schnürte sich ihm zu, wenn er sie sah, und zentnerschwer, wie die Ahnung hereinbrechenden Unglücks, legte es sich auf seine Brust, sobald er ihrer nur gedachte.

Die Nächte über wälzte er sich ruhelos in den Kissen umher. Sie in ihrem Winkel rührte sich nicht. — Sie schien fest eingeschlafen in dem Augenblick, da sie sich auf ihr Lager geworfen hatte.

Aber ihr Atem ging leise und kurz und ward hin und wieder von einem tiefen, keuchenden Schlucken unterbrochen.

Wachte vielleicht auch sie? Horchte auch sie? — —

So dämmerte der Tag heran, an welchem Boleslavs Schicksal sich entscheiden sollte. Gegen Morgen hatte er endlich Schlaf gefunden. Nun weckte ihn der Rauch, der aus dem Hausflur atembedrückend ins Zimmer drang. Dort hatte er einen Notherd errichtet, der vorhalten mußte, bis die mildere Witterung eine Reparatur des Glasdaches gestattete.

Es war ein klarer, sonniger Frosttag. Glitzernder Rohrreif lag auf dem Gezweig, und über die weißen Schneeflächen glitt ein milder Purpurschein.

Den Vormittag brachte er beim Ordnen der Papiere zu. Was irgend kompromittierend für das Andenken des Vaters war, sollte vernichtet werden, denn es war anzunehmen, daß, wenn man ihn heut in Verhaft nahm, morgen bereits fremde Hände in diesen Stößen wühlen würden.

Schon hielt er die Briefe in der Hand, um sie dem Ofenfeuer anzuvertrauen, da besann er sich eines Besseren. Wenn es ihm Ernst damit war, des Vaters Schuld auf sich zu nehmen, durfte er nichts vertuschen, nichts verheimlichen und seine Bürde nicht leichter machen! Die Wahrheit zu fälschen, war seiner nicht wert. Lieber in Schanden zu Grunde gehen, als Leben und Ehre auf Lügen erbauen.

Als Regine ihm sein Mittagessen brachte, schwankte er einen Moment, ob er ihr alles sagen sollte. Aber wozu rührsame Szenen heraufbeschwören? Ein Brief tat denselben Dienst. „Wenn ich bis zur Dämmerung nicht hier bin," so schrieb er, „wirst du mich schwerlich wiedersehen. Frage in Wartenstein auf dem Landratsamte nach. Dort wirst du erfahren, wohin man mich gebracht hat. Ich rate dir, Schranden sofort zu verlassen. Die Schenkung sichert deine Zukunft. Was mir nach allem noch bleibt, werde ich hinzufügen. Lebe wohl und hab Dank."

Das Blatt legte er an unauffälliger Seite nieder, so daß sie es vor dem Aufräumen nicht finden konnte. Dann rüstete er sich zum Gange. Sein Sinn war hart und verbittert. Kein Abschiedsgedanke erwachte darin.

Als er im Hausflur an Reginen vorüberschritt, die am Herde beschäftigt war, zuckte der Wunsch in ihm auf, ihr die Hand zu drücken. Aber er bezwang sich um ihretwillen und gönnte ihr nicht Wort, nicht

Blick. Vor der Zugbrücke sah er einen Rudel gaffender Jungen, die auf ihn zu lauern schienen und bei seinem Nahen mit großem Geschrei dem Gasthause zuliefen.

„Meine Herolde!" sagte er und lachte. . . .

Zur selbigen Stunde vermochte die Schankstube des „Schwarzen Adlers" die herandrängenden Gäste nicht mehr zu fassen. — Bis weit hinaus auf den Kirchenplatz standen sie zusammengepfercht und prügelten sich um brauchbare Plätze. — Ein jeder wollte den Untergang des letzten der Schrandener Freiherren mit eigenen Augen sehen.

Fast schon drei Monate waren vergangen, seitdem die Eingabe an die oberste Behörde der Provinz abgesandt worden und schon begannen die eifrigsten der Patrioten an dem Erfolge des guten Werkes zu verzweifeln. Da kam vom Landratsamt die Freudenbotschaft, daß in Sachen v. Schranden alias Baumgart Termin anberaumt sei, dem beizuwohnen die Unterzeichner jenes Schriftstücks eingeladen wurden.

Die Schrandener hatten sich würdig gerüstet. Drei Tage lang waren sie nicht nüchtern geworden. Wer von den entlassenen Landwehrmännern seine Litewka noch besaß, hatte dieselbe angelegt, auch Piken und Säbel ragten aus dem Haufen. Es war ja möglich, daß es galt, auf der Stelle Justiz zu üben.

Um ein Uhr war der landrätliche Schlitten eingetroffen und hatte wie auch sonst auf dem Pfarrhofe Station gemacht, wo Herr Merckel und sein

Sohn zur Bewillkommnung bereit standen. Ein
Gendarm hatte nicht auf dem Bock gesessen, was
die Schrandener höchlich befremdete. Aber schließlich
waren sie ja da, um mit Gut und Blut für den
Transport des Übeltäters einzustehen.

Kurz vor zwei Uhr hatte der Landrat gemeinsam
mit dem alten Pfarrherrn dessen Haus verlassen
und war von der Hinterseite aus in den Gasthof
eingetreten, an dessen Schwelle Herr Merckel senior
ihn wiederum dienernd empfing, während Felix als
Überzähliger mißmutig hinterdrein trollte, da er
fand, daß ihm von den Zivilbeamten nicht genug
Respekt erwiesen wurde.

Der Landrat von Krotkeim war ein hochgewach-
sener, überschlanker Mann, auf dessen schmalen
Schultern ein grauer Löwenkopf sich mühsam in
ehrfurchtgebietender Pose hielt. Er trug den Backenbart der Mode der Zeit entgegen lang ausgewach-
sen, so daß die grauen Bartzotteln mit der wallenden
Mähne hinter den Ohren zusammenflossen.

Herr von Krotkeim war ein um die Wehrhaft-
machung des Vaterlandes hochverdienter Mann. —
Er hatte vor zwei Jahren als Deputierter der ein-
gesessenen Ritterschaft dem berühmten Landtage
angehört, welchem das Vaterland die Gründung
der Landwehr verdankte. Er hatte dem alten York
zugejubelt und die Adresse an den König unterzeichnen helfen. Darauf war er in die Heimat zu-
rückgeeilt, um die Organisation daselbst in die Hand
zu nehmen, und hatte Resultate erzielt, welche seinen

Kreis über das ganze Land hinaus als Muster leuchten ließen. Dann stellten die Marodeure des Erfolges, Eitelkeit und Eigensucht, sich bei ihm ein. Was zum Beginne ein Werk lauterster Opferfreude gewesen war, wurde allgemach ein Postament für die eigene Persönlichkeit, ein Denkstein, um seinen Ruhm der Welt zu verkündigen. — Im übrigen hatte er schon lange, bevor die Kunde vom Katzenstege in die Welt gedrungen war, als erbitterter Feind des Schrandenschen Hauses gegolten. Gutes stand von ihm nicht zu erwarten.

Als Boleslav den Kirchplatz betrat, hatte er mit seinen Hoffnungen abgeschlossen. Gefaßt, gleichgültig beinahe, schritt er dem Haufen entgegen, der die Gasthaustür ummauert hielt. Nur einen einzigen scheuen Blick sandte er nach dem Pfarrhause hin. Ihm war, als sähe er an einem der Fenster ein lichtes Angesicht, das eiligst im Dunkel verschwand, als er mit einem matten Lächeln nach ihm hinübergrüßte.

Ein schadenfrohes Gemurmel empfing ihn, die Mauer vor ihm tat sich gutwillig auseinander, denn so viel Überlegung besaßen sie alle, um sich klar zu werden, daß ohne ihn der Skandal nicht losgehen könne.

Am Eingange des Herrenstübchens stand er dem Mann mit der Löwenmähne gegenüber, zu dessen Seiten der Pfarrer und der alte Merckel Platz genommen hatten, während Felix am Fensterbrette lehnte und eine vornehm lässige Haltung anzunehmen

bestrebt war. Der einstige Jugendgespiele stand
nun so tief unter ihm, daß es sich nicht mehr der
Mühe verlohnte, ihm selbst im Hasse einige Auf-
merksamkeit zu schenken. Umso freundlicher lächelte
der Alte Boleslav entgegen. Und wenn er gekommen wäre, um die ganze Gesellschaft mit Merckels
berühmtem Muskatwein zu bewirten, dieses Lächeln
hätte nicht wohlwollender und nicht unterwürfiger
sein können.

Unter den Brauen des Pfarrers hervor schoß
ein Blitz, und der Landrat besah kühl abwartend
seine Hände, die weiß und knochig waren wie die
eines Gerippes.

Boleslav fühlte, wie seine Brust in Stolz sich
schwellte.

Seine Hand wider jedermann und jedermanns
Hand wider ihn! So war es, so sollte es bleiben.

Aus dem Haufen rief eine lallende Stimme ein
unflätiges Wort hinter ihm her. Die Schrandener
lachten.

„Es ist der Vater — der unglückliche Vater,"
flüsterte Herr Merckel dem Landrat wehmütig zu.

„Sind Sie der, welcher mich hierher bestellt
hat," rief Boleslav, „so verlange ich von Ihnen
Schutz vor den Beleidigungen dieser Menge."

Der Landrat kniff die Augen zusammen und
verneigte sich.

„Ruhig, ihr lieben Leute," bat er, indem er sich
das glattrasierte Kinn strich, und einschmeichelnd fügte
er hinzu: „Die Ruhestörer lass' ich hinauspeitschen."

Dann griff er nach einer grünlichen Mappe, die auf dem Tische lag. Hinter ihm wurde ein graues Männlein sichtbar, welches eifrig langschweifige Gänsekiele probierte. Der Protokollführer wahrscheinlich.

Das Verhör begann. Mit eisiger Höflichkeit stellte der Landrat die Generalfragen. „Wo haben Sie gelebt — wenn es zu wissen erlaubt ist?"

Boleslav zählte die Orte auf.

„Ihr Wort sei heilig, Herr Baron, aber haben Sie Belege dafür?"

„Nein."

„Bis zu welchem Zeitpunkte gelten Ihre Angaben?"

„Bis zum Frühlinge des Jahres 13."

„Und dann?"

„Dann trat ich in das Heer."

„Haben Sie Belege dafür?"

„Nein."

„Ich bedaure unendlich, — aber der Name von Schranden findet sich nicht in den Listen."

„Ich hatte einen anderen gewählt."

„Den Namen Baumgart?"

„Ja."

„Aus welchem Grunde taten Sie dies?"

Boleslav biß die Lippen zusammen. Ein Schweigen entstand.

„Aha!" tönte es triumphierend vom Fenster her. Dieser Ruf half Boleslav über den qualvollen Augenblick hinweg.

„Mein wahrer Name hätte mir Schwierigkeiten bereitet."

„Weshalb?"

„Weil er durch ein Gerücht, gegen das ich nicht ankämpfen konnte, besudelt war."

„Welches Gerücht?"

Es war klar, dieser Mensch wollte ihn erst nach Kräften demütigen, ehe er ihn zu Grunde richtete.

„Sie kennen es," murmelte er zwischen den Zähnen hervor.

Der Landrat verneigte sich tief. „Ich bitte Sie trotzdem um gütige Auskunft."

„Und ich verweigere sie."

Ein Hohngelächter erhob sich im Haufen. „Macht doch ein End' mit ihm — legt ihn in Ketten," ließ die lallende Stimme sich hören, die vorhin das Schimpfwort gerufen hatte.

Der Landrat schwenkte begütigend die langen, weißschimmernden Hände.

„Man hat die Weigerung notiert?" fragte er, ohne sich umzuwenden.

Ein dünnes Stimmchen hinter ihm sagte: „Sehr wohl," was die Schrandener höchlich amüsierte.

In unbeirrbarer Höflichkeit fuhr er fort: „Doch darf ich vielleicht um Angabe des Truppenteils bitten, welchem Euer Hochwohlgeboren sich atta-chierten?"

Boleslav berichtete, was nötig war. Auch seine Kameraden von der Heide führte er auf.

Der Landrat blätterte gelangweilt in seiner

Mappe. Die Angelegenheit, die sich „freiwillige Jäger" nannte, interessierte ihn nicht.

„Dort wählte man Sie zum ... Offizier?"

„Ja."

„Ihr Wort sei heilig, Herr Baron, aber haben Sie h i e r f ü r Belege?"

„Nein."

„Man notiere diese Verneinung. Und dann traten Sie zur Landwehr über?"

„Ja."

„Aus welchen Gründen?"

Boleslav wies auf seinen Jugendgespielen. „Weil ich jenem Manne nicht begegnen wollte."

Felix schlug eine grelltönende Lache auf und rief: „Der Schwindel wäre sonst" — ein Wink des Landrats gebot ihm Schweigen.

„Zu welchem Regiment? — Bitte!"

Boleslav nannte den Namen des Kommandeurs.

Der Landrat beugte sich tief über die Mappe, so daß die graue Mähne das welke, schmale Gesicht fast ganz bedeckte.

„Das stimmt allerdings mit meinen Angaben überein," sagte er lesend. — „Dort gab es einen Leutnant Baumgart, der zur Zeit des Waffenstillstandes in das Regiment trat. Außerdem existierten in der Armee noch vier andere Offiziere dieses Namens. Der Betreffende aber, auf den Sie sich berufen, hat zwischen dem 1. und 3. März in den Kämpfen an der Marne seinen Tod gefunden."

„Woher wissen Sie das, Herr Landrat?"

„Es steht in den Listen, Herr Baron! Auf einem Ordonnanzritte ist er von den Grenadieren des Korps Marmont erschossen worden."

Boleslav fühlte, wie heiße Blutwellen ihm zu Kopfe fluteten. Die schwersten und stolzesten Stunden seines Lebens stiegen leibhaftig vor ihm auf. „Das ist ein Irrtum," rief er, „der Leutnant Baumgart fiel schwer verwundet in die Gewalt der Feinde, kam aber mit dem Leben davon."

„Und Sie wünschen demgemäß mit jenem toten Ordonnanzreiter als identisch betrachtet zu werden?"

„Ich glaube diesen Wunsch klar genug ausgedrückt zu haben."

„Nun wohl — so werden Sie auch wissen, um was es sich bei dem bewußten Ritte handelte."

„Selbstverständlich."

„Ich bitte um Mitteilung."

„Es war ein Aufruf nach Freiwilligen ergangen, um an den General von Kleist eine Botschaft zu überbringen. Tags zuvor hatte an einem Flusse namens Therouanne ein Gefecht stattgefunden, in welchem der General mit seinem Korps von dem Hauptheere abgedrängt worden war. Die Truppen der Marschälle Marmont und Mortier hatten sich dazwischen geschoben, so daß eine Wiedervereinigung im Augenblick sich nicht ermöglichen ließ, zudem war, wie es hieß, Napoleon selber im Anmarsch. — Nun faßte der Feldmarschall Blücher plötzlich den Entschluß sich zurückzuziehen, um, glaube ich, Verstärkungen herankommen zu lassen. Davon mußte der General unter allen Umständen benachrichtigt werden, damit er nicht isoliert zurückblieb. Es galt, die Botschaft zur Nachtzeit an den Vorposten der Feinde vorbeizuschaffen. Unter den Freiwilligen gab man mir den Vorzug. — Major von Schack führte mich vor den Feldmarschall. — Der über- reichte mir einen Brief."

„Bitte, einen Augenblick," unterbrach ihn der Landrat und las eifrig in seinen Papieren, dann sagte er leichthin: „Und dieser Brief enthielt natür- lich den Befehl, auf den es ankam?"

„Nein."

„Was sonst?"

„Dieser Brief diente dazu, die Feinde zu täuschen, für den Fall, daß man mich vom Pferde schoß. Den Befehl teilte der Feldmarschall mir mündlich mit. Ich mußte ihn auswendig lernen."

„Wie lautete er?"

„Werde morgen den Feind in rechter Flanke angreifen, um Rückmarsch zu kaschieren. Der Gene- ral von Kleist beteiligt sich nicht an dem Gefechte, sondern versucht während dieser Zeit südwärts die Marne zu gewinnen, um Fühlung mit mir zu be- kommen. Sämtliche Brücken sind nach der Passage zu sprengen."

Der Landrat nickte. „Und dann, Herr — Leut- nant?"

„Dann führte ich den Befehl aus."

„Es gelang Ihnen also, zu Ihrem Ziele durch- zudringen?"

„Ich hoffe, Herr Landrat, daß Ihnen hierfür die Geschichte des Krieges die Belege geliefert hat."

„Hm! — — Bei welcher Gelegenheit wurden Sie denn verwundet?"

„Auf dem Heimwege."

„Warum blieben Sie nicht da, wo Sie waren?"

„Weil ich übernommen hatte, dem Feldmarschall eine Rückmeldung zu überbringen."

„Dieses zweite Wagnis hätten Sie sich ja sparen können."

„Ich hätte mir auch das erste sparen können."

„Sie suchten den Ruhm."

„Ich suchte unter anderem dem Vergnügen dieses Verhörs zu entgehen."

Der Landrat richtete sich auf und warf die Mähne zurück: „Ich erlaube mir, Sie aufmerksam zu machen, daß Sie vor dem Vertreter Ihres Königs stehen, Herr Baron von Schranden."

„Solch eine Unverschämtheit," ertönte ein Murmeln vom Fenster her.

„Ich stehe vor meinem Vernichter," erwiderte Boleslav, dem Landrat fest ins Auge schauend.

Der blickte mit einem verbissenen Lächeln in seine Papiere. „Das führt mich zu dem letzten Teile meiner Untersuchung," fuhr er fort. „Es ist nicht zu bezweifeln, daß Ihre Angaben auf genauer Kenntnis des Geschehenen beruhen und daß Ihre Behauptung, mit dem pp. Baumgart, der in der schlesischen Landwehr unter dem Major von Wolzogen diente, identisch zu sein, an Wahrscheinlichkeit

gewonnen hat, allein dem gegenüber steht die Un-
möglichkeit, daß der pp. Baumgart, der alles in
allem ein tapferer und ehrliebender Offizier gewesen
zu sein scheint, es für gut befunden haben soll, der
Armee, in welcher er Ehren und Wunden geerntet
hatte, heimlich wie ein Fahnenflüchtiger den Rücken
zu kehren. Er mußte doch wissen, daß ein Truppen-
teil nicht wie eine Rotte Spatzen auseinanderflattern
darf. Und insbesondere die Landwehr," — seine
Brust hob sich höher, seine Mähne schien sich zu
sträuben, — „die glorreiche Landwehr, die der Linie
zu beweisen hatte, daß sie, wie an Mut, so auch
an Ordnungsliebe und Disziplin allezeit in erster
Reihe steht. Freiherr von Schranden, ich hoffe,
daß der Leutnant Baumgart sich dieses Vergehens
nicht schuldig gemacht hat, und wünsche daher, er
habe den Tod gefunden."

Boleslav fühlte die Katastrophe nahen. Sein
Blick glitt in die Runde. Überall schaute er in
Augen, die von Haß und Rachsucht glühten. Felix
Merckel hatte die Hand an den Säbelkorb gelegt,
als gälte es, im nächsten Augenblick über ihn her-
zufallen. In dem Haufen hinter ihm ertönte ein
Klirren von bereit gehaltenen Waffen. Aus dem
feisten Gesichte des Gastwirtes lachte hämisches Vergnügen ihn an. — Nur der alte Pfarrer hatte den
wilden Kopf in beide Hände gestützt und stierte vor
sich nieder.

„Meine Schuld ist es nicht, Herr Landrat, daß
man den Toten wieder lebendig macht. Er hatte,

glaub' ich, seine Pflicht getan. Man hätte ihn
ruhen lassen sollen."

Der Landrat zuckte die Achseln. „Da nun aber
einmal die Denunziation gegen ihn eingelaufen
ist —"

„Eine Denunziation?" rief Boleslav in auf=
flammendem Zorne. Sein Blick traf das Auge des
jungen Merckel. Dort las er, in Scham und Wut
geschrieben, die Geschichte seines Verderbens. Er
lächelte und nickte.

„Ich werde mich vor dem Kriegsgerichte zu ver=
antworten haben. Ich war darauf gefaßt und bitte,
mich in Verhaft zu nehmen."

Der Haufen drängte nach vorne, um seine Bitte
prompt zu erfüllen. — Boleslav, der bislang auf
der Schwelle gestanden hatte, wurde gegen den
Tisch hin geschoben und stand dem Landrat Brust
an Brust gegenüber, hinter sich die Fäuste, die schon
nach seinem Nacken tasteten.

„Geduld, liebe Freunde," sagte der Landrat
weich und freundlich. „Wer Hand an ihn legt,
kommt selber in Verhaft. — Noch eine Frage, Herr
Baron. — Da Sie gefangen genommen waren,
wie Sie behaupten, wie kommt es, daß Sie bei der
später erfolgten Auswechselung nicht ordnungsmäßig
registriert und abgeliefert wurden?"

„Die Franzosen hatten mich, weil ich schwer
verwundet war, bei ihrem eiligen Abzug zurück=
gelassen. Auf dem Felde bin ich von Bauersleuten
aufgelesen worden. Monatelang lag ich darnieder.

Als ich fähig war, meine Retter zu verlassen, war der Friede geschlossen und kein Verbündeter in der Nähe."

„Ihr Wort sei heilig, Herr Freiherr, aber haben Sie hierfür vielleicht Belege?"

„Keine anderen, als meine Narben, Herr Landrat."

„Hm! — Man notiere auch dies." — Er räusperte sich und strich die Mähne zurück, dann begann er, wie zu einer feierlichen Ansprache ausholend:

„Meine Herren! Wackere Wehrleute und Insassen von Schranden! Die Errichtung der Landwehr ist der Aufgang einer neuen Sonne, die fortan ewig über dem Ruhme des Preußenlandes leuchten wird. Preisen wir uns selig, daß wir in eine Zeit gesetzt worden sind, die so Großes von uns verlangte, und doppelt selig, daß wir uns dieses Verlangens würdig zeigten. Insbesondere dieser Kreis. Und in dem Kreise nicht zumindest die Gemeinde Schranden. Schauen wir doch um uns. Manch trübes Bild entrollt sich uns anderswo. Der König hatte gerufen, aber nicht überall antwortete ihm ein freudiger Widerhall.

„O, meine Freunde, das Herz blutet uns, wenn wir hören, daß in den Kreisen Konitz und Stargard zum Beispiel sich die gestellungspflichtigen Mannschaften in die Wälder und in das hohe Getreide geflüchtet hatten und daß ein wahres Kesseltreiben nach ihnen veranstaltet werden mußte, daß anderweitig Tausende über die Grenze flüchteten,

um der Einstellung zu entgehen, und daß die schon
gebildeten Kompanien sich über Nacht durch Massen-
desertionen wieder lichteten. Wie ganz anders in
dem Kreise, den zu leiten ich das Vergnügen habe!
— Freunde und Kameraden! Die Landwehr des
Kreises Wartenstein hat innerhalb zweier Wochen
fix und fertig bewaffnet und ausgerüstet auf dem
Platz gestanden. Die Cadres waren doppelt so
stark, als die Regierung uns auferlegt hatte, und
achtzig Prozent davon bestanden aus Freiwilligen.
Ja, in der Gemeinde Schranden gab es nur Freiwillige." —

Der Volkshaufe erhob ein Hurrageschrei und
der Pfarrer nickte mit grimmig befriedigtem Lächeln
vor sich hin. Er wußte wohl, wessen Werk das
war.

„Ich gebe ja zu," fuhr der Landrat mit einem
eisigen Seitenblick auf Boleslav fort, „die Gemeinde
Schranden hatte einen häßlichen Schmutzfleck abzuwaschen," — einzelne Verwünschungen wurden laut
— „einen Flecken, der leider trotz aller Ruhmestaten
für ewig an ihrem Namen kleben wird," — die
Flüche verstärkten sich — „aber wenn die Gnade
des Königs darüber hinwegschaut und nur die lichten
Seiten des Namens Schranden zu beachten geruht,
so ist das nicht zum mindesten jener Wehrhaft-
machung zuzuschreiben, deren Leiter ich mich mit
Stolz und Freude nennen darf. Die Gnade des
Königs —"

„Was will er nur mit des Königs Gnade?"

dachte Boleslav, „er könnte doch kurzen Prozeß machen."

„Hat sich über uns ergossen, hat uns fast erdrückt mit ihren Segnungen. Und wer zuallererst die Früchte erntet, der mag sich erinnern, daß die braven Wehrleute — und nicht zum mindesten ihr Organisator — die Saat des Ruhmes säten, die er nun einheimst." Er blätterte in seinen Papieren, dann fuhr er fort: „Nehmt eure Mützen ab, wackere Einsassen, — stillgestanden, Wehrleute, — bitte, erheben Sie sich gütigst, meine Herren — wer da hinten seine Mütze nicht abnimmt, wird 'rausgeworfen — ich habe Ihnen eine Allerhöchste Kabinettsorder zu verlesen. Sie lautet:

„‚Verhält es sich wahrheitsgemäß, daß der Freiherr Boleslav von Schranden auf Schloß Schranden und der Leutnant Baumgart vom 15. schlesischen Landwehrregiment ein und dieselbe Person sind, und bestätigt es sich, was bei einem so tapferen Offizier vorauszusetzen, daß eine böswillige Desertion nicht vorliegt, so ernenne ich denselben zum Kapitän meiner Landwehr, erteile ihm das Kommando der Kompanie seines Bezirks und verleihe ihm zum Lohne für seine ausgezeichnete Bravour das Eiserne Kreuz der ersten Klasse. — Die Erhebungen hat der Landrat des Kreises unter Zeugenschaft der Denunzianten zu führen. — Das Material ist ihm zuzustellen.

Friedrich Wilhelm, Rex.'"

Ein langes Schweigen entstand. Die Schran-

dener Patrioten standen da und glotzten einander
an. Der Leutnant Merckel war auf das Fenster-
brett zurückgesunken. Seine Finger zerrten krampfhaft an dem Kreuze, das zwischen den schwarzen
Fangschnüren seines Rockes erglänzte.

Boleslav fühlte ein Brausen, ein Klingen in
seinem Kopfe. Er mußte sich an der Tür festhalten,
denn er fürchtete, schwindlig zu werden. Von Freude
verspürte er nichts, nur das Gefühl von Bitterkeit,
das er so lange gewaltsam zurückgedrängt hatte,
schwoll übermächtig in ihm empor. Er biß die
Zähne zusammen. Er fürchtete, weinen zu müssen.

Der Landrat zog aus den Tiefen seines Rockes
ein schwarzes Kästchen hervor, das er Boleslav mit
überhöflicher Verbeugung präsentierte.

Der Deckel sprang auf, und aus dem blauen
Samtgrunde leuchtete Boleslav der weiße Schimmer
entgegen, der das schwarze, schlichte Stückchen Eisen
gleich einem Kranze von Licht umrandete. In auf-
wallender Erregung riß er es an sich und streckte
dem Landrat die Rechte entgegen.

Da trat dieser einen Schritt zurück, betrachtete
seine langen, weißen Knochenhände aufmerksam von
allen Seiten, als läge Gefahr vor, daß sie bei dem
Akte der Übergabe Schaden genommen hätten, und
verbarg sie dann auf dem Rücken.

„Herr Landrat, ich bot Ihnen meine Hand,"
rief drohend Boleslav, dem der neue Schimpf die
Zornröte ins Gesicht trieb.

„Ich war von Seiner Majestät beauftragt, den

Allerhöchsten Willen kundzutun, bis zu einem Handschlag ging mein Auftrag nicht."

In diesem Augenblick flog ein Kreuz, dem seinen gleich, Boleslav vor die Füße. — Felix Merckel hatte es von seiner Brust gerissen. In ehrlicher Entrüstung erglühend, trat er vor den Beamten, von dem, wie er nun wußte, nichts zu befürchten war, und rief: „Da liegt's. Ich mag's nicht mehr! Jeder wackere Soldat muß sich schämen, es zu tragen, nachdem es d e r da bekommen hat."

Boleslav stieß einen Schrei der Wut und des Schmerzes aus und drang mit erhobenen Fäusten auf ihn los.

Felix Merckel zog seinen Säbel und machte Miene, auf den Waffenlosen einzuhauen.

Der alte Gastwirt warf sich zwischen beide. Der Landrat begnügte sich, begütigend die Hände zu schwenken, und der alte Pfarrer stand mit glühenden Augen auf der Lauer.

Er kannte seine Schrandener. Er las den Mord in ihren Blicken.

„Zurück da!" tönte seine eherne Stimme in den Tumult hinein. Mit ausgebreiteten Armen sprang er gegen die Tür, wo schon in den vordersten Reihen Piken und Knüttel sich erhoben hatten, um hinterrücks auf das Haupt des Verhaßten niederzusausen.

Boleslav wandte sich um, um schaudernd zu sehen, wie nahe er dem Tode gegenüberstand.

Der Pfarrer hatte die Pfosten des Türgerüstes

umklammert und stemmte sich der Wucht der Heran-
bringenden entgegen.

Wird der gebrechliche Greisenkörper dem Ansturm dieser entfesselten Wölfe Halt gebieten? Wird
an ihm der Schwall mordlustiger Neugier sich
brechen?

Wahrlich eine schwache Wehr! Und sie war die
einzige, denn um den Landrat, dessen Hände ge-
lenkig wie wehende Tücher über den Häuptern
schimmerten und der einmal über das andere in
den weichsten Flötentönen versicherte, er werde jeden
Exzedenten auspeitschen und krummschließen lassen,
kümmerte sich keiner mehr. — Das Männlein,
welches die Protokolle geführt hatte, verkroch sich
derweilen winselnd unter dem Tische. — —

In Boleslav schrie eine Stimme: „Wie? Von
diesem Greise läßt du dich beschützen? Bist du dir
nicht selber Wehr genug?"

Ein wilder Entschluß loderte in ihm auf. Diese
Stunde war ihm zur Abrechnung vom Schicksal gesandt — und Feigheit war's, ihr auszuweichen.

Mit jähem Griff zog er den Greis zur Seite.

„Dies ist mein Platz, Ehrwürden," sagte er
und pflanzte sich an seine Stelle.

Er umfaßte die Türpfosten, wie der Alte es
getan, und bot die Brust weit offen den lauernden
Waffen dar.

Sein Auge lag fest und gebieterisch auf der
rasenden Schar. Ihr Geifer spritzte ihm entgegen,
ihr Atem drang heiß und übelduftig auf ihn ein.

„Hier steh' ich," rief er, „meine Piſtolen hab'
ich zu Hauſe gelaſſen. Ihr könnt mich ruhig nieder=
machen. Nur vorwärts — wer den Mut hat."

Aber den Mut hatte keiner. Er drehte ihnen
ja nicht mehr den Rücken zu.

Die Säbel ſenkten ſich und die Piken tauchten
unter.

„Gut — alſo meucheln wollt ihr nicht," fuhr
er fort, ſie mit den Augen meiſternd. „Ihr wollt
euch wie Menſchen betragen und nicht wie wilde
Tiere. So will ich wie zu Menſchen mit euch
reden. Tretet zurück und verhaltet euch ruhig."

Die Maſſe geriet ins Wanken, die Schwelle
wurde frei.

„Und nun — ſprecht! Was wollt ihr von mir?"

Kein Laut gab ihm Antwort. Nichts wie das
Keuchen der arbeitenden Lungen erſcholl in dem
Raum.

„Ihr haßt mich — ihr wollt mir ans Leben —
gut — ſo ſagt mir — warum? Hier ſteht ein
Vertreter des Königs, dem wir alle dienen, der
alle Strafen in ſeiner Hand hält. Hier ſteht der
Vertreter des Gottes, an ben ich glaube und ihr
auch. Dem Gerichte der beiden will ich mich unter=
werfen. Nun könnt ihr klagen. . . . Was hab' ich
euch getan?"

Das Schweigen dauerte fort. Nur jene lallende
Stimme erhob ſich für einen Augenblick, aber ſie
erſtarb in leiſem Gurgeln. — Es war, als ob man
ſie mit Gewalt erſtickte.

„Ihr seid stumm. Ihr wißt nichts. Und Sie,
meine Herren, bitte, helfen Sie den armen Leuten
doch auf die Sprünge. Da liegt ein Kreuz, das
höchste Ehrenzeichen der Nation, das jemand weg-
warf, weil er es dadurch, daß ich ein gleiches habe,
für besudelt hielt. Dort steht ein anderer Jemand,
der mir den Händedruck verweigerte, den jeder
Ehrenmann mit jedem, der nicht Schuft ist, aus-
zutauschen pflegt. Es tut nichts, Herr Landrat,
wenn Kläger und Richter sich dieses Mal vereinen.
Klagen Sie nur, richten Sie nur, ich kann's vertragen."

Eine neue Pause entstand. Der Landrat drehte
verlegen Wickel in seinen Backenbart.

„Und Sie, Herr Pfarrer, — es geziemt sich
nicht, daß ich den Erzieher meiner Jugend zur
Verantwortung ziehe — aber Sie haben mir vor
einigen Monaten Ihre Tür gewiesen. — Möchten
Sie nicht Ihrer Gemeinde als Wortführer dienen?"

Die Kiefern des Alten arbeiteten, seine Lippen
bewegten sich, aber kein Laut kam darüber. Seine
Kraft schien erschöpft, nur der wilde, stiere Blick,
der sich unter den buschigen Brauen hervor in
Boleslavs Antlitz bohrte, wollte nichts Gutes bedeuten.

Der schlug ein Lachen auf. „So muß ich wohl
selber zum Kläger gegen mich werden," rief er. —
Er war wie berauscht von dem eigenen Mute.
„Deine Hand soll sein wider jedermann und jedermanns Hand wider dich," jubelte es in ihm. —

„Ihr meint, ihr müßtet die Sünden der Väter an mir rächen, an mir euren Zorn auslassen, weil er den Toten nicht mehr erreichen kann. Gut — ich bin sein Erbe. Ich nehme seine Schuld auf mich und weigere mich nicht, zu büßen, sobald Recht und Gerechtigkeit eine Buße von mir verlangen. Doch warum ist man nicht gegen den Toten eingeschritten? Warum machte man ihm nicht den Prozeß? Warum schleppte man ihn nicht zum Schafott, falls er's verdiente? Herr Landrat, Sie frage ich, Sie, der Sie die Staatsgewalt verkörpern, warum schwieg der Staat und duldete es, daß diese braven Männer, denen nichts Übles geschehen war, eine Rache nahmen, so kindisch, so grausam, wie sie nur das Hirn von blutdürftigen Wilden zu ersinnen vermag? Rache für eine Tat, die ich weder zugebe noch auch leugne, die aber bis heutigestags in Dunkel vergraben liegt? Wie sie geschah, ob sie geschah — wer weiß es von euch? Und trotzdem habt ihr ihn und sein Geschlecht geächtet, verfemt, ehrlos und rechtlos gemacht. — So zieht uns doch vor Gericht, mich und den Toten und — — —," er hielt betroffen inne, er vermochte nicht den Namen Reginens in den Mund zu nehmen. ... Aus dem Auge des Pfarrers schoß ein Blitz über ihn hin. ... Sich zusammenraffend, fuhr er fort: „Fragt doch, sprecht doch, klärt das Dunkel und dann richtet. ... Aber dann richtet auch jene Untat, die mich um mein Hab und Gut gebracht hat, die mich zwingt, zwischen Trümmern zu hausen wie ein wildes Tier, und die noch immer

ungerächt zum Himmel schreit. — — Von allen
anderen Freveln will ich schweigen, daß ihr mich und
— — — — — die Meinen mit Mord und Totschlag bedrohtet, daß ihr der Leiche meines Vaters
den Eingang zum Kirchhof verweigertet, — es sei
euch geschenkt. ... Aber den Brand, das schwör'
ich euch, den werd' ich rächen. Bis heute hab' ich
geglaubt, die Leuchte der Gerechtigkeit sei ausgelöscht für mich, aber ist sie's, so werd' ich sie wieder
anzünden. Ich werde nicht rasten und ruhen, bis
ich den Anstifter ans Tageslicht gezogen habe, und
dann gnade Gott ihm und allen, die ihm zu Hehlern
und Helfern wurden!"

In dem Haufen entstand neue Unruhe. Die
Vorderen drängten noch weiter zurück, wie um sich
vor der Rache des zornigen Mannes zu schützen.
Aus der Gegend der Fenster her erschollen zwei,
drei Laute eines heiseren Gelächters, das jedoch im
Ansatz schon erstickt wurde. —

Im Herrenstübchen gab sich ein jeder nach
Kräften den Anschein, Boleslavs Worte überhört
zu haben. Der Landrat, der insbesondere peinlich
berührt schien, blätterte heftig in seinen Akten.
Der alte Merckel bemühte sich mit übergroßem Eifer,
das Kreuz, das er von der Erde aufgerafft hatte,
seinem sich sträubenden Sohne aufzuzwingen. Das
graue Männlein, das inzwischen unter dem Tische
hervorgekrochen war, befleißigte sich, den Staub von
seinen Knieen zu reiben.

Nur der alte Pfarrer stand auf der Lauer. Er

hatte die Knebel gegen den Tisch gestemmt, das weiße, dünne Haar, das den kahlen Schädel umwölbte, zitterte leise. Wie ein Raubvogel, der auf seine Beute niederschießen will, so stand er da mit seinem Geierprofil und den glühenden Äuglein, über welchen die weißen Brauenpinsel sich sträubten. —

Hätte Boleslav in diesem Momente einen Blick für ihn gehabt, er würde neue Herausforderung vermieden haben. Aber er wollte seinen Sieg bis auf den Grund auskosten. „Damit wir vollends ins klare kommen," rief er, „ihr und ich, — damit jeder weiß, auf welcher Seite das Recht ist und auf welcher das Unrecht, frag' ich: Wer von euch hat eine Forderung an mich? Wem hab' ich was Übles getan? Wer hat Klage zu führen wider mich?"

Da erscholl hinter ihm die Stimme des alten Pfarrers: „Ist der Tischler Hackelberg zur Stelle?"

Boleslav fuhr zusammen. Wie die Stimme des Gerichts war dieses heisere Dröhnen ihm ins Ohr gedrungen. Er wußte nicht, was über ihn hereinbrach, aber er fühlte, Gutes war es nicht.

Ein Schieben, ein Drängen bewegte den Haufen. Halb gestoßen, halb gezogen erschien die verlotterte Gestalt des Trunkenbolds in der vordersten Reihe. Er wehrte sich, er schlug mit den Fäusten um sich, und als er schon auf der Schwelle stand, versuchte er noch unterzuducken und Arm oder Schulter eines Hintermanns zur Deckung zu benutzen.

„Fürchte dich nicht, Hackelberg," sagte der Pfarrer, „es soll dir nichts geschehen."

Da wagte er sich aufzurichten und aus den verglasten Augen einen scheu prüfenden Blick auf die hohen Herren zu richten, vor denen er stand.

„Was ist das?" fragte der Landrat indigniert, „warum läßt man so etwas frei umherlaufen?"

„Weil man sich an seinem Unglück nicht zu vergreifen wagt," erwiderte der Pfarrer.

Herr Merckel senior drängte sich an seinen Vorgesetzten und flüsterte ihm mit wehmütigem Lächeln zu: „Der arme, bedauernswerte Vater, von dem ich Euer Hochwohlgeboren erzählte." — Aber sein Auge blinzelte voll Besorgnis den Vordersten der Schrandener zu, die ihre Fäuste bereit hielten, um den Trunkenbold im Augenblicke der Not zu packen und verschwinden zu lassen.

„Hast du uns nichts zu sagen, Hackelberg?" sprach der Pfarrer.

„Was sollt' ich zu sagen haben, Herr Pfarrer!" lallte er, aufs neue unterduckend, und zog die Klappen der zerlumpten Jacke über der nackten Brust zusammen.

„Hast du keine Klage zu führen?"

„Lassen Sie mich gehn," greinte er, „ich hab' keine Klage zu führen."

„Auch gegen den da nicht?" Er wies auf Boleslav.

Eine trübe Flamme erglomm in dem erloschenen Auge. Er hatte begriffen. Der alte Merckel nickte ihm ermutigend zu, und in Erkenntnis des Berufes, den er hier zu erfüllen hatte, fing er, tränenbereit wie Säufer es sind, bitterlich zu weinen an. Mit den schwarzen Händen wühlte er im Gesicht herum, so daß es alsbald einer erschreckenden Larve glich.

„Der arme, arme Vater!" klagte Herr Merckel senior und wischte sich gleichfalls die Augen.

„Wozu spielt man diese Komödie?" fragte Boleslav mit verächtlichem Lachen. Aber er war sehr blaß geworden.

„Man spielt hier nichts, sondern man hält Gericht," erwiderte ihm der alte Priester.

Boleslav zuckte die Achseln. „Ich bin's zufrieden," sagte er, und seine Stimme bebte, „ich hab' es so verlangt."

Die Schrandener reckten die Hälse, kommenden Spektakels gewärtig. In der Stille, die für einen Augenblick entstand, hörte man den Volkshaufen, der im Gasthause nicht hatte Platz finden können und den Kirchenplatz erfüllte, sich mit Johlen und Lärmen die Zeit vertreiben. Der angstvolle Schrei einer weiblichen Stimme mischte sich darin.

Sollte am Ende gar Regine — — —? Doch wie war das möglich? — Und der Gedanke verschwand blitzschnell, wie er gekommen war. —

„Mein Kind, mein armes, elendes Kind!" heulte der Tischler, der sich nunmehr in gewohntem Fahrwasser befand.

„Was hat man denn deinem Kinde getan, Mensch?" fragte der Landrat, der nicht dulden wollte, daß die Leitung der Angelegenheiten seinen Händen entwischte. —

„Verführt hat man mein Kind, — — — zur
Dirne hat man es gemacht, — — mein Vaterherz
ist — — zerfleischt — — worden. — — Ein
Lump bin ich. — — Nur noch einen Sarg —"

„Ich glaube, diese Litanei hast du mir schon
einmal vorgebetet," fiel ihm der Landrat ins Wort.
„Damals, als ich die Weibsperson, deine Tochter,
wegen des Katzenstegs verhören kam. Wenn du in
diesen fünf Jahren nichts Neues gelernt hast ..."
Und zum Pfarrer gewandt, setzte er lächelnd hinzu:
„Mir scheint, man hat diesem Strolche die Rolle
des Virginius beigebracht."

Das graue Männlein im Winkel ließ ein meckern-
des Lachen hören und verstummte sofort, wie erschrocken über die eigene Kühnheit.

Der alte Pfarrer war weniger gesonnen, des
Landrats gnädige Witze über sich ergehen zu lassen.
„So werde ich für dich reden, Hackelberg," sagte
er, „mich wird man wohl ernst nehmen müssen.
Für dich und für euch alle und für unseren Herrgott dazu, dessen heilige Gesetze hohen Herren nicht
zum Gespötte dienen dürfen. Freiherr von Schranden, Sie haben mich aufgerufen, sind Sie noch
willens, mir Rede zu stehen?"

Er bejahte in banger Ungeduld. Ihm schien,
als wäre jener Schrei zum zweitenmal an sein Ohr
gedrungen, das Getöse der Menge übertönend.

„Sie haben das Erbe Ihres Vaters angetreten?"

„Zweifeln Sie daran?"

„Gott sei's geklagt! Nein!"

„Was heißt das?"

„Sie haben sich zu eigen gemacht, auch was er unrechtmäßig besaß."

„Herr Pfarrer..." Ein dumpfes Erstarren hatte ihn überfallen. Er wollte reden, doch die Kehle schnürte sich ihm zu. „Wo ist dein Trotz geblieben?" schrie es in ihm.

„Sie fanden ein Weib, Herr Baron, welches die Dirne Ihres Vaters gewesen war. Sie fanden es erniedrigt, besudelt, durch Kot und Verbrechen geschleift. Jahrelange Knechtschaft hatte es von aller Menschenwürde entblößt. Es hauste dort wie ein Tier mit dem Tiere. Dieses elende Wesen gehörte hierher und gehörte mir. Ich hab' sie erzogen, meine Hand hat ihr das Taufwasser auf die Stirn geträufelt, meine Hand hat ihr den Kelch des heiligen Abendmahls gereicht. Ich habe Gott geschworen im Angesichte der Gemeinde, zu wachen über dieser jungen Seele, die doppelt verwaist war, da der, welcher sie gezeugt hatte, sich selber nicht bewachen konnte."

„Ach, mein armes, verwaistes Kind!" lallte der Tischler. „Nur noch zwei — nur noch einen Sarg — —"

„Ich bin verantwortlich für sie vor Gott und vor der Gemeinde. Von deinem Vater konnte ich sie nicht fordern, denn er steht vor Gottes Thron, darum fordere ich sie von dir und frage in dieser Stunde der Abrechnung, die du heraufbeschworen hast: Was hast du mit dieser Seele getan?"

Vor Boleslavs Augen schwammen rötliche Nebel. Und in diesen Nebeln wuchs die Gestalt des greisen Priesters empor, daß sie ihm schier übermenschlich erschien. — Nur ein Stammeln kam über seine Lippen: „Was sollt' ich — was konnt' ich . . .?"

Und der Alte fuhr fort: „Du bist heute von unserem Könige vor allen Menschen hochgeehrt worden, nun sieh zu, Boleslav von Schranden, ob du auch vor unserem Gott in Ehren bestehen kannst. Was du solltest, fragtest du? Dieses Wesen, so schmutzig, so verworfen es vor dir lag, mußte dir hehr und heilig sein vor allen irdischen Geschöpfen. Was hast du getan, um die Schuld zu sühnen, die dein Vater auf dieses Weib gehäuft hat? Hast du ihren Geist frei gemacht von der Knechtschaft, in welche er versunken war? Hast du ihre Seele zu Gott emporgewiesen, dem Allgnädigen, dem Allbarmherzigen? Hast du versucht, sie der Menschheit zurückzugeben? Oder hast du sie tiefer und tiefer hinabgezogen in den frevelhaften Bann, mit dem dein Haus und dein Geblüt sie umstrickten? Und vor allem eins: Auf welche Art hast du gehaust mit ihr? Man spricht, daß nur ein einziger Raum zu bewohnen ist auf eurer wüsten Insel! — Hast du allzeit bedacht, daß deines Vaters Eigentum nach göttlichen und menschlichen Gesetzen unantastbar ist für dich? Hast du sie gelehrt beten und bereuen, oder hast du ihre armen, willenlosen Sinne noch mehr mit Gift durchtränkt? . . . Und dein eigen Blut, hast du es rein gehalten von freventlichem Begehren?

— Oder haben deine Gedanken wie gierige Bestien
sie umkreist und sind ihr nachgeschlichen auf ihren
Wegen und haben sie belauert in ihrer Schwäche ...
bis neue Schandtat kam —"

„Hören Sie auf!" schrie Boleslav. Ja, wahrlich diesem Manne der christlichen Milde sprangen
Skorpionen aus dem Munde. Geheimste Gedanken-
sünden verstand er zu züchtigen, ja solche selbst, für
die noch in keinem seiner Gedanken Raum gewesen
und deren er sich dennoch schuldig bekennen mußte
in dieser Stunde.

Nun ward alles, alles klar! Was ihn nicht
schlafen ließ in den langen, wüsten Nächten, was
ihm das Blut in jähem Ansturm durch die Adern
jagte, was ihn antrieb, den Atem anzuhalten und
zu lauschen, ob jener andere Atem nicht bald rascher,
bald langsamer erscholl, um durch den Wechsel zu
verkünden, daß sie wachte, wie er, und in Unruhe
lauschte, wie er, — das frevelnde Begehren war's
nach ihrem Leibe, dem geschändeten, gemißhandelten,
dem stolzen, herrlichen Leibe. ... Aber noch, Gott
sei Dank, hatte das Verbrechen nur in seinem Innern
gehaust. Noch war es Zeit, den Riegel vorzu-
schieben, eh es sich hinausstahl über die verhängnisvolle Schwelle. Bis jetzt schuldete er sich nur selber
Rechenschaft und hatte vor dem eigenen Richterstuhle
abzuhandeln, was sein Gewissen bedrückte! — —

Bleich und verwirrt schaute er um sich und sah
in all den lärmenden Gesichtern schon Triumph auf-
leuchten. Da kam er zu sich.

„Wer gibt Ihnen das Recht, mich eines solchen Frevels zu bezichtigen?" rief er dem Pfarrer entgegen.

„Ich bezichtige Sie nicht — ich fragte Sie nur," unterbrach ihn der Alte. „Sie sind zu blaß geworden, Herr Baron, als daß wir Ihrer Entrüstung nicht mißtrauen sollten."

„Er hat sich selbst gerichtet, der Unglückselige," setzte Herr Merckel senior wehmütig hinzu.

Die Schrandener, aufs neue voll Hoffnung, daß es ihm an den Kragen gehen könnte, erhoben ein Lärmen, der Haufen drängte gegen die Schwelle.

Da — alles Stimmengebrause übertönend — drang vom Hofe her ein Schrei der Not markerschütternd an Boleslavs Ohr. Nun galt kein Zweifel mehr. Das war Regine.

„Regine!" schrie er auf und rannte an das Fenster, das zum Hofe führte. Dort war die wilde Jagd entfesselt. Über den Zaun, über Wagen, über Fässer, über gefrorene Düngerhaufen kletterte, sprang und stürmte ein Haufe wütender Weiber. Bursche mit Knütteln hinterdrein. Steine flogen von allen Enden.

„Hilfe, Hilfe!" klang Reginens Schrei. Doch sie selbst war nicht zu sehen.

Da, als er die Hintertüre aufriß, kam sie auf dem dunklen Korridor dahergeflogen. Die Meute johlend hinter ihr her.

Mit gewaltsamem Ruck zog er sie ins Zimmer hinein und schloß eilends die Tür, an der die Wut der Weiber sich brach.

Sie sank zu seinen Füßen nieder und preßte schluchzend ihr Gesicht gegen den Zipfel seines Rockes. Ihren Händen entsanken zwei halb zersplitterte Dauben, die sie krampfhaft umklammert gehalten, — die Reste des Schildes, mit dem sie die fliegenden Steine von sich abzuwehren pflegte.

Ihr Haar war zerzaust, ihr Kleid zerrissen, der schöne Pelzbesatz, auf den sie so stolz war, hing in Fetzen an ihrem Leib herunter. — —

„Das ist ja ein reizendes Liebespaar," sagte Herr Merckel, indem er sich freundlich die Hände rieb.

Die Schrandener schienen, da sie beide so hübsch beieinander hatten, nicht übel Lust zu spüren, das Werk ihrer Weiber drinnen fortzusetzen. Reginens Erscheinen reizte sie stets mit unbezwinglicher Gewalt zum Werfen an. Sie stießen ein Freudengeheul aus und sahen sich nach Wurfgeschossen um. Schon flogen zwei Steinkrüge in das Herrenzimmer, von denen einer den Tischler an der Achsel streifte. Man wollte keinem mehr ans Leben, aber man wollte „schmeißen".

Der Landrat schwenkte verzweifelt seine Knochenhände. All seine milde Vornehmheit ging diesen Teufeln gegenüber in die Brüche.

„Herr Landrat," sagte Boleslav, auf das kniende Weib weisend, das halb besinnungslos sich an ihn schmiegte. „Ich bitte, sich diese Szene einzuprägen. Wenn Sie selber die Nötigung nicht fühlen, hier einzuschreiten, so könnte es doch sein, daß ich Sie vor

Gericht als Zeugen gegen diese wackeren Leute ge-
brauchen muß."

Er ahnte wohl selber kaum, der vornehme Herr
Landrat, welch klägliche Rolle er spielte. Selbst seine
schöne Löwenmähne war aus der Fassung gekommen
und hing ihm in steifen Zotteln um den Kopf herum.

„Merckel," krächzte er, „Sie sind Ortsvorstand.
Ich lasse Sie absetzen, wenn Sie nicht sofort Ruhe
schaffen. Ruhe — Leute — Ruhe! Das ist Land-
friedensbruch. — Das gibt Gefängnis — — ich
schick' euch alle ins Gefängnis. — — Mit den Waffen
in der Hand — — kostet drei Jahre, volle drei
Jahre, ihr lieben Leute. — — — Morgen laß' ich
euch Gendarmen kommen, drei Gendarmen auf einmal —"

Es war sein guter Engel, der ihm diese Drohung
eingegeben hatte, denn keine andere hätte auf die
Sinnlosen noch gewirkt. Seit dem unglücklichen
Kriege war in Schranden kein Gendarm mehr
stationiert gewesen. Das war ein großes Glück,
welches man nicht verscherzen durfte, denn den Gendarmen fürchteten sie mehr als den König.

Herr Merckel, der für sein Amt zu zittern be-
gann, tat das Seinige, sie vollends zu beruhigen.
Sein Sohn lehnte mit verschränkten Armen in der
Fensterecke und gab sich den Anschein, als ob das
Schauspiel ihn höchlich amüsierte.

Der alte Pfarrer ließ keinen Blick von dem Paare,
als wollte er ihnen bis auf den Grund ihrer Herzen
schauen.

„Steh auf," sprach Boleslav zu der Knieenden nieder. „Man tut dir nichts — ich bin bei dir."

Aber sie drückte sich nur noch angstvoller an ihn. — „Nicht wahr, Herr, man wird Sie nicht fortführen," schluchzte sie, „ich lass' mich totfrieren — wenn's wahr ist."

„Nein — aber steh auf."

„Herr, ach, lieber, lieber Herr!" Und sie preßte die Stirn gegen seine Knie.

„Boleslav von Schranden — leugnest du noch?"

„Was soll ich leugnen? Daß dieses arme, elende Weib, das ihr verfemt und verstoßen habt, in mir ihren Retter, ihren Heiland sieht, weil ich der erste war, seit Jahren, der ein mildes Wort zu ihr ge- sprochen hat? Oder soll ich leugnen, daß dieses selbe elende Weib, welches das einzige Wesen war auf Gottes weiter Welt, das zu mir hielt, als alles mich verließ, mir lieb und wert geworden ist? — Müßt' ich nicht ein roher, plumper Klotz sein, — wenn ich anders dächte nach allem, was sie für mich getan? Ich habe ihr nicht geheißen, meine Einsam- keit zu teilen, dort zwischen den Ruinen. Es ist gar nicht so lustig da oben, und all meine Güte zu ihr hat darin bestanden, daß ich zuließ, wie sie sich für mich opferte. — Freuden hab' ich ihr keine zu kosten gegeben, — Unerlaubtes ist nicht zwi- schen uns geschehen. Will sie lieber meine Leib- eigene sein, als sich von euch zu Tode steinigen lassen, so geht das niemand auf der Welt was an, am wenigsten euch Schrandener oder gar jenen

Trunkenbold, der einst sein eigen Fleisch und Blut
verkuppelte."

Der Tischler, von dem alten Merckel leise auf-
gemuntert, fing an, den gerührten Vater zu spielen.

„O, meine Tochter, meine arme, unglückliche
Tochter!" greinte er.

„Vorwärts," raunte der Gastwirt, „reklamiere sie."

„Komm, mein Kind, komm zu deinem unglücklichen, verlassenen Vater. Er hat sich aus Gram
dem Trunk ergeben. Nur noch zwei Särge wird
er machen, — einen für sich und einen —"

Er streckte die schmutzige Hand nach ihr aus,
die sie schaudernd mit einem heftigen Schlage zu-
rückstieß.

„Gebt euch keine Mühe," sagte Boleslav, „sie
gehört zu mir, wie ich zu ihr gehöre."

„Und dennoch fordere ich sie heute von dir,
Boleslav von Schranden," sagte der Pfarrer, indem er die Hand auf den Scheitel Reginens legte;
— sie duckte sich scheu, aber ließ es geschehen.

„Damit ihr sie bequemer steinigen könnt, nicht
wahr?"

„Ich verspreche dir, daß ihr fürder kein Leid
geschehen soll. Ich werde sie selber zu einem Amts-
bruder bringen, der sie dem Leben fürs Diesseits
und fürs Jenseits wieder zurückgewinnen soll. Steh
ihrem Heile nicht entgegen, indem du sie mit den
Banden der Sünde noch enger an dich kettest."

Boleslav schwieg. Tausend Gedanken stürmten
auf ihn ein. Der Alte war kein Betrüger. Sein

Wort stand wie ein Felsen. Welches Recht hatte
er selber an dieses Weib, das willenlos zu seinen
Füßen lag? Was konnte er ihr bieten, daß er es
wagte, ihr Leben für sich in Anspruch zu nehmen?

Da mischte der Landrat sich darein, der sich
schon halbwegs vom Schrecken erholt hatte. — „Hat
die Person das mündige Alter erreicht?" fragte er.

Der Pfarrer rechnete nach und bejahte.

„Die vis paterna ist also außer Kraft, auch ist
ihr ein liederlicher Wandel nicht nachzuweisen —
sonst könnte man sie in eine Besserungs . . ."

Das Hohnlachen Boleslavs ließ ihn verstummen.

„Nun gut, so mag sie selbst entscheiden. Sind
Sie damit zufrieden, Herr Baron?"

„Ich halte sie nicht," stieß er hervor und fühlte
zugleich, wie der Körper zu seinen Füßen erbebte.
Er beugte sich zu ihr nieder: „Regine — hörst
du, was der Herr Pfarrer dir verspricht? . . . Du
weißt, für deine Zukunft ist gesorgt. Willst du
ihm folgen?"

Da hob sie das glühende, tränenüberströmte
Angesicht zu ihm empor und schluchzte: „Bitte,
Herr — treiben Sie — keinen Spott mit mir." —

„Du willst also bei mir bleiben?"

„Sie wissen's ja, Herr! — Was quälen Sie
mich?" —

„So steh auf, wir wollen gehen."

Der Pfarrer stellte sich ihm in den Weg. Er
war totenfahl geworden, und seine Geierblicke bohrten
sich in Boleslavs Angesicht. Er legte feierlich die

Hand auf seine Achsel, wie damals, als er die Schuld seines Vaters vor ihm ausgebreitet hatte.

„Mein Sohn," sagte er, „auch dich habe ich in den Bund der heiligen Taufe aufgenommen. Auch dich hab' ich Gottes Namen lallen gelehrt und habe dir gewiesen die Wunder seiner Schöpfung. Du bist mir gewesen wie mein eigen Kind und mehr noch, denn du warst der Sohn meines Herrn. Auch für dich hab' ich einzustehen vor Gottes Thron. Du hast dich von dem Verdachte, der auf dir lastet, nicht reinigen können. Und wenn ich in deiner Seele lese, — schlag nicht die Augen nieder, ich weiß genug. Und darum fordere ich noch einmal dieses Weib von dir. Ich fordere es im Namen ihres Vaters, im Namen der Gemeinde, im Namen unseres Gottes im Himmel, der ein Vater ist über alle Waisen und Unmündigen, denn sie weiß nicht, was sie tut. Gib du sie frei — so sollst du schuldlos sein und in Frieden deines Weges ziehen."

Regine hatte sich aufgerichtet und umklammerte fröstelnd seinen Arm.

„Komm!" sagte er, „man wird uns hoffentlich die Bahn freigeben." Und er machte Miene, an dem Alten vorbeizuschreiten.

Aber der trat ihm von neuem in den Weg und breitete die Arme gegen ihn aus.

„So bist du also deines Vaters würdig! Und wie ich deinen Vater einst verflucht hab', so verfluch' ich dich in dieser Stunde, dich und dieses Weib mit dir. Du sollst sein wie Kain, den der Herr ver=

stieß von seinem Angesicht. . . . Nirgends soll eine
Stätte für dich bereitet sein. Auf Trümmern sollst
du hausen dein Leben lang! Und dieses Weib mit
dir! Jetzt geht. . . . Macht Platz, ihr da — und
wer Hand an sie legt, im Guten wie im Bösen,
der soll verflucht sein mit ihnen."

Boleslav stieß ein Gelächter aus, das mißtönig
durch das Schweigen hallte.

„Komm," sagte er und faßte Reginens Hand.
„Komm, laß den alten Mann fluchen, es ist ja sein
Gewerbe." — Und doch rann ein Schauer ihm über
den Leib.

Vor sich in dem dichten Haufen, der das Schankzimmer erfüllte, sah er eine Gasse sich öffnen, die
im Bogen bis zur Türe reichte.

Er schritt mit Reginen hinein.

Keiner lachte, keiner schmähte, keiner rührte ihn an.

Abergläubische Scheu lag erstarrend auf all den
rohen Gesichtern. — —

Der Hauch des Winterabends schlug ihm eisig
ins Gesicht.

Siehe da, ob jemand vorausgeeilt war, den
draußen Harrenden Kunde zu bringen — ob eine
Ahnung des Geschehenen sich über sie gebreitet
hatte, auch hier empfing sie tiefes Schweigen, auch
hier die Gasse, durch die sie beide langsam, mit
gesenkten Häuptern zum Fluß hinunterschritten.

XIV.

Das Abendrot erlosch. Ein bläulich-heller Dunst
umwob die nackten Gesträuche, und von den Steinen
herab rieselte ein Staubregen von funkelnden Kri-
stallen.

Der Schnee knirschte unter Boleslavs Füßen.
Sein Atem wallte in lichten Wolken vor ihm her.
Die Frostluft tat seinem glühenden Gesichte wohl.
Er hatte Reginen vorangeschickt und suchte in ein-
samer Wanderung Ruhe und Klarheit zu gewinnen,
denn in seinem Hirne brodelte es wie in einem
Hexenkessel.

Der Fluch war eine Posse, das stand fest, ein
Spuk im Dunkeln, mit dem man kleine Kinder
gruseln macht. Der Feind seines Vaters hatte nur
darauf gelauert, die Künste, die ihm zu Gebote
standen, auch gegen den Sohn spielen zu lassen,
und dennoch — sich so einen Fluch verdient zu
haben, welch ein schauerlicher Gedanke! — Nun,
davon konnte ja nicht die Rede sein. Was der alte
Wetterer in seinem Argwohn als brutales Geschehnis
voraussetzte, hatte kaum noch seine Seele mit leisem
Flügelschlag gestreift. Jetzt, da er wußte, um was
es sich handelte, war auch die Gefahr vorüber. Im

Grunde genommen mußte er dem Alten noch dankbar sein, daß er ihm den Abgrund von weitem gezeigt hatte, auf den er losgeschritten war.

„Aber nun genug davon," sprach er zu sich. „Ich bin der Herr, sie ist die Magd — und verflucht will ich sein —"

Er hielt inne und fuhr zusammen. Verflucht war er ja schon. Dann lächelte er über das eigene Erschrecken. Ein solcher Kinderspuk! — Pfui doch! —

Jedenfalls mußte in seiner Stellung zur äußeren Welt vom heutigen Tage eine neue Epoche ihren Anfang nehmen. Dies Kreuz in seiner Hand bot ihm die Gewähr dafür, daß er ihr nicht recht- und ehrlos gegenüberstand, daß beides, Recht und Ehre, wohl zu erringen waren, wenn er den Mut besaß, über die Köpfe seiner persönlichen Feinde hinweg sich an die höchsten Behörden zu wenden. — Hatten die Richter des Kreises für gut befunden, den Brand ungerügt zu lassen, nun wohl, so würde er einen Brand anzünden, dessen Glut die Verbrecher aus ihren Schlupfwinkeln hervorscheuchte. Dann aber freilich mußte er auch die Tat des Vaters aus ihrer Dunkelheit hervorziehen, mußte mit gruftschänderischer Faust den Frieden des Todes brechen, und die Schmach des eigenen Hauses in die Welt hinausschreien. — Sein Mund verzerrte sich. Er fühlte einen Trotz in sich gären, so mächtig, daß die Gefahr der Selbstvernichtung ihm als Gespött erschien. Wovor sollte er zurückschrecken?

„Verflucht bift du ja doch!" murmelte er, und ein Lachen quoll aus seiner Kehle.

Dann ging er ins Haus. Regine deckte den Tisch zum Abendessen. Sie hatte die Jacke aus= gebessert und das Haar mit Wasser glatt gekämmt. Ihr Gesicht war ruhig, als ob nicht das mindeste geschehen wäre, nur die Kratzwunden am Halse zeigten, welche Stunden hinter ihr lagen.

Er fragte mit geheuchelter Strenge: „Wie warst du auf die unsinnige Idee gekommen, Regine, dich nach dem Gasthofe zu wagen?"

Sie streifte ihn von unten herauf mit scheuem Blicke. — „Ich bitt' um Vergebung, Herr," sagte sie, den Nacken beugend, „ich hatt' Ihren Brief ge= funden, und da wurd's mir grün und gelb vor Augen, und ich wußt' nicht mehr, was ich tat — ich dacht' nur, ich würd' Sie am End' freimachen können — —"

„Dummes Ding," sagte er und lachte — aber in seiner Brust schwoll etwas empor, was er gewalt= sam wieder hinunterdrängen mußte.

„Bring mir Wein," herrschte er sie an, sich zu Tische setzend.

„Von welchem, Herr?"

„Vom besten. Es ist hoher Festtag heute."

Sie sah ihn verwundert an und ging.

„Hol dir auch ein Glas," sagte er, als sie die grau umsponnene Flasche entkorkte.

„Ach bitte, Herr, ich vertrag' ihn nicht!"

„Wird's bald?"

„Sogleich, Herr!"

Er schenkte ein. Die dunkelgoldige Flut ergoß sich leuchtend in die smaragdnen Römer. —
Die wenigstens waren aus dem Ruin gerettet
worden.

„Stoß an!"

Die Gläser klangen wie dumpfe Glocken.

„Mit der also bin ich heute durch den Fluch
eines Priesters zusammengekoppelt!" dachte er und
senkte sein Auge in das ihre. Wie seltsam, wie
ungeheuerlich! Dies Weib sollte ein Stück seines
Lebens werden, hatte der Alte gesagt. Dieses
Weib, — warum gerade dieses? „Ein Fluch ist
auch eine Sanktion," dachte er weiter. „Etwas,
was nicht ist und niemals sein wird, steht, durch
ihn bestätigt und bekräftigt, wie ein heiliges Recht
vor Himmel und Erde da."

Und so umkreisten seine Gedanken gierig den ver-
botenen Bereich, in dessen unübersteigliche Schranken
die Worte des Predigers selber Bresche geschlagen
hatten. Sodann schämte er sich dessen, was er gedacht. „Du bist der Herr," wiederholte er sich, „sie
ist die Magd, ja mehr noch, deine Sklavin ist sie,
und dabei soll es bleiben."

Im übrigen war es klar, daß das Werk der
Vergeltung noch heute in Angriff genommen werden
mußte. —

Er hieß Reginen das Essen hinaustragen und
eine zweite Flasche auf den Tisch setzen. Dann holte
er sich vom Pulte Feder und Papier und wies ihr

den Platz an, den sie bis zum Weihnachtabend ein-
genommen hatte.

In zager Freude ließ sie sich nieder, denn sie
hatte seither bis zum Schlafengehen im Hausflur
am Herde gesessen.

„Du sollst mir Rede stehen, Regine," begann
er. „Antworte kurz und bestimmt auf alles, was
ich dich fragen werde."

Sie schrak sichtlich zusammen. „Ja, Herr,"
flüsterte sie.

„Trinke, das wird dir die Zunge lösen." Sie
gehorchte, aber der Wein schien ihr diesmal Furcht
und Widerwillen einzuflößen.

„Es handelt sich um die Folgen jener Nacht, in
der du die Franzosen über den Katzensteg führtest. —
Gab es auf dem Hofe jemand, der um diesen Gang
wußte?"

„Nein, Herr."

„Durch wen ist er denn bekannt geworden?"

Sie schlug die Augen nieder. „Ich glaub', durch
mich, Herr," stammelte sie.

„Wem hast du ihn verraten?"

„Meinem Vater."

„Wie geschah das?"

„Er ist von Zeit zu Zeit heimlich aufs Schloß
gekommen, um Geld von mir zu kriegen; und wenn
ich nichts hatte, dann hat er mich gekniffen und geschlagen."

„Warum riefst du nicht um Hilfe?"

„Es war zur Nachtzeit, Herr, und er hätt'

ihn auspeitschen laſſen, wenn man ihn gefunden
hätt'!"

„Gut, Reiter."

„Und ſo kam er auch kurz nachher — nach dem
Gange mein' ich — und verlangt' allerlei — ich
ſollt' ihm — dem gnäd'gen Herrn — Geld abfor=
dern oder heimlich ſeine Taſchen durchſuchen und
dergleichen. — Und um ein für allemal Ruh' vor
ihm zu haben, holt' ich ihm den Beutel, den mir
der franzöſiſche Oberſt geſchenkt hatte. Wie er das
rote Gold ſah im Mondenſcheine blinken, wurd' er
rein wie toll —"

Sie hielt inne.

„Nun vorwärts!"

„Muß ich es ſagen, Herr?"

„Natürlich!"

„Aber, es iſt doch mein Vater, Herr."

„Du haſt zu tun, was ich befehle."

Sie ſeufzte tief auf und fuhr fort: „Und da
kriegt' er mich an der Gurgel zu packen und rief
mir in die Ohren: Ich mach' dich kalt, wenn du
nicht auf der Stelle geſtehſt, wo du das viele Gold
her haſt. . . . Und weil mir die Luft zu fehlen an=
fing — —"

Er lachte bitter vor ſich hin. Sein Vater und
ihr Vater — ſie wirkten beide mit denſelben ehren=
werten Mitteln.

Regine glaubte, ſein Lachen hätte ihr gegolten.
„Ach, Herr," fuhr ſie mit flehendem Aufblick fort,
„ich war ja damals noch ſo furchtbar dumm. Vier=

zehn Tage später, als sie mich verhörten, hätten sie mich ruhig erwürgen können und doch nichts 'rausgekriegt. . . . Aber damals, und weil er doch mein Vater war . . ."

„Gut, da schwatztest du aus der Schule. Und was dann?"

„Noch in derselben Nacht hat mich mein Gewissen zu drücken angefangen, und am Morgen, als ich dem gnädigen Herrn den Kaffee bracht' — denn ich mußt' immer um ihn sein — hab' ich ihm alles gestanden."

„Und er?"

„Er ist kreideweiß geworden und hat kein Wort gesagt — aber die Flinte hat er von der Wand gerissen und auf mich angelegt. Ich hab' die Hände gefaltet und die Augen zugedrückt, da hört' ich, wie er einen Fluch ausstieß — und dann warf er die Flinte über die Schulter und ist 'rausgelaufen. Ich dacht' mir gleich: Jetzt will er den Vater aus dem Weg räumen! — und wie ich ihn nach der Zugbrück' rennen seh' mit seinen zwei Bluthunden, bin ich rasch durch den Park und über den Katzensteg ins Dorf 'runtergelaufen, um dem Vater Nachricht zu geben, daß es ihm jetzt ans Leben ginge. Wär' er bei sich zu Haus' gewesen, hätt' ich ihn nicht mehr retten können, aber er saß bei Merckels im Schwarzen Adler. Da hatt' er alle mitten in der Nacht 'rausgetrommelt und lag nun betrunken wie'n Stück Vieh. — Aus dem Schwarzen Adler wird er ihn nicht holen, dacht' ich mir, — und 's wär' auch schon

zu spät gewesen, denn Herr Merkel und alle wuß=
ten's bereits und machten ein groß Hallo, wie sie
mich sahen, und kriegten mich zu packen und wollten
mich mit Gewalt zum Reden bringen, aber ich biß
mir auf die Zunge, daß das Blut kam, und schwieg
stille. Darauf haben sie mich losgelassen, ich aber
bin dem gnädigen Herrn entgegengerannt und hab'
mich ihm zu Füßen geworfen und hab' gesagt:
Schonen Sie ihn, es nützt nichts, denn die Welt
weiß es doch schon. — Da hat er mir einen Fuß=
stoß gegeben, daß ich ohnmächtig zusammengesunken
bin, aber er hat ihm fürder nichts mehr getan. . . .
Und dann nach vierzehn Tagen ist ein Gendarm
gekommen, um mich zu holen, und hat mich in den
Schwarzen Adler geführt. Da saßen in der Wein=
stub' fünf oder sechs vornehme fremde Herren, der
Herr Landrat von heute mit darunter, und man
hat hinter mir die Tür abgeschlossen und mich aus=
zufragen begonnen. . . . Am liebsten hätt' ich nichts
getan als geweint, aber ich nahm mich zusammen
und meinte, der Vater hätt' die Gewohnheit, über
den Durst zu trinken, er würde wohl einen bösen
Traum gehabt haben. . . . Aber da zeigten sie mir
den Beutel, den sie ihm abgenommen hatten. —
Und da, Herr, . . . da gab ich an, das Geld wär'
der . . . Lohn gewesen, daß ich —“ Sie hielt inne
und schlug die Hände vors Gesicht, welches die
Scham mit dunkler Röte überflutete. . . .

„Fahre fort,“ herrschte er sie an, die Zähne zu=
sammenbeißend.

„Sie haben mir ja nicht geglaubt, Herr, aber
sie müssen mir wohl angesehen haben, daß die Wahrheit nicht aus mir 'rauszukriegen sein würde, denn
sie fragten mich nicht mehr. Und dann fingen sie
sich leise zu beraten an, aber ich hab' gute Ohren,
ich verstand alles.... Ob sie mich wohl ins Gefängnis sperren sollten, damit ich das Reden lerne,
ob sie den gnädigen Herrn auch verhaften sollten
und dergleichen, und dann kamen wieder andere
und meinten, es würde dem Kreise zur Schande
gereichen, wenn so was an die große Glocke gehängt
würde, und ganz Ostpreußen würde damit entehrt
dastehen, und da ja kein rechter Beweis da wär',
hätte man 'nen Grund, die Sache im Dunkeln zu
lassen — sie nannten es noch anders, aber das
Wort hab' ich vergessen."

„Und dann ließen sie dich gehen?"

„Ja. Der Herr Merckel meinte, ich solle mich
scheren, denn ich verpeste das Haus."

Ein Schweigen entstand, dann stürzte er hastig
zwei, drei Gläser des schweren Weines hinunter
und sagte: „Nun die Brandnacht!"

Da fuhr sie von ihrem Stuhl empor und stierte
ihn mit entsetzten Blicken an.

„Ich soll ... vom Brande?"

„So gut du dich drauf besinnen kannst."

„Und ich soll ... alles ... Herr?"

„Alles."

„Herr ... das kann ich nicht!" Wie ein Schrei
in Todesnot quollen die Worte aus ihrem Munde.

„Was soll das heißen?" Er war gleichfalls aufgesprungen und maß sie mit weitgeöffneten Augen.

Sie faltete die Hände über der Brust: „Ich bin Ihnen allezeit — gehorsam gewesen, Herr. ... Ich hab' niemals gemuckt und hab' mir nichts sauer werden lassen. ... Ich will alles tun, was Sie mir befehlen, und wenn Sie mir sagen: ‚Geh, laß dich mit Steinen bewerfen,' ich tu's auf der Stell'. ... Aber das eine verlangen Sie nicht von mir, ich bitt' Sie aus Herzensgrunde."

In zornigem Staunen sah er an ihr nieder. So sehr war er an ihren bedingungslosen Gehorsam gewöhnt, daß er dies plötzliche Auflodern einer Widerstandskraft in ihr nicht zu fassen vermochte. ... Seine Macht sollte plötzlich ein Ende haben ... sie war nicht grenzenlos, wie er's geglaubt! — Hatte dies Weib sich nicht selbst zu seiner Leibeigenen gemacht? Hatte sie sich ihm und seinem Hause nicht verkauft mit Leib und Seele und wollte nun plötzlich ihren eigenen Willen haben?

Das Blut sauste ihm im Kopfe. Die Augen quollen hervor.

„Du sollst — — — du sollst auf der Stelle!"

Sie drückte sich gegen die Wand. Aus dem Dunkel flammten ihre Augen wie die Lichter einer verfolgten Wildkatze ihn an. — „Ich tu's nicht," grollte sie.

Die Brutalität des Herrn, die altererbte, erwachte in ihm. Auch der Wein tat das Seine. Er drang auf sie ein und faßte sie an der Brust. —

Die Knöpfe ihrer Jacke sprangen unter seinem
Griffe. Leuchtend wogte ihr Busen ihm entgegen.
Sein Blick umflorte sich. ...

„Soll ich sie erwürgen oder soll ich sie küssen?“
fragte er sich und tastete nach ihrem Halse.

Da in Todesangst griff sie ihm entgegen. Wie
eiserne Klammern gruben sich ihre Hände in seine
Schultern. ... Es galt alle Kräfte zusammenzu-
nehmen, um diesen Muskeln standzuhalten.

Und ein lautloses Ringen begann. Minuten-
lang währte es und wollte nicht enden. ... Es
schien erbittert, verzweifelt sogar, es schien um Leib
und Leben zu gehen und ward doch wieder zum
Spiele. ... Keiner der Kämpfenden wußte mehr,
um was er kämpfte. Sein Auge, blutunterlaufen,
suchte das ihre. Ihr Busen, schweißbedeckt, drängte
sich an den seinen. Beider Atem floß ineinander.
Engumschlungen taumelten sie hin und her, bis er
sie in die Knie drückte. ... Doch sie ermattete nicht
und versuchte ihn zu sich niederzuziehen.

Eine Sekunde lang schauten sie sich unter regungs-
losem Ringen wie träumend in die Augen. Da
ging ein Schauern durch ihren Leib, und mitten
im Kampfe schmiegte sie ihre Wange an den Arm,
mit dem sie kämpfte.

Er sah es — er sah ihr Auge in angstvoller
Glut an seinen Mienen hangen, er sah ihr schönes,
verwildertes Antlitz sich entgegenblühen.

„Verflucht seid ihr ja doch,“ schoß es ihm durch
den Kopf.

Da neigte er sich mit einem Seufzer zu ihr herab und — küßte sie auf den Mund.

Sie ächzte laut auf, preßte sich an ihn und schlug ihre Zähne in seine Lippen.... Dann glitt sie erschlaffend zurück und fiel mit dem Hinterkopf hart gegen die Diele.

Ganz betäubt starrte er auf sie nieder. Sie lag wie tot, nur die kochende Brust rang nach Luft. Von seinem Munde tropfte das Blut. Gedankenlos wischte er es mit der Zunge fort.

„Was nun?"

Und je länger er den daliegenden Körper anstarrte, desto höher schwoll die Angst in ihm empor und steigerte sich bis zum Wahnwitz. Die Angst vor dem, was kommen mußte.

„Fort aus diesem Hause — fort, fort, eh' sie sich erhebt," schrie eine Stimme in ihm. Er riß den Mantel von der Wand, stülpte die Pelzmütze auf und floh hinaus in die Winternacht, als wäre die wilde Jagd ihm auf den Fersen.

Er entrann ihr nicht, er schleppte sie mit sich, wo er ging und stand. Sie raste in seiner Brust und peitschte sein Blut und toste durch seine Nerven, die wilde Jagd der jugendlichen Sinne.

Er rannte durch die Wälder. Der Frost kühlte ihn nicht, das Dunkel beruhigte ihn nicht.

Gab es keine Rettung — keine?

Das Pfarrhaus fiel ihm ein. Ein Hohngelächter quoll von seinen Lippen. — Helene war ja schon schaudernd vor ihm zurückgewichen, als er noch

reinen Herzens, mit reinen Sinnen vor sie hin-
getreten war. Was würde sie heute tun, wenn er,
verflucht und schuldbeladen, wie er war, es wagte,
ihre Nähe aufzusuchen?

Und dennoch — hatte an jenem Fleck Erde nicht
fast ein Jahrzehnt lang alles, was noch gut und
froh und friedlich in ihm gewesen, seine Heimat
gefunden? Sollte es ihm verwehrt sein, sich zu
jener Stätte des Lichts zu retten, mochte tausendmal von ihr der Fluch ausgegangen sein, der das
Dunkel auf ihn herabbeschworen hatte?

Dem eigenen Willen fast zuwider, schlug er den
Weg zum Dorfe ein.

Die Turmuhr meldete eins. Fünf Stunden
lang war er draußen umhergeirrt, und die Zeit erschien ihm wie ebensoviel Minuten.

Das Dorf lag im Schlafe, nur aus dem „Schwarzen
Adler" fiel ein dunkelroter Lichtschein auf die bleichen
Schneeflächen, die der verschleierte Mond mit müdem
Schimmer erhellte. Die Schlittengeleise erglänzten
wie weiße Bänder, die über die Erde hinge-
rollt waren, und die Eiszapfen vom Kirchendache
zogen silberne Schraffierungen über die dunklen
Wände.

Er schritt an der Kirche vorbei zum Pfarrgarten
hin. Der Herzschlag stieg ihm bis zum Halse hinauf. . . . In ihrem Giebelfenster schimmerte noch
Licht. Er schwang sich über den Staketenzaun und
schritt in dem hohen Schnee bis zum Gartenhause
hin, welches in zwanzig Schritt Entfernung dem

Giebel gegenüberstand. In seinem Schatten faßte er Posto. . . .

Ein weißer Vorhang verhüllte dicht das erleuchtete Geviert. — Auf der Leinwandfläche zeichneten verwaschene Schatten sich ab von Blättern und Stengeln und zierlich geschweiften Blumenscherben. — In deren Reiche waltete sie nun züchtig und still wie die Madonna in ihrem Rosengarten.

Und wieder stand jenes Bild aus dem Dome vor seinen Augen, das allemal sich einstellte, wenn er sich die Erscheinung der Geliebten vergegenwärtigen wollte. Nur eine einzige Sekunde lang das Auge gierig in ihr Antlitz tauchen, damit zu neuem Leben erwache, was Zeit und Schuld getötet haben!

Der Schatten einer Mädchengestalt verdunkelte für einen Augenblick die helle Fläche. . . . Ein Zipfel des Vorhanges wurde emporgehoben.

Halb sinnlos streckte er die Arme nach ihr aus.

Rasch fiel der Vorhang herunter, und einen Moment später erlosch das Licht. . . .

Atemlos wartete er, ob sie ihm nun, aus gefahrloser Dunkelheit heraus, ein Zeichen geben würde. Doch nichts regte sich fürder.

„Was du verlangst, ist Wahnsinn," sprach er zu sich. „Wahrscheinlich hat sie dich gar nicht erkannt, hat eben nur die Männergestalt bemerkt und ist in Schrecken zurückgefahren. Mach, daß du fortkommst, sonst jagt sie dem vermeintlichen Diebe das ganze Haus auf die Hacken."

So trat er den Rückweg an. Auf der Straße einherwandernd, fand er sein Blut um vieles ruhiger geworden. Schon das bloße Bewußtsein ihrer reinen Nähe also hatte friedenbringend auf ihn gewirkt.

„Wohin nun?" In alle Welt hinaus, nur nicht nach Hause. Bei dem bloßen Gedanken an die hingestreckte Gestalt fing's in den Adern aufs neue zu kochen an.

Sie war ein Dämon und er haßte sie.

Ohne zu wissen, wohin, schlug er einen Seitenpfad ein, der zwischen Stallungen und Kätnerhütten sich von der Schloßinsel entfernte und in freiem Felde endete. — Drüben sah er den blauen Kranz der Wälder, der die weißen Ebenen umspannte, sich entgegendunkeln. Dorthin zog es ihn aufs neue. Dorthin, wo in winterlichem Schweigen der Friede eines traumlosen Schlafes das Zepter führte.

Er schritt in das ungebahnte Feld hinaus, auf dem der Schnee in regelmäßigen Hügeln und Tälern endlos sich ausbreitete, daß es aussah, als schlüge ein Meer von geronnenem Licht ihm seine Wellen entgegen. Knirschend brach sein Fuß durch die vereiste Kruste, bis zum Knie sank er hinunter, aber seine Kräfte zusammennehmend arbeitete er sich weiter, als gält' es aufs neue, die Flucht vor den eigenen Gedanken aufzunehmen. Es lag ein gewisser Trost in dieser Arbeit, die zwecklos war und den Atem anspannte.

Seine Brust keuchte, der Schweiß rann ihm vom Leibe, stolpernd und strauchelnd rang er sich

vorwärts. Hie und da war die Kruste stark genug,
ihn zu tragen. Dann schien es ihm, als hätte er
Flügel bekommen und schwebte über dem Boden
dahin, bis ein neuer Sturz ihn daran erinnerte,
wie schwer und wie niedrig er mit seiner Last auf
der Erde dahinkroch.

Höher und dunkler stieg die Waldmauer vor
ihm empor, — noch hundert Schritte, er hatte sein
Ziel erreicht, da hemmte etwas seinen Weg, das
wie ein Hügel vor ihm aufstieg und sich zum Walde
hin wohl fünfzig bis sechzig Schritte weit erstreckte.
Und doch für einen Hügel war es zu regelmäßig
und hatte zu scharfe Kanten. Daneben, durch wenige
Fuß getrennt, stand ein zweites, und weiter links
ein drittes. Es werden Kieshaufen sein, dachte er,
die man im Herbst aufgeschüttet hat, um sie nach
Fortgang des Schnees abzutragen. — Warum
sollten sie nicht Kies graben auf seinem Grund und
Boden? Es war ja niemand da, der es ihnen
verwehrt hätte!

Doch was bedeuteten die Kreuze dort — jetzt
erst gewahrte er sie, denn der dunkle Waldgrund
hatte sie ihm verdeckt, — die schauerlich und drohend
am Ende der Hügel sich in die Nacht emporreckten?

Drei an der Zahl, für jeden Hügel eines. — —

Aus roh behauenen Fichtenstämmen waren sie
gezimmert und schienen tief in die Erde gesenkt,
denn keines regte sich bei seinem Schütteln. Nirgends
war eine Inschrift zu erblicken, und wäre sie dage-
wesen, er hätte sie doch nicht zu lesen vermocht.

Rätselhaft wie Denkmäler vergessener Schuld standen die rohen Ungetüme da, und das Mondlicht, das hervorbrach, versilberte ihre grauen Splitter.

Da plötzlich fielen die Schuppen von seinen Augen. Laut aufschreiend schlug er die Hände vors Gesicht. —

Das waren die Gräber der Anno sieben in der Unglücksnacht Gefallenen.

Hier lagen die Opfer seines Vaters!

Welch unglückseliger Zufall hatte ihn hierher geführt? Und schien es nicht mehr als ein Zufall? Es hatte ihn ja gelockt und gezogen mit tausend unsichtbaren Armen, daß er den wahnsinnigen Weg, ohne zu wissen, warum, hatte einschlagen müssen, daß er sich durchgekämpft hatte, sinkend und ermattend, durch Schnee und Eis.

Hatte das Schicksal ihm diesen schmerzhaftesten aller Peitschenhiebe bis zur Stunde der tiefsten Demütigung aufgespart, damit er ja recht wüßte, daß es für ihn kein Emporkommen mehr gab, daß er rettungslos untergehen müßte in Schande und Verzweiflung?

„Aber es ist gut, daß ich hier bin," meinte er, weiter mit sich redend, „so kann ich mich wenigstens überzeugen, daß mir mit dem Fluch des Alten kein Unrecht geschah. Und was an Sünde noch nicht ist, wird werden."

Sein Auge glitt über die abgeplatteten Hügelkämme dahin, die sich dem Blicke weiter und weiter

verkürzten, daß es schien, als nähmen sie kein
Ende. . . . Wie viele mögen darunter liegen? Wenn
man sie nebeneinander gebettet hat, sind es min=
destens hundert in jeglichem Grabe — vielleicht
auch das Doppelte. — Und alles brave Soldaten,
die freudig ausgezogen waren für König und Vater=
land, um hier zur Nachtzeit durch tückischen Verrat
ein schmähliches Ende zu finden.

Er umklammerte das Kreuz und preßte das
Gesicht an den rauhen Stamm, dessen Späne ihm
die Haut zerschrammten.

„Klag ihn an vor aller Welt," schrie es in
ihm, „ihn und sie — und geh dann mit ihr zu
Grunde."

Sein Blick ging in die Ferne und suchte am
Horizonte die Umrisse der Ruinen. Nichts war
davon zu sehen, nur die Kronen des Parkes däm=
merten — einen verwaschenen Bogen bildend —
zu ihm herüber. Dahinter, ein wenig zur rechten
Seite, mußte der Katzensteg liegen.

Dort hinüber war sie gegangen, die dunkeln,
blutdürstigen Scharen hinter sich. Wie schauerlich
mußte der dumpfe, taktmäßige Schritt ihr in den
Ohren geklungen haben! Dann weiter und weiter
in den Wald hinein bis zu der Schneise, die seinem
Rande parallel in ungeheurem Halbkreis durch das
Dickicht führte. Sie hatte ihm nie von dem Gange
erzählt, und doch sah er genau, wie sich alles er=
eignet hatte. Es stand klar und deutlich vor seinem
Auge, als wär' er dabei gewesen.

Er streckte den Arm aus und zeichnete mit zitterndem Finger den Weg am Horizonte ab, den sie genommen hatte.

Und dann, als man sie losgelassen, als sie, den Sündenlohn in der Tasche, allein den Heimweg angetreten hatte — wie muß das Knallen der Schüsse, das Wirbeln der Trommeln, die Pulverblitze, der Todesschrei der Überfallenen — wie muß sie das von hinnen gejagt haben — ein fürchterliches Furienheer!

Daß sie mit diesen Lauten im Ohr, diesen Bildern vorm Auge weiterzuleben vermocht hatte, er faßte es nicht! Der erste beste Strick, die nächste Wassertiefe hätten ihr als Erlösung willkommen sein müssen.

Aber nichts von alledem. Sie sah keine Visionen, ihr Gewissen marterte sie nicht, sie schien sich kaum irgend welcher Schuld bewußt.

So fühlt ein Tier oder ein Dämon! — Er schauderte. Ihr, ihr sollte er verfallen sein? —

Und in seiner höchsten Not warf er sich quer über den Rand des Grabes in den Schnee, faltete die Hände über der Brust und stammelte Worte eines wirren Gebetes, während die Tränen ihm aus den Augen stürzten.

Die Kälte seines Lagers, die ihm das Gesicht zerschnitt, trieb ihn empor. Er umkreiste die Gräberrethen, unfähig, einen Gedanken zu fassen. Ihm war, als sähe er sich in einem ehernen Netze gefangen, dessen Maschen sich enger und enger um ihn zusammenschnürten. —

„Herr im Himmel," so bat er, „räche die Sünden der Väter nicht an mir. Laß sie schlafen, die Toten, — ich habe sie nicht gemordet. Laß ein Wunder geschehen, gib mir ein Zeichen, daß du mich retten willst vor Todsünde und Verzweiflung." Sein Auge glitt hilfesuchend umher.

Kalt und teilnahmlos lächelte der monderhellte Himmel mit seinem bleifarbenen Lichte auf ihn nieder. Kein Zeichen fiel herab, kein Wunder geschah.

Er lachte. „Mir scheint, du näherst dich dem Blödsinn," murmelte er in sich hinein.

Dann fühlte er ein plötzliches Ermatten über sich kommen. Er taumelte. Seine Füße versagten den Dienst. — Da hockte er in der Mulde nieder, welche die Last seines Leibes im Schnee ausgehöhlt hatte, zog den Mantelkragen in die Höhe und brütete zwischen Schlafen und Wachen, von Frost geschüttelt, vor sich hin.

Als er sich mit erklammten Gliedern erhob, froh, dem Einschlafen und Erfrieren entgangen zu sein, erglühte im Osten bereits ein schmaler Purpurstreif. Ein Rieseln, heiß und kalt zugleich, wie von beginnendem Fieber, fuhr ihm durch den Leib.

Nun hieß es heimgehen. Doch woher die Kraft nehmen, um aus der Welt zu schaffen, was in dieser Nacht geschehen war? Er ließ die Zunge tastend über die Lippen gleiten. ... Die Wunde brannte, die ihr Kuß ihm geschlagen.

Und kein Zeichen war vom Himmel gefallen. Kein Wunder war geschehen. Schließlich blieb ihm

ja noch immer der Tod, um Schlimmerem zu entfliehen.

Der Tod! Wie ein Lichtstrahl in Finsternissen
zuckte der Gedanke auf, aber sein Gehirn war zu
müde, seine Seele zu mutlos, als daß er ihn hätte
festhalten können. Er erlosch, wie er gekommen
war.

In den eigenen Fußstapfen schritt er zum Dorfe
zurück.

Dort war noch niemand auf den Wegen, doch
rauchte hie und da ein Schornstein schon, und die
Hühner auf ihren Stiegen gackerten dem Morgen
entgegen.

Da, als er den Pfad zum Flusse hinunterschritt,
war es ihm, als sähe er den Schatten einer weiblichen Gestalt von der Zugbrücke her auf sich zu-
eilen. Regine vielleicht, die auf ihn gewartet hatte
und ihm nun entgegenkam? Doch nein, so schlank,
so schmächtig war Regine nicht. Wer von den
Dörflern hatte um diese Stunde an der Zugbrücke
zu tun? Sein Herz begann zu pochen. Nun war
auch er bemerkt worden. Ein leiser, quiekender
Schrei tönte ihm entgegen, und im nächsten Augenblick war die Gestalt in einem Seitenpfade hinter
den Zäunen verschwunden.

Sie zu verfolgen, fehlte ihm die Lust. Eine
Kuhmagd mocht's gewesen sein, die in der Frühe
Wasser geschöpft hatte und sich scheute, ihm zu begegnen. — Doch als er die Zugbrücke betrat, sah
er in dem frisch gefallenen Rohrreif Fußspuren, die

vor dem Pfosten endeten, an welchem der Briefkasten angenagelt war.

Sollte jemand aus dem Dorfe Verlangen ge-
tragen haben, nächtlich an ihn zu schreiben? Der
Gedanke war lächerlich und dennoch ergoß er einen
Strom von Hoffnung durch seine Seele.

Er riß den kleinen Schlüssel, den er bei sich zu
tragen pflegte, aus der Tasche. — Der Kasten
öffnete sich — ein Brief fiel heraus.

Mit zitternden Fingern brach er das Siegel.
Helenens Unterschrift! — Wollte Gott sein Flehen
erhören? Wollte er ihm Kraft und Rettung senden?

Der erste Morgenschein gab ihm das Licht zum
Lesen. Allein die Zeilen flimmerten vor seinen
Blicken. Nur hie und da prägte ein abgerissener
Satz — ein vereinzeltes Wort sich seinem Geiste
ein. — „Harre aus!" — „Die Stunde, da ich dich
rufen werde." — „Sehnsucht!" — „Jugendzeit!"
— „Glücklich!" —

Eines doch las er aus allem: Das Zeichen, um
das er am Grabe der Krieger gefleht hatte, es
war vom Himmel gefallen! Das Wunder — es war
geschehen!

Neues Selbstvertrauen strömte durch seine Adern.
Noch hatte das Heil ihn nicht verlassen, noch brauchte
er nicht an sich zu verzweifeln. Die Reine, die
Lichte, sie, der Genius seiner Jugend, sie hielt fest
an ihm, sie traute seiner Kraft und seiner Treue.

Und er, wahrlich, er wird ihren Glauben nicht
zu Schanden werden lassen. Lieber wird er sterben,

als daß er sich der Schande, der Selbstverachtung preisgäbe.

Und zum Morgenrot gewandt, das ihm seinen Purpurschein entgegenschickte, hob er die Schwurfinger in die Höhe und sprach: „Gott, der du ein strenger und gerechter Richter bist und die Sünden der Väter heimsuchest an den Kindern bis ins dritte und vierte Glied, dir schwöre ich, mir mit eigener Hand den Tod zu geben, eh' ich den Fluch deines Priesters über mich Macht gewinnen lasse. Amen."

Dann schritt er, wie von schwerer Last befreit, dem Hause zu.

„Nun ist der Spuk zerstoben," sprach er, den Hausflur betretend, mit einem tiefen Atemzuge vor sich hin, allein die Hand, welche die Klinke umspannte, zitterte noch immer wie im Fieber.

Ein rascher, scheuer Blick durchspähte das Zimmer.

Im Frührotscheine sah er sie angekleidet auf ihrem Lager hocken, die Hände unter den Knien gefaltet. — Ihre Jacke war geöffnet, ihre Haare hingen verwildert ins Gesicht. Genau so hatte er sie gestern abend verlassen.

Sie hob langsam den Kopf und schaute mit verschwimmendem Blicke wie im Traum zu ihm empor.

Er erschrak vor diesem Blick.

„Bist du nicht schlafen gegangen?" fragte er so barsch, wie er vermochte.

Sie sah in seliger Starrheit zu ihm auf, aber antwortete nichts.

„Hörst du nicht?" herrschte er sie an.

Sie schrak nicht mehr zusammen, nur ein leises
Beben ging durch ihren Körper, als ob der Klang
seiner Stimme sie mit Entzücken erfüllte. — Dann
lächelte sie ein wenig und fragte: „Was soll ich
hören, Herr?"

„Warum du nicht geschlafen hast?"

„Ich hab' auf Sie gewartet, Herr."

„Ich habe dich nicht beauftragt."

„Sie haben's auch nicht verboten, Herr."

Er umklammerte die Lehne eines Stuhles.
„Warum fürchtest du dich vor ihr?" fragte er sich.
„Du hast ja geschworen, es gibt keine Gefahren
mehr für dich!" Dann, um sie zu entfernen, befahl er ihr, daß sie ginge, ihm etwas Warmes zu
kochen.

Sie erhob sich langsam, die steif gewordenen
Glieder streckend. Eine träumerische Lässigkeit schien
ihr ganzes Wesen zu durchtränken. Vollkommen
verwandelt war sie seit gestern abend.

Als sie die Tür hinter sich geschlossen hatte, riß
er den Brief aus der Tasche, um sich noch einmal
seines Glückes zu vergewissern.

Er las:

„Mein lieber Jugendfreund!

Ich höre von Papa, wie unser edler und weiser
König Dich so hoch geehrt hat. Er hat Dich zum
Kapitän ernannt und hat Dir einen hohen Orden
verliehen. Ich wünsche Dir viel Glück und freue
mich herzlich darüber. Was sonst noch geschehen
ist, hat Papa mir nicht sagen wollen, aber er war

sehr aufgeregt und hat sich sehr aufgebracht über
Dich ausgesprochen. — — Ach, wenn Du es doch
verstanden hättest, Dir sein Wohlgefallen und die
Liebe der Gemeinde zu erhalten! Ich brauchte dann
nicht so ängstlich zu sein und würde Dich wohl hie
und da sehen und sprechen können. — Ach, lieber
Boleslav, ich flehe Dich in Todesängsten an, ver-
suche nie wieder in den Garten zu kommen. Du
kennst Papa ja. . . . Wenn er wüßte! Ach, ich
glaube, er brächte mich um. . . . Harre aus, mein
lieber Freund! Wer ausharrt, wird gekrönt, wie's
in der Heiligen Schrift heißt. Habe Geduld, bis
einst die Stunde schlägt, daß ich Dich rufen werde.
Ich werde Dir dann Nachricht geben und gewiß-
lich voll Sehnsucht auf Dich warten. O, die schöne
Jugendzeit, wo ist sie geblieben? Wie war ich
doch so glücklich!

Deine

Helene.

Postskriptum: Komme nicht wieder in den Garten.
Ich werde Dir einen anderen Ort bezeichnen. Nur
nicht in den Garten."

Seltsam. Was ihn vor wenigen Minuten mit
Wonne erfüllt hatte, erschien ihm nun matt und
farblos und enttäuschte ihn. Die Schuld trug ohne
Zweifel das wilde Weib, dessen Nähe sein Urteil
verwirrte.

Ein seliger Wahnsinn schien über sie gekommen. Und wie sie lächelte! Wie sie ins Leere
starrte!

Sie kehrte zurück. Gleich einer Schlafwandlerin ging sie daher.

„Regine."

Sie schloß für einen Augenblick die Lider. „Ja, Herr."

„Was hast du heute?"

Sie schüttelte lächelnd den Kopf. „Nichts, Herr."

Und wieder dieser Blick — traumverloren, in Tränen des Glückes verschwimmend.

Die Brust ward ihm enge. Offenbar — er hatte Furcht.

Dann beschloß er, nichts mehr von ihr zu sehen und zu hören, nur seiner Arbeit zu leben. — Er begann in den Papieren zu wühlen, legte alles zurecht, was an wichtigen Dokumenten noch übrig war, sichtete, registrierte und machte Kopien. Ihm war zu Mute, als müßte er alles in Bereitschaft haben, falls irgend ein Unheil jählings über ihn hereinbräche. —

So verging der Tag, so verging der Abend. — Regine hockte fernab im dunkelsten Winkel und regte sich nicht. Er wagte nicht mehr, einen Blick zu ihr hinüberzusenden.

In seinen Schläfen hämmerte das Blut, vor seinen Augen tanzten gelbliche Kreise, in seinen Gliedern zuckten die ermüdeten Nerven.

Mit dem Glockenschlage zehn erhob sie sich, murmelte ein „Gute Nacht" und verschwand hinter ihrem Vorhange. Er antwortete nicht und schaute ihr nicht nach.

Um elf Uhr löschte er das Licht und ging gleichfalls zu Bette.

„Warum klopft dir das Herz?" fragte er sich. „Denk daran, was du geschworen hast." Aber das Bangen vor einem Unheil, das er gespenstergleich im Dunkel nahen fühlte, wich nicht von seiner Seele. Er stand noch einmal auf und schlich auf nackten Füßen zu dem Waffengestelle, das vom Schimmer des aufgehenden Mondes matt erleuchtet wurde. Dort holte er eine der Pistolen hervor, die zum Schutze gegen Überfälle allezeit geladen waren.

Sie war seine treue Schützerin gewesen in manchem blutigen Strauß. Sie sollte ihn heute vor sich selber beschützen.

Mit gespanntem Hahn legte er sie neben sich auf den Nachttisch nieder.

„Ob du wohl ein Auge schließen wirst?" fragte er, den Kopf in die Kissen nestelnd. Sein Zweifel war unnötig. Schon nach wenigen Sekunden fühlte er, wie die Ermüdung ihm leise Glieder und Gedanken löste.

* * *

Ein seltsamer Traum war's, der ihn aus tiefem Schlafe ins Halbwachen zurückrief. Er sah in dem Dunkel, das ihn umgab, zwei wildblickende Augen, wie die einer Pantherkatze, sich entgegenglühen. Kaum wenige Zoll nur schienen sie von seinem Angesichte entfernt. In starrem Feuer ruhten sie auf ihm, als wollten sie ihn bannen und verzaubern.

Der Atem fing an, ihm zu fehlen, denn ein anderer Atem ergoß sich in lauen Wellen über ihn.

Und wahrlich, das war kein Traum. Er hatte die Augen weit geöffnet. Auf der Decke seines Bettes lag ja wie ein Kreidefleck der Mondschein. Und die Lichter glühten noch immer in verzehrendem Feuer auf ihn nieder. Die Umrisse eines Gesichts wurden sichtbar. Die weiße Gestalt eines Weibes neigte sich über ihn.

Ein wohliger Schreck durchrieselte seinen Körper.

„Regine," murmelte er.

Da sank sie vor seinem Bette auf die Knie und bedeckte seine Hände mit Tränen und Küssen. — Ein leises Erschlaffen überkam ihn. Er wollte die schwarzen Flechten streicheln, die gelöst über die Kissen hinfluteten, aber die Hände hatten noch nicht die Kraft, sich ihr zu entziehen.

Da — „denk an deinen Schwur!" schrie es in ihm.

Ein jähes Entsetzen trieb ihn empor.

Noch im Taumel des Halbschlafes entriß er ihr die Hand und tastete nach der Pistole.

„Sie oder du!"

Ein Schuß knallte. Regine stieß einen Wehlaut aus und sank mit der Stirn auf die Bettkante hin. In demselben Augenblicke erscholl drüben an der jenseitigen Wand ein Gepolter und Geprassel. Das Bild der Großmutter war zur Erde gefallen. —

Verstört schaute er um sich, erst jetzt zur vollen Besinnung erwachend.

„Bist du verwundet?" fragte er, die Hand auf ihren Scheitel legend.

„Ich — weiß — nicht, Herr!" Und dann glitt sie am Boden entlang nach ihrem Lager hin.

Er kleidete sich an und machte Licht. All das schien ein wüster Traum. „Wenn sie nun stirbt?" schrie es in ihm. —

Als er den Vorhang ihrer Lagerstätte zur Seite schlug, fand er sie im hintersten Winkel zusammengekauert, die Decke mit den Zähnen emporhaltend. Blutflecken erglänzten darauf.

„Um Jesu willen — zeig her — wo bist du getroffen?"

Sie ließ den Zipfel der Decke bis auf die Brust hinabsinken und bot ihm schweigend die nackte Schulter dar. Das Blut floß in Strömen daran herab. —

Aber der erste Blick genügte, um ihm, dem mit Wunden Vertrauten, zu zeigen, daß nichts wie ein Streifschuß da war, der in wenigen Tagen von selber geheilt sein würde.

„Gott sei gelobt, Gott sei gelobt!"

Sie starrte mit großen Augen wie geistesabwesend zu ihm empor.

„Es ist nichts," stammelte er, „eine Schramme — weiter nichts!"

Sie schien ihn gar nicht gehört zu haben.

„Nimm dich zusammen, Mensch! Kein Blick, kein Wort darf ihr verraten, wie's um dich steht."

Er trat zurück und ließ aus müde sich lösenden Fingern das Licht auf die Tischplatte sinken.

Was nun? Wohin nun? Bleiben hieß verderben.

Drum fort, fort noch in dieser Stunde!

Fort, bis du aus Menschen eine Mauer bauen
kannst, die dich und sie auf ewig trennt!

Und in atemloser Hast begann er die Papiere
zusammenzuraffen, welche die Schuld des Vaters
offenbarten, als wären sie das Teuerste, was er
besaß. — — — — — — — — — — — — — — —

XV.

Mehr als drei Monate waren seit der Nacht verflossen, da Boleslav von Schranden das Erbe seiner Väter verlassen hatte.

Derweilen hatte der Frühling sich eingefunden. In dem kurzhalmigen Grase blühten Gundermann und Anemonen, die Gräben füllten sich mit Labkraut und Nesseln, und von den Bäumen regneten bei jedem Windhauch welkende Blütenkätzchen.

Auf den Äckern zogen die Pflüge glänzend schwarze Furchen durch das ausgeruhte Erdreich, und die Säelaken wurden schon gelüftet.

Es war das erste Jahr seit langen, langen Zeiten, welches friedlich begonnen hatte und von dem man hoffen konnte, daß es auch friedlich enden würde. Europas böser Engel war bezwungen; wie Prometheus lag er angeschmiedet an unwirtbare, meerumspülte Felsen. — Das Schwert mochte nun rosten, Pflugschar und Egge in ihre alten Rechte treten.

Was fernab an den Gestaden des Mittelmeeres im Monat März geschehen war, davon ahnte man hier in den stillen Landstädtchen und einsamen Heidedörfern noch nichts, ahnte nichts von der unsanft

geſtörten Quadrille auf dem Metternichſchen Balle,
von dem Zorn der Souveräne und dem Entſetzen
der Exzellenzen, ahnte nichts von der geiferbeſpritzten
Achterklärung gegen den entwichenen Empörer, von
Rüſtung und Kriegsgeſchrei.

Die Lerchen unter dem Himmel luden zu fröh=
licher Arbeit ein, und die Erde öffnete ſehnſüchtig
ihren Schoß, das langentbehrte Saatkorn zu emp=
fangen. — —

— — An einem der letzten Tage des Monats
April kam auf der Landſtraße, welche von Oſten
her nach der Kreisſtadt Wartenſtein hinführt, eine
ſeltſame Schar dahergezogen, welche das Staunen
aller der Orte erregte, durch welche der Weg ſie
führte. —

Man war ſich uneins darüber, ob man Soldaten
oder Arbeiter vor ſich hatte. Die meiſten waren
bewaffnet, aber neben dem Gewehre ruhte der Spa=
ten auf ihren Schultern, und aus dem rotgewürfelten
Bündel, das quer über den Rücken geſchnürt war,
guckten Wetzſtein und Senſenklinge.

Zehn bis zwölf waren beritten, und als Troß
kam hinterher eine Wagenreihe, aus ſechzehn bis
zwanzig Achſen beſtehend, die hochbeladen war mit
prallen Getreideſäcken und Gerätſchaften aller Art.

Der Haufe mochte wohl hundertundfünfzig Köpfe
zählen und marſchierte in halbmilitäriſcher Ordnung,
nach Zügen aufgereiht. Er beſtand aus jungen,
kräftigen Burſchen, zumeiſt ſtrohblond und gedrungen
von Geſtalt, mit breiten, ſtarkknochigen Geſichtern,

deren Typus deutsch nicht war und auch mit dem polnischen wenig gemein hatte. Sie redeten eine Sprache, die in der Gegend noch nie gehört worden, und sangen Lieder, die niemand nachzusingen vermochte. — Das Kommando jedoch, dem sie folgten, war deutsch, und deutsch war auch die Disziplin, welche ihre Glieder straffte und ihren Bewegungen Maß und Haltung verlieh.

An der Spitze des Zuges ritt einer, an dessen Mienen sie voll Angst und Liebe hingen und dessen kurz, doch nicht unfreundlich hingeworfene Befehle sie mit freudig-kindlichem Eifer vollführten.

Es war Boleslav, der mit diesem Heerhaufen das ihm zugehörige Reich wieder erobern kam.

Fern im litauischen Osten, an der äußersten Grenze der Provinz, dort, wohin von dem Namen Schranden weder gute noch böse Kunde je gedrungen war, hatte er ihn angeworben. Durch fünfjährigen Umgang mit Sprache und Gemütsart des Völkchens vertraut, hatte er aus ihm seine Pioniere entnommen, mit Vorsicht nur solche wählend, die im Kriege gewesen und somit an soldatische Zucht gewöhnt waren, und die trotzdem zu wenig von der deutschen Sprache erlernt hatten, um durch die bösen Zungen der Schrandener vergiftet werden zu können.

So durfte er hoffen, daß er das Schicksal seines Vaters, bei welchem weder Knecht noch Taglöhner hatte standhalten wollen, nicht zu teilen brauchte. Und wenn sich die Schrandener unterstanden, diesen hier Schlachten zu liefern, wie einst den Polen,

welche der Vater in äußerster Not zur Arbeit herbei-
gerufen hatte, so würden sie eben mit blutigen
Köpfen heimgeschickt werden.

Stolz und zuversichtlich blickte er Kommendem
entgegen.

Gern wäre er früher zurückgekehrt; allein um
das Werk in großem Stile, wie es erforderlich war,
in Angriff zu nehmen, mußte er den Zeitpunkt ab-
warten, da mit der Erbschaft der Großtante die
nötigen Mittel in seine Hände kamen.

Schwere Zeiten lagen hinter ihm seit jener
Januarnacht, als er, dem Zwange seines Blutes
zu entrinnen, auf verschneiten Wegen in die mond-
beglänzte Ferne hinausgestürmt war, den Aufschrei
des unglücklichen Weibes, das nicht hatte fassen
können, was ihm geschah, gellend im Ohre.

Es dauerte lange, bis er ihn los wurde, und
bis das angstvoll flehende Auge, das ihn verfolgte,
wo er ging und stand, zu erlöschen begann.

In Königsberg, wohin er sich gewandt hatte,
gedachte er die Gerechtigkeit, die ihm und seinem
Hause bislang versagt worden war, mit kühner
Selbstanklage zu erzwingen. — Zwar fand er keine
verschlossenen Türen, wie einst sein Vater — das
Kreuz auf seiner Brust öffnete sie ihm —, allein
das höfliche Achselzucken, mit dem man versprach,
zu sehen, was tunlich war, der kühle Hinweis auf
den Instanzenweg, der eingeschlagen werden müßte,
belehrten ihn, daß jenes leidenschaftliche Sichpreis-
geben, das er beabsichtigt hatte, hier wenig ange-

bracht war. — Die Briefschaften des Vaters, die er
freiwillig hatte vorlegen wollen, um jedes ver-
wirrende Dunkel aus der Welt zu schaffen, packte
er wieder zusammen, um sie für passendere Gelegen-
heiten aufzusparen. — Zudem war vieles vernichtet,
was entlastend hätte wirken können. Die Wage
hatte das Gleichgewicht verloren, und mochte es
ihm gestattet sein, gegen sich selber zu wüten, der
Schatten des Vaters verlangte Schonung.

Jedenfalls begann unter diesen Berührungen
mit der Außenwelt, die in seltsamer Weise erkältend
und ernüchternd auf ihn wirkten, die fieberhafte
Gereiztheit seines Wesens allgemach zu schwinden.
Er sah sich Gründen und nicht mehr Flüchen,
Worten und nicht mehr Knütteln gegenüber. Das
tat ihm wohl und beruhigte ihn. Er entwarf Pläne
und bereitete mit Umsicht vor, was die Zukunft
von ihm forderte. —

Darüber schlief auch der Zauber ein, mit welchem
die wilde Magd ihn so lange im Bann gehalten.
Jeder Mensch, dem er begegnete, jeder Gedanke,
den er faßte, rückte ihn weiter von ihr fort. Der
Vorwurf, er habe roh und unbarmherzig an ihr
gehandelt, verstummte allgemach, und die Herrschaft,
die sie monatelang auf ihn ausgeübt, wurde ihm
unverständlich. —

Nur manchmal, wenn er zur Dämmerstunde
einsam in seinem Gasthofzimmer saß, sah er ihr
Auge wieder glühen, und der Schauer ihrer Nähe
rann ihm am Leibe herab. Dann war ihm, als

finge die Narbe wieder zu brennen an, die mit leiser Furche seine Unterlippe durchquerte, als Brand= mal jenes Kusses, des einzigen, den je der Mund eines Weibes ihm aufgedrückt, denn sein scheues, düsteres Aussehen hatte sein Leben lang die Weiber von ihm ferngehalten.

Ihm schien alsdann, als habe jener Augenblick die Seligkeit seines ganzen Daseins umschlossen ge= halten. Doch das war Blendwerk der müßigen Sinne, welches Lampenlicht und Arbeit alsbald zer= streuten.

Um sie über seinen Weggang — seine Flucht hätte er sagen können — zu beruhigen, hatte er etliche Male an sie geschrieben, Antwort verlangt und baldige Wiederkunft verheißen.

Einmal war auch Nachricht von ihr gekommen, ein ruhiger, ernster Brief in kräftigen Zügen und richtiger Schreibart. — Die Schule des alten Pfarrers hatte in all den Jahren der Knechtschaft ihre Kraft nicht eingebüßt. —

Angesichts der nahenden Heimat zog er das Blatt aus der Tasche und las im Sattel leise noch einmal vor sich hin, was er — wider Willen — auswendig kannte.

„Mein lieber Herr!

Machen Sie sich keine Besorgnis um meinet= willen. Mir tut keiner etwas. — Die von unten wissen gar nicht, daß Sie fort sind. Auch vor den Wolfsfallen haben sie Angst, denn es hat ihnen ja keiner gesagt, daß wir sie ausgegraben haben. Zur

Sicherheit sehe ich alle Abend die Pistolen und Gewehre nach, damit keines versagt, wegen daß sie
doch kommen sollten. Aber sie kommen nicht. An
die Wunde denke ich gar nicht mehr. Der Krämer
in Bockeldorf hat mir englischen Klebetaffet gegeben
— und als der abfiel, war alles heil. — Der Eisgang und die Überschwemmung sind ja nun, Gott
sei Dank, vorbei. — Ich habe einige Tage hungern
müssen, weil das Wasser auf den Liekewoschen
Wiesen zu hoch stand, um durchzuwaten. Und zum
Herrn Merckel wäre ich nicht gegangen, und wenn
ich hätte sterben müssen. — Ach, lieber Herr, ich
freue mich sehr, daß Sie bald wiederkommen wollen.
Denn ich weiß gar nicht mehr, wozu ich lebe, seitdem ich Sie nicht mehr bedienen kann. — Ich stehe,
so oft ich kann, am Katzensteg und warte auf Sie,
damit Sie ihn nicht aufgezogen finden und hinüber-
können. Bitte, kommen Sie nicht in der Nacht und
am Dienstag nicht vor sieben Uhr früh, denn dann
bin ich auf dem Wege nach Bockeldorf. Und der
Schnee ist schon aller weg. Und das Gras fängt
auch schon an grün zu werden. Und gestern habe
ich schon die Schwalben zwitschern gehört, die an
der Traufrinne ihr Nest haben. Aber gesehen habe
ich sie noch nicht. Manches Mal leide ich an Herz-
stechen und Schwindel, und ich esse auch wenig.
Ich glaube, das kommt daher, weil ich das Allein-
sein nicht vertragen kann. Aber ich weiß gar nicht,
wozu ich Ihnen das alles erzähle. Das macht,
weil Sie immer so gütig zu mir gewesen sind. Und

ich bange mich sehr nach Ihnen, weil Sie immer
so gütig zu mir gewesen sind. Womit ich verbleibe
Euer Hochgeboren
untertänige
Regine Hackelberg."

Der Brief hatte ihn mit Freude und Genugtuung erfüllt; denn bewies er ihm einerseits, daß
sie sich vernünftig in das Gebotene fügte und daß
seine Besorgnis unnütz gewesen, so zeigte er auf
der anderen Seite, daß sie nach wie vor in reinster
Treue an ihm hing und ihm mit voller Seele an-
gehörte. — So froh er war, sich von dem Gift,
das sie ihm eingeflößt, befreit zu fühlen, dies Bewußtsein mochte er doch nicht missen.

Sein Glaube an Helenens heilbringende Sen-
dung hatte inzwischen neue Nahrung erhalten. Ihr
Brief war es ja gewesen, der ihn in Stunden
höchster Gefahr vor sich selbst gerettet hatte, und
als Talisman trug er ihn dankbar auf dem Herzen,
wenngleich er ihn nicht so gern las, wie den Reginens.

Bald nach seiner Ankunft in der Hauptstadt
hatte das Verlangen ihn nach dem Dome getrieben,
die Altarnische aufzusuchen, wo er oft genug vor
ihrem Ebenbilde gestanden hatte. Aber er erlebte
eine arge Enttäuschung. Die Madonna zwischen
ihren Lilien und Rosen war einfach lächerlich. Wie
aus Marzipan gebacken stand sie da, und die Blumen
um sie her hoben die Köpfe so züchtig und nase-
weis, als wollten sie eine extradumme Frage tun.

Und das hatte er jahrelang an Stelle des ge=
liebten Antlitzes im Sinne getragen! Nun war es
Zeit, daß sie in eigener Person auf dem Schau=
platze erschien, sonst lag die Gefahr nahe, daß er
ein Phantom zu lieben begann.

Mit welch frischer, quellender Lieblichkeit stand
jetzt, da der Augenblick der Heimkunft herannahte,
die harrende Magd vor seinen Sinnen, als gälte
ihr, ihr allein die Freude des Wiedersehens! — —

Es war in sonniger Morgenfrühe.

In einem Kirchdorfe unweit Wartensteins hatte er
mit seinem Haufen die letzte Abendrast gemacht; denn
die Kreisstadt selbst gedachte er eilends zu passieren,
um lästiges Aufsehen zu vermeiden. Von dort waren
es noch drei und eine viertel Meile bis zur Heimat,
wo er zur Vesperstunde einzutreffen hoffte, denn seine
wackeren Burschen waren an Eilmärsche gewöhnt.

Von den zwei Türmen Wartensteins herab mel=
dete die Glocke acht Uhr, als er zu dem moosigen
Stadttor hereinritt. So durfte er darauf rechnen,
in früher Morgenstunde, durch Fragen unbehelligt,
von dannen ziehen zu können.

Doch er ahnte die Überraschungen nicht, die
seiner harrten. Der Wächter, statt ihn anzuhalten
und nach Steuerbarem auszufragen, schrie zum
Turmfenster empor: „Zieh die Glocken, zieh die
Glocken! Die ersten sind schon da!"

Dann streckte er salutierend seine Pike vor,
während die Sturmglocke den Bürgern Wartensteins
von Boleslavs Einzug Kunde gab.

„Was kann das bedeuten?" fragte er sich kopf=
schüttelnd und sein Erstaunen wuchs, als er weiter=
reitend die Straßen von aufgeregten Menschen er=
füllt sah, Männern und Weibern, welche die
Taschentücher und Mützen schwenkten und ihm
brausende Hurras entgegenriefen.

Seine Litauer, von ihren Siegeszügen her an
dergleichen Empfänge gewöhnt, hielten den Jubel
für selbstverständlich und erwiderten ihn nach Kräften.

Boleslav war sich klar, daß hier ein Mißver=
ständnis obwaltete, welches die nächsten Augenblicke
von selber aufklären mußten.

Als er auf dem Marktplatz einritt, den die
Menschenmenge dicht erfüllte, trat ihm in feierlichem
Aufzuge der Landrat entgegen, von dem Bürger=
meister und den Verordneten der Stadtgemeinde
gefolgt. Seine Löwenmähne wallte im Morgen=
winde. Er legte die weiße Knochenhand auf die
Brust und räusperte sich, zum Reden ausholend.

Als er Boleslav erkannte, der rasch vom Pferde
gesprungen war, fuhr er betreten zurück; nichts=
destoweniger begann er: „Ich beglückwünsche Sie,
Freiherr von Schranden, daß Sie der erste sind,
welcher herbeigeeilt ist mit seinen Scharen — —"

„Halten Sie ein, Herr Landrat," unterbrach ihn
Boleslav. „Hier muß ein Versehen vorliegen. Diese
Leute sind Arbeiter, die ich in Litauen für meine
Wirtschaft geworben habe. Ich bin auf dem Wege
nach Schranden."

In den Reihen der Stadtväter erhob sich ein

Schmunzeln. Sie liebten es, wenn der Herr Land-
rat sich lächerlich machte, und nahmen unter dieser
Bedingung die eigene komische Rolle gern in den
Kauf.

„Und Sie wissen noch nichts?" stammelte er,
den Ärger verbeißend.

„Ich komme aus Preußens entlegenstem Winkel,
Herr Landrat."

„Sie haben noch nicht gehört, daß Napoleon
von Elba entflohen ist, und daß der König das
Preußenvolk aufs neue zu den Waffen ruft?"

Boleslav fühlte ein Gemisch von Schreck und
Freude heiß aus dem Herzen emporschwellen.

So hatte also die Weltgeschichte abermals sein
kleines Los auf ihre Schultern genommen und trug
es dem Ungewissen entgegen. Zerstoben waren
seine Pläne, das Werk, dem er sein Leben geweiht,
hatte ein Ende genommen, noch eh' es recht begonnen.

Doch fort mit allem Bangen und Bedauern!
Das Vaterland ruft! Das Vaterland ruft!

„Ich danke Ihnen, Herr Landrat," sagte er,
indem er versuchte, das klopfende Herz zu bändigen,
„für die Ehre, die Sie mir und den Schrandenern
zugedacht haben. Wir werden uns ihrer würdig
erweisen und in vierundzwanzig Stunden auf dem
Platze sein."

Der Landrat streckte ihm die Hand entgegen. Er
trat einen Schritt zurück und war im Begriffe, den
einst empfangenen Schimpf dreifach zurückzugeben.

Da hielt er inne. „Das Vaterland ruft!" sprach
es in ihm, „was will dein kleiner Haß und deine
kleine Liebe!" — Und er erhaschte die Knochenhand,
die sich schon gekränkt zurückzog, und schüttelte sie
kräftig.

Sodann erfuhr er das Nähere. Gestern abend
sei der Aufruf des Königs, vom 7. April datiert,
in Wartenstein angekommen. Die Nacht hindurch
habe das Amt gearbeitet, die Verordnungen für
die Ortsvorsteher fertigzustellen, die soeben durch
reitende Boten abgesandt werden sollten.

„Auch nach Schranden?" fragte Boleslav.

„Gewiß."

„Darf ich eine militärische Order hinzufügen?"

„Wenn es Ihnen beliebt."

Er riß ein Blatt Papier aus seiner Schreibmappe und warf folgende Zeilen darauf:

Um fünf Uhr Nachmittags hat sich die ge-
stellungspflichtige Mannschaft mit Gepäck und Mon-
tierung auf dem Kirchenplatze zur Musterung ein-
zufinden. Die Stunde des Abmarsches wird alsdann bekannt gegeben werden.

von Schranden, Kapitän der Landwehr.

An den Ortsvorsteher.

„Und was wird aus Regine?" rief mahnend
eine Stimme in ihm.

Aber er wollte sie nicht hören. Er war wie im
Taumel. Das Fieber der Aktion hatte ihn über-
mannt.

•

Vorerst rief er seine Leute zusammen, machte

ihnen klar, daß ihr Dienstverhältnis zu Ende sei, und daß sie sich eilends ein jeder in seine Heimat zurückzubegeben hätten, um von dort aus zu ihren Truppenteilen zu stoßen. — Er lohnte sie ab und entließ sie mit Händedruck und Segenswunsch.

Die wackeren Jungen, die ihm bereits von Herzen ergeben waren, küßten den Saum seines Rockes und schieden mit Tränen in den Augen. Sodann schaffte er die Wagen in Sicherheit, deren Befrachtung ein nicht geringes Kapital darstellte, traf Bestimmungen über den Verkauf des Saatkornes wie der Lebensmittel und stellte die Pferde der Remontekommission zur Verfügung.

Nur eines, das, worauf er ritt, behielt er zum eigenen Gebrauche.

Es war halb drei Nachmittags, als er seine Arbeiten vollendet hatte und den Heimweg antreten konnte. In dem Fenster eines Schneiders hatte er eine ständische Interimsuniform hängen sehen, wie sie mit Abzug alles Prunkes den Offizieren der Landwehr vorgeschrieben war, und, da sie ihm auf den Leib paßte und der gestickte Kragen rasch durch einen schlicht roten ersetzt werden konnte, ohne Besinnen für sich erworben.

So konnte er leidlich ausgerüstet vor seine Schrandener treten, die er nun auf andere Weise, als er geahnt, in seine Hand gegeben sah. — —

Zur selben Zeit, da Boleslav der Heimat zuritt, schritt im Hinterzimmer des „Schwarzen Adlers" der Leutnant Merckel in zornigster Erregung auf und nieder.

„Und ich tu's nicht — und ich laß mir von dem Schuft nichts befehlen," schrie er den Vater an, der, um ihn zu besänftigen, den besten Wein seines Hauses — er war noch sauer genug — auf den Tisch gestellt hatte und nicht müde wurde, dem Rasenden das Glas zu füllen.

„Feltzchen," bat er schmeichelnd, „nimm doch Vernunft an — wenn es der König so angeordnet hat und die Obrigkeit es verlangt —"

„Und wenn die Ehre das Gegenteil verlangt, Vater?" rief sein Sohn, den Schnauzbart empor- wirbelnd, „ich bin ein Offizier, Vater — ich habe Ehr' im Leib — und meine Ehre sagt mir: Stirb lieber, laß dir 'ne Kugel durch den Leib schießen, als daß der Sohn eines Landesverräters dein Vor- gesetzter sein soll."

„Aber wenn der König —" wiederholte der Alte in Verzweiflung.

„Der König weiß viel! Der ist getäuscht, be- trogen, hinters Licht geführt worden. Aber ich, ich will ihm die Augen öffnen, ich will ihm zurufen: Majestät, hier sind dreißig wackere Soldaten und ein ehrliebender Offizier, die wollen lieber —"

„Trink, Feltzchen," bat der Alte und wischte sich den Angstschweiß von der Stirn, „der Wein kostet mich selber einen Taler die Flasche. So was kriegst du in der ganzen Welt nicht wieder."

„Hol' der Teufel deinen Krätzer!" schrie der

Sohn und schlug mit der Säbelscheide gegen die Flasche. „Meine Ehre geb' ich um keinen Judaslohn preis! Meine Ehre läßt sich nicht zum Schweigen bringen! Meine Ehre verlangt, daß ich dem verfluchten Hund das Herz aus dem Leibe reiße! Und ich tu's. — Diese Schande für unser Vaterland muß endlich einmal getilgt werden. Diese Pestbeule des preußischen Offizierkorps muß ausgeschnitten und ausgebrannt werden! Ich tu's! So wahr ich ein wackerer Soldat bin! So wahr ich für meine Ehre sterben will! — Auf Wiedersehen, Vater! Ich hab' noch vom Feinsliebchen Abschied zu nehmen!"

Und die Lippen zum Pfeifen spitzend, schritt der Halbtrunkene hinaus, indem er die Säbelklinge taktmäßig hob und niederstieß. — —

Als Boleslav kurz nach vier Uhr im Dorfe einritt, fand er die Straße von Weibern und Greisen gefüllt, die lautlos und scheu wie das böse Gewissen vor den Hufen des Pferdes zur Seite wichen und dann hinter ihm herliefen. Er tastete nach seinen Pistolen, die in den Halftertaschen steckten, und lockerte den Säbelkorb, denn ihm ahnte etwas von einem Strauße, den er zu bestehen haben würde.

„Wenn sie mit dem Soldatenrock nicht einen anderen Menschen angezogen haben, so könnte ihnen wohl der Gedanke kommen, mich vor der Front niederzumachen," dachte er bei sich und seine Brust schwoll höher.

In der Nähe des Kirchenplatzes verdickte sich

der Haufen. Er mußte langsam reiten, um ihm
Zeit zum Zurücktreten zu lassen. Hie und da drang
ein halblautes Gelächter, eine zwischen den Zähnen
gemurmelte Verwünschung an sein Ohr. Sonst
tiefes Schweigen.

Vor dem Giebel der Kirche, etwa zwanzig
Schritte von den Treppensteinen entfernt, sah er
die Mannschaft zweigliedrig aufgestellt, nach erster
Schätzung fünfzehn bis sechzehn Rotten stark.

Der Leutnant Merckel schritt vor der Front auf
und nieder, bald diesem, bald jenem ein — wie es
schien — aufmunterndes Wort zuraunend. Sein
Gesicht brannte, sein Gang schien taumelnd, zwei-
oder dreimal geriet der Kavalleriesäbel, den er trug,
ihm zwischen die Beine.

Boleslav sandte einen raschen, suchenden Blick
nach dem Pfarrhause hinüber. Dessen Fenster waren
dicht verhängt. Auch im Garten ließ nichts Leben-
diges sich blicken.

Tiefatmend ritt er in das Innere des Ringes,
der sich hinter ihm schloß. Wieder einmal stand er
— einer gegen alle — den Schrandener Wölfen
gegenüber, doch diesmal als Herr.

Zugleich fühlte er, daß die eiserne Ruhe, die
allezeit sich einfand, wenn es Leib und Leben galt,
ihn auch diesmal nicht im Stiche ließ.

„Ich vermisse Ihre Meldung, Herr Leutnant,"
rief er drohend.

Ein Gelächter aus trunkener Kehle antwortete
ihm.

Also sie meuterten. Seine Ahnung hatte ihn nicht getäuscht.

Er riß den Säbel aus der Scheide. — „Stillgestanden!" kommandierte er.

Ein Murmeln durchlief die Reihen. Zwei oder drei traten herausfordernd aus dem Gliede. Der Leutnant Merckel stieß ein Schimpfwort aus und den Säbel zückend, sprang er gegen ihn an.

Der nächste Augenblick entschied über Leben und Tod. Wehe, wenn er zauberte!

Ein Leuchten — ein Zischen — und mit einem grellen Aufschrei sank der Leutnant Merckel in den Sand.

Die Reihen wollten sich lösen, wollten sich auf ihn stürzen, allein Überraschung und Schrecken versteinerten sie.

„Stillgestanden!" erscholl es donnernd zum zweitenmal, und keiner wagte mehr mit der Wimper zu zucken.

Boleslav zog mit der Linken eine Pistole aus der Satteltasche und spannte den Hahn, während er den Zügel in die bewaffnete Rechte gleiten ließ.

„Wehrleute," rief er mit einer Stimme, die weit über den Platz hinhallte, „ihr wißt, daß ihr seit sechs Stunden unter den Kriegsgesetzen steht und daß der leiseste Versuch zur Insubordination euch das Leben kostet. Was vorhin geschah, will ich nicht gesehen haben. Wer aber fortan meinen Befehlen nicht augenblicklich und ohne Murren Folge

leistet, dem jage ich auf der Stelle eine Kugel durch
den Kopf."

Felix Merckel, der aus einer Kopfwunde heftig
blutete, war inzwischen zur Besinnung gekommen
und versuchte sich aufzurichten. Aber das Blut,
welches sein ganzes Gesicht überströmt hatte, benahm ihm das Augenlicht, so daß er nicht wußte,
wo er war. —

„Nehmt ihm den Säbel ab! — Bindet ihn!"
befahl Boleslav.

Die Landwehrleute sahen sich an. Sie hatten
keine Stricke. Ein Zögern konnte aufs neue ver-
hängnisvoll werden. — Rasch entschlossen sprang
er vom Pferde, riß ihm den Zaum aus dem Gebiß
und reichte das Riemenzeug dem linken Flügelmanne.

„Vorwärts! ihr zwei anderen helft!"

Langsam, mit giftig scheuen Blicken machten sie
sich ans Werk. Der Daliegende schlug mit Händen
und Füßen um sich und versuchte sich mit dem
Ärmel das Blut aus den Augen zu wischen. Aber
sein Sträuben war vergeblich. Die Riemen schnürten
sich um sein Handgelenk, und die schaumbespritzte
Kinnkette wurde zum Knebel.

Der Rappe hatte sich inzwischen davongemacht
und war durch die Reihen des erschrockenen Volkes
ins Freie durchgebrochen.

Boleslav, um sich schauend, sah die Kirchentüre,
wohl zu einer Abschiedsfeier, offen stehen und den
Schlüssel im Schlosse stecken.

„Schafft ihn in die Kirche!" befahl er.

In diesem Augenblicke kam der alte Gastwirt heulend und händeringend des Wegs daher.

„Felixchen," zeterte er, „was tun sie dir? Laß es dir nicht gefallen. Schrei doch um Hilfe! Helft ihm, Leutchen. Ich bin die Obrigkeit. Ich will es so. Ich befehl' es euch."

„Zu befehlen habe ich hier!" herrschte ihn Boleslav an.

Da änderte er seine Taktik und versuchte das Herz des Gestrengen zu rühren.

„Herr Kapitän, haben Sie Erbarmen mit mir unglücklichem Vater. Ich hab' Sie noch auf dem Arm gehalten. Ganz klein, so klein sind Sie gewesen. Und immer hab' ich Sie lieb gehabt. . . . Nicht wahr, liebe Leute, für unseren Junker hätten wir allezeit das Leben gelassen?"

Seine Wohlbeleibtheit ließ es nicht zu, sonst wäre er Boleslav zu Füßen gefallen. Dann, als er sah, wie man den Sohn von dannen schleppte, rannte er verzweifelnd hinter ihm her und suchte ihn am Rockschoß festzuhalten. Doch bereits schloß sich die Tür hinter ihm.

„Mir den Schlüssel!" befahl Boleslav.

Der Alte warf sich auf die Stufen und polterte mit den Fäusten gegen die eichenen Bohlen.

Der Flügelmann, von seinen Begleitern gefolgt, überbrachte den Schlüssel.

„Wie heißt du?"

„Michel Großjohann," erwiderte verbissen der Schrandener.

„Und ihr beide?"

„Franz Malky."

„Emil Roßner."

Er notierte die Namen in seiner Schreibmappe. — „Ihr drei werdet diese Nacht hindurch Wache bei dem Gefangenen stehen und haftet mir für ihn mit eurem Kopfe."

Der Alte schien an der Kirchentür, da all sein Wüten nichts half, wieder zu sich selbst zu kommen und schlich, verstohlen nach Boleslav schielend, dem Pfarrhofe zu.

Der glaubte zu wissen, was er dort wollte.

„Ihr drei anderen," fuhr er fort, „werdet die Sakristeitür bewachen, deren Schlüssel sich nicht in meinem Besitz befindet, und dafür sorgen, daß niemand, außer dem Barbier, der ihn verbinden soll, dort ein und aus gehe. — Verstanden?"

„Zu Befehl!" murmelten drei vor Wut bebende Stimmen.

„Nun zur Arbeit, Leute! Nach den Listen des Landratsamtes hat das Dorf Schranden an wehrpflichtiger Mannschaft zu gestellen — — —"

Und die Musterung begann. — — — — —

XVI.

Als Boleslav zwei Stunden später den Kreis
der gaffenden Menge durchbrach, die, von einer Art
abergläubischer Starrheit befallen, ihn anglotzte,
wie wenn er zu hexen verstände, und hinaus auf
den menschenleeren Anger trat, war ihm zu Mute,
als hätte er soeben einen Käfig voll hungriger
Bestien verlassen, die zu bändigen ihm obgelegen.

Die Gefahr schien nun endgültig vorüber. „Hab'
ich sie heute bemeistert," sagte er sich, „so werden
sie morgen nicht mehr zu mucken wagen." — Er
reckte und streckte sich im Frohgefühl des errungenen
Sieges.

Noch von Reginen Abschied nehmen — und alle
Not war vorüber. Vor ihm lag wieder die blühende
Welt — wie Trompetengeschmetter und Kampf-
geschrei hallte es lockend aus dämmriger Ferne.

„Nun zu Reginen!" rief es in plötzlich auf-
quellendem Jubel aus den Tiefen seiner Seele, so
daß er vor sich selber erschrak. Um sich zum letzten
schweren Werke zu sammeln und zu festigen, beschloß er, bevor er den Katzensteg aufsuchte, noch
einen Umweg durch den Wald zu machen.

Die Sonne neigte sich den Wipfeln zu. Über die

junggrünen Wiesen breiteten sich duftige Schatten-
schleier, und aus den feuchten Gräben stieg ein Duft
von gärendem Schlamme.

Nur der Fichtenwald stand starr und schweigend
wie zur Winterszeit. Kaum daß hie und da ein
weiches, lichtgrünes Spitzchen aus den schwarzen,
holzigen Büscheln guckte.

Er warf sich ins Moos und schaute dem Sonnen-
lichte nach, das wie ein purpurnes Gewebe über
dem dunklen Dickicht hing.

Noch einmal ließ er das Wagestück der letzten
Stunden an sich vorüberziehen. — Die dicht ver-
hängten Fenster des Pfarrhauses kamen ihm zu
Sinn. Wie sorgsam sie sich und ihr Bereich vor
seinen Blicken zu schützen gewußt hatte! Sie mußte
doch wissen, was sein Erscheinen dort unten bedeutete. Mußte doch wissen, daß er morgen von dannen
zog, um vielleicht niemals wiederzukehren.

Sollte sie keine Sehnsucht empfinden, ihn vorher
noch einmal zu sprechen? Sollte die Stunde, auf
die sie ihn verwies, auch heute nicht geschlagen
haben? Was half der Brief, den er auf seinem
Herzen trug, wenn die Hand, die ihn geschrieben,
sich ihm entzog? Ihr Bild war nun ganz erloschen,
noch einmal konnt' es ihn nicht in die Schlacht ge-
leiten, falls sie es nicht selbst erneuerte.

„Wenn sie mich liebt, wird sie mich rufen. —
Ruft sie mich nicht, so muß sie mir verloren sein."

Mit diesem Beschlusse verließ er den Wald und
schritt dem Flusse zu.

Von lichtem Grün umkleidet lachte der Park ihm entgegen. Ein Silberschimmer hing über den Pappelkronen, und der Efeu dunkelte dazwischen.

Wie war die Heimat so schön, die ihm nichts wie Not und Qual geboten! Wie drängte sein ganzes Wesen sich jenem armseligen Schutthaufen entgegen, wo er wie ein Verbrecher gehaust! War vielleicht jenes Weib daran schuld, das sein Elend freiwillig mit ihm geteilt und das eigene Elend zum Schemel seines Glückes hatte machen wollen?

Doch ihm bangte nicht vor dem, was kam. Er wußte sich gefeit gegen Schwachheit und Frevel, seitdem das Vaterland ihn gerufen hatte. Auch hatte er sich schon lange von ihr frei gefühlt. Sie war längst wieder die Magd, wie er der Herr.

Noch eine einzige Nacht — und der Fluch des Pfaffen war zum Geschwätz geworden.

Was aus ihr werden sollte? — — Mochte sie doch selber zusehen. Er hatte ihre Zukunft gesichert. Mehr durfte niemand von ihm verlangen. Und das Geschenk sollte noch heute verdoppelt, verdreifacht werden, damit sie umworben dastände gleich einer reichen Witwe. . . . Ließen doch Tausende Weib und Kind in Hunger und Elend, und durften nicht mit der Wimper zucken, wenn die Kugel, die mörderische, geflogen kam. Warum sollt' es ihn bekümmern, wie dies fremde Geschöpf die Einsamkeit vertrug?

So stärkte er sich zur Rauheit, denn sein Herz klopfte sehr. . . .

Und als er die Stiege zum Katzensteg erklomm, sah er drüben hinter den Sträuchern die wohlbekannte Gestalt, die ein Strahl der untergehenden Sonne goldig überflutete.

„Regine!" rief er.

Aber sie rührte sich nicht.

„So komm mir doch entgegen."

Da schlich sie mit hochgezogenen Schultern langsam näher, die gespreizten Finger der Linken gegen die linke Brust gedrückt.

Er blickte sie an und — erschrak. —

„Mein Gott — wie siehst du aus!" stammelte er.

Ganz verwildert schien sie. Ihre Kleider waren zerrissen, das Haar, das sich unter dem Kamme schon so prächtig zu locken begonnen, hing wieder in krausen, dürren Zotteln über Stirn und Wangen. Aus tiefen, blauen Höhlen blickten die Augen mit hexenhaftem Glanze stier und brennend hervor und wagten nicht, sich zu ihm zu erheben. —

„Sie geht zu Grunde," schrie es in ihm. „Sie stirbt an dir!" Er ergriff ihre Hand, die sie schlaff in der seinen hängen ließ. —

„Regine — so rede doch — freust du dich gar nicht, daß ich wieder da bin?"

Sie duckte sich wie damals, als sie noch Schläge fürchtete.

Er streichelte ihr hartes, trockenes Haar. „Armes Ding!" sagte er, „es ist dir schlecht ergangen so mutterseelenallein."

Sie zuckte unter seiner Berührung zusammen und schwieg.

„Warum hast du mir nicht geschrieben, daß du dich hier zu einsam fühltest?"

Sie schüttelte den Kopf, dann sagte sie schüchtern: „Es war nicht die Einsamkeit, Herr."

„Was war's denn sonst?"

Sie sah ihn ängstlich an und schwieg.

„Also?"

„Ich — ich hab' geglaubt — Sie würden — nicht — wiederkommen."

„Aber du törichtes Frauenzimmer, ich hab's dir doch geschrieben."

„Ja, Sie haben geschrieben — ich komme vielleicht in acht Tagen, und dann hab' ich am Katzensteg gestanden Tag und Nacht — Tag und Nacht — aber Sie sind nicht gekommen. Und nach drei Wochen haben Sie wieder geschrieben: ich komme vielleicht in acht Tagen, und sind wieder nicht gekommen. Und da hab' ich gedacht, Sie wollten mich nur hinhalten, damit ich's — verwinden möcht'. Und 's tät' Ihnen leid, daß Sie freundlich zu mir gewesen sind, weil ich's doch nicht verdient hab' und weil ich . . .," sie stockte und barg für einen Augenblick das Antlitz in ihren Händen.

„Aber dein Brief lautete ja ganz vernünftig?"

„Ja, Herr," stammelte sie, „hätt' sich's wohl — für mich geziemt, Ihnen was — anderes zu schreiben?"

Er biß sich auf die Lippen und schaute vor sich

hin in das Gewimmel ergrünender Blättchen. — —
Ob sie etwas ahnte von dem, was in wenigen
Stunden über sie hereinbrechen sollte?

„Nun ist aber alles gut — nicht wahr?" fragte
er unsicher.

Da sank sie mit einem Aufschrei vor ihm nieder
und rief, seine Knie umklammernd: „Alles ist gut,
wenn Sie hierbleiben, Herr. Ich hab' solche Angst,
Sie könnten wieder fortgehen, Herr."

Nein, sie ahnte nichts. — Das Schwerste von
allem stand noch bevor. Ihm war zu Mute, als
hätte man ihm einen Blitz in die Faust gelegt, mit
dem er sie bei nächster Berührung zerschmettern mußte.

Aber noch war es Zeit. Erst sollten dem armen,
verängstigten Wesen ein paar Stunden freudigen
Wiederauflebens beschert sein, ehe der letzte, der
schwerste Schlag es traf. — So konnte sie Kräfte
sammeln, ihn zu ertragen.

„Steh auf, Regine," sagte er weich, „laß uns
froh sein und denke nicht an die Zukunft."

Dann schritten sie nebeneinander her durch den
dämmerigen Garten, dessen Pfade, sauber mit weißem
Kies bestreut, sich wie glitzernde Bäche durch das
Rasengrün wanden. Ein unbestimmter Duft, aus
dem Hauch von Sprießendem und Moderndem gemischt, wie ihn der Frühling bietet, quoll aus den
Gebüschen, und von den Kronen herab erscholl ein
wegmüdes, schüchternes Wispern und Zwitschern.

„Wie ist es hier schön geworden, seitdem ich
fortging," rief er.

„Ja, Herr," erwiderte sie, „es ist so schön, wie es noch nie gewesen ist."

„Mit einem Male?" fragte er lächelnd und sah sie von der Seite an. Da gewahrte er die tiefen Schatten auf ihren Wangen, aber eine Röte hatte sich lieblich darüber gebreitet.

„Sie lebt schon auf," dachte er bei sich, und ihm ward zu Mute, als ob diese Stunden auch ihm als die letzten eines versinkenden Glückes geschenkt seien.

„Du hast ja trotz allem wacker gearbeitet," sagte er, immer bemüht, den Ton des wohlwollenden Herrn festzuhalten, und wies auf ein paar wohlgepflegte Rabatten, die von Aurikeln und Perlblumen umfriedet waren.

Sie stieß ein kurzes, stolzes Lachen aus. „Sie mußten doch alles in Ordnung finden, wenn Sie wiederkamen, Herr."

„Aber dich selbst, Regine, dich hast du vernachlässigt."

Sie wandte das Antlitz, das heiße Glut überflutete, schamvoll zur Seite.

„Soll ich die Wahrheit sagen, Herr?" stammelte sie.

„Natürlich."

„Ich hab' gedacht — daß ich — vorher sterben würd' — und dann wär's ja doch — egal geblieben."

Er schwieg. Wie ein Meer von Liebe strömte es von ihr aus und ergoß mit jedem Worte seine Wogen über ihn.

Vor seinen Blicken tat der Rasenplatz sich auf, der von der Hinterseite des Schlosses sich in sanftem Abhange zu dem Parke hinunterneigte. Dort stand auf dem verwitterten Sockel das Fußgestell der Göttin Diana, das Regine im Grase zusammen= gelesen hatte. Der Torso, den sie wohl nicht hatte heben können, lag daneben gewälzt, und der Kopf mit seinen leeren, weißen Augen thronte obenauf. Wenige Schritte davon hob sich ein schwarzer, vier= eckiger Abstich von dem helleren Rasen ab. Das war die Stelle, wo er sie zuerst erblickt hatte, be= schäftigt, ein Grab für ihren Verderber zu graben, den niemand sonst hatte beerdigen wollen.

„Ich hab's gelassen — zum Andenken für mich!" sagte sie wie entschuldigend, indem sie auf die aus= gestochenen Schollen wies, die zu einer grasigen Bank zusammenzuwachsen begannen.

Dann schritten sie weiter, dem Unterholze zu, welches wie eine hohe Dornenhecke das Gartenhaus umgab.

„Und das Glasdach hab' ich auch wieder her= gerichtet," sagte sie.

„So—o?"

Ihre Blicke trafen sich und glitten rasch wieder in die Weite.

Friedlich grüßte das Häuschen ihm entgegen, und in seinen Fensterscheiben brannte frohlockend ein verfangener Sonnenstrahl, während alles ringsum schon in Schatten vergraben lag.

Ein wohliges Heimatsgefühl überkam ihn und

beschwichtigte für einen Augenblick die Unruhe, die
an ihm nagte.

„Geh," sagte er, „koche mir etwas zum Abend=
brot — ich bin hungrig und erschöpft vom scharfen
Ritt."

Sein Pferd fiel ihm ein — wo mochte sich das
nun umhertreiben? Dann vergaß er es wieder.

„Und dich selber bring in Ordnung," fuhr er
fort, „damit du mir bei Tische nicht liederlich aus=
siehst."

„Ja, Herr, — so gut ich kann."

Im Hausflur trennten sie sich. Er trat in das
Wohnzimmer, sie ging in ihre Küche. — Tief auf=
seufzend warf er sich in das Sofa, das unter seinem
Leibe kreischte und krachte. — Alles schien so, wie
er's in jener Nacht verlassen, doch nein — der Vor=
hang im Ofenwinkel mit dem Lager dahinter war
verschwunden. Auch das Bild der Großmutter
fehlte. — Der Schuß, der Reginens Nacken gestreift,
hatte es endgültig in Trümmer und Fetzen zerrissen.

Ein Fenster stand offen. Der Duft des gären=
den Bodens, der ihn heute nirgends verließ, drang
in vollen Strömen ins Gemach. Hier mochten die
Humushaufen schuld sein, die an dem Giebelende
aufgeschaufelt lagen. — Seine Unruhe wuchs von
Minute zu Minute.

Es litt ihn nicht lange in der Einsamkeit.
„Wozu willst du dir und ihr die kargen Stunden
verkürzen?" sagte er zu sich und wollte in die
Küche treten; da sah er sie mit nackten Schultern

neben den Flammen des Herdes kauern und an
ihrer Jacke nähen.

Erschrocken fuhr er zurück.

Aber nach wenigen Sekunden kam sie selber,
schon angekleidet, um ihm die Tür zu öffnen.

„Was befehlen Sie, Herr?"

„Zeig mir, was du an dem Dache gebessert
hast," erwiderte er, da ihm nichts anderes einfiel.
— Er lobte das Werk, aber er sah es nicht an. Dann
stellte er sich neben den Herd und starrte in die
züngelnden Flammen. Es war schon fast finster
geworden, das Feuer warf einen flackernden Schein
über die rußigen Wände. —

„Ich werde dir kochen helfen," sagte er.

„Ach, Herr, Sie spotten mich aus," erwiderte sie,
aber ein glückseliges Leuchten flog über ihr Gesicht.

„Was bekomme ich denn?"

„Es ist nicht viel im Haus, Herr — Eier und
gebackenen Schinken — frischen Salat dazu —
weiter hab' ich nichts."

„Ich werde Gott danken, wenn ich —" jählings
hielt er inne. Beinahe hätte er sich verschwatzt.
Sie ahnte ja nichts. Durfte nichts ahnen. — Bis
zur Morgenfrühe währte ihr Glück.

„Also vorwärts," lachte er, während die Kehle
sich ihm zuschnürte in Ahnen und Angst, „sonst fall'
ich um vor Hunger."

„Erst muß das Wasser kochen, Herr."

„Gut — warten wir." Er hockte auf dem
Holzkasten nieder. „Und dann, Regine, tritt einmal

näher. Du gefällst mir noch immer nicht — dein
Haar —"

„Ich hab's noch nicht kämmen können, Herr."

„Also tu's. —"

Ihr Auge flammte wieder scheu und flehend
zu ihm hinüber. „Während Sie hier sind, Herr?"
stammelte sie.

„Sieh, wie zimperlich mit einemmal!"

„'s ist nicht darum, Herr — —"

„Darum zier dich nicht."

Sie ging in den fernsten Winkel, dorthin, wo
ihr Bett stand, und löste mit raschem Rucke die
wogende Lockenpracht, die sie bis zu den Hüften
umfloß. Dann während des Kämmens, als sie
gewahrte, wie sein Auge wohlgefällig an ihr hing,
breitete sie plötzlich, wie von Scham und Glück
überwältigt, die Arme aus und warf sich vor ihrem
Lager nieder, das Gesicht in die Kissen vergrabend.

Er wartete schweigend, bis sie sich erhob. —
Als ihr Haar geordnet war, trat sie zu ihm an
den Herd und hantierte unter den Pfannen und
Kesseln, ohne ihn anzuschauen.

„Erzähl mir, Regine — was hast du erlebt
derweilen?" fragte er.

Sie schüttelte den Kopf. „In Bockelsdorf war's
wie immer — außer dem Krämer und seiner Frau
hab' ich niemand gesehen. — Ins Dorf bin ich
auch während der Überschwemmung nicht 'runtergegangen — doch das hab' ich Ihnen ja wohl geschrieben, 'n bißchen gehörig hab' ich hungern müssen

— das schad't aber nichts. — Ja richtig, und dann sind Briefe angekommen in den letzten Wochen, von der Behörde aus Wartenstein, aus Königsberg auch — und heute noch einer — aus — —"

„Gut, gut, später, wenn du Licht angezündet hast." — Was ging die Welt ihn an — heute, da er die Brücken zur Vergangenheit hinter sich verbrennen mußte, da nichts ihm blieb von allem, was er gelebt und gelitten! —

Dann, als der Abendbrottisch bestellt war und die Lampe ihm aus Reginens Hand entgegenleuchtete, schritt er mit ihr zum Wohnzimmer hinüber.

„Du hast ja nicht für dich gedeckt?" bemerkte er.

„Darf ich, Herr?"

„Natürlich darfst du!"

„Und für Sie — welcher Wein, Herr?"

Er atmete schwer. „Keiner."

Wieder saßen sie einander gegenüber beim friedlichen Lampenschein, wie so oft zur Winterszeit, wenn der Schnee gegen die Scheiben gestäubt und der Sturm in den Sparren gerüttelt hatte. Nun flogen zartflügelige Motten daher, und ein weicherer, duftschwangerer Hauch stahl sich mit ihnen ins Zimmer. Zwischen dem jungen Blattwerk fand der höhersteigende Mond sich ein, der zum erstenmal seit Ostern voll geworden war.

Er schob den Teller zur Seite. — Kein Bissen wollte munden. Daß der Wein im Keller geblieben, hatte wenig genützt. Der Rausch, den er hatte fliehen wollen, flog schon durch seine Glieder.

Und als sein Blick verstohlen zu Reginen hin=
überglitt, erschrak er, denn ihr Auge ruhte auf ihm
in so glückseliger Trunkenheit, als hätte sie Erde
und Himmel über ihn vergessen. Gram und Elend
waren aus ihren Zügen verschwunden. Ihr Antlitz
hatte sich neu gerundet, und neu erblühende Frische
leuchtete auf ihren Wangen. Doch was er so
lieblich noch nie an ihr gewahrt hatte, war die
traumhafte Weichheit, die ihr Wesen übergoß, und
in der Leib und Leben sich hingebend zu lösen schien.

„Regine," flüsterte er. Der Herzschlag, der ihm
zur Kehle emporschwoll, mahnte ihn: „Nimm dich
in acht — wahre dich! — es ist das letzte Mal,
daß sie dich in Versuchung führt."

„Das letzte Mal!" hallte es wehklagend zurück.
„Sie wird sterben! In Not und Sehnsucht wird
sie zu Grunde gehen."

Ihm war, als finge die Narbe auf seiner Unter=
lippe zu brennen an.

„Nimm sie hin und dann töte sie — so ist sie
aller Not enthoben," raunte eine Stimme ihm zu.

„Das ist der leibhaftige Wahnwitz!" dachte er
schaudernd.

Und wieder sanken ihre Augen ineinander. Die
Seelen wußten von keinem Widerstreben, wenn auch
die Leiber sich verzweifelt wehrten.

„Rette dich," schrie es in ihm. „Denk an den
Fluch! Halte dich rein für das Vaterland!"

Er sann nach einem Worte, womit er den seligen
Bann zu lösen vermöchte. Aber keins fiel ihm ein.

Dann erhob er sich und trat an das offene Fenster, die Stirn in der Nachtluft zu kühlen. „Rede — handle — tu das Schweigen ab!" mahnte er sich. Da fielen die Briefe ihm ein, von denen sie gesprochen hatte.

„Gib mir die Briefe!" sagte er. Seine Stimme klang rauh.

Sie holte ein Häuflein weißer Kuverte, die sie auf seinem Platze niederlegte. Er öffnete das oberste und starrte über den Bogen hinweg ins Leere. —

War es nicht besser, schon jetzt das Unvermeidliche mit Namen zu nennen? Wozu die Trennung aufhalten, die unaufhaltsam war? — Aber mit Grauen wies er den Gedanken von sich. „Bis Mitternacht mag sie sich freuen. — Nimm sie hin und dann —"

„— Seine Hochwohlgeboren der Freiherr Boleslav von Schranden wird hierdurch benachrichtigt, daß auf dero Antrag die Untersuchung über die Entstehung eventualiter Anstiftung des am 6. März 1809 stattgehabten Brandes von Schloß Schranden wieder aufgenommen ist, und ist Termin anberaumt worden zum — —"

Mit grellem Lachen warf er den Bogen beiseite. Seine Finger tasteten nach einem nächsten Briefe.

Da fiel sein Auge auf Helenens Handschrift.

Ein widriges Gefühl durchzuckte ihn. Was wollte sie noch? Warum störte sie ihn in dieser Stunde? —

„Mein teurer Boleslav!

Ich kann Dich nicht in den Krieg ziehen lassen, ohne Dich noch einmal gesprochen zu haben. Ich bitte Dich und flehe Dich an, daß Du heute um neun Uhr nach der hinteren Kirchhofspforte kommen mögest, wo auf Dich warten wird

Deine

Helene.“

„Warum nicht damals,“ murmelte er, „als es noch Zeit war?“ — Und dann durchflutete ihn heiß der Gedanke, daß hiermit sein Schutzgeist ihm noch einmal die rettende Hand darböte und daß es Frevel wäre an Gott und allem Guten, sie zurückzustoßen.

„Du mußt — du mußt!“ rief er sich zu, „oder du bist die Kugel nicht wert, die jetzt in Frankreich für dich gegossen wird.“

War es nicht eine Fügung, wie nur die himmlische Gnade sie erfinnen konnte, daß die Tochter in höchster Not dazwischen trat, den Fluch des eigenen Vaters in Segen umzuwandeln?

Er sah nach der Uhr. Es fehlten nur wenige Minuten an der genannten Stunde.

Schwerfällig erhob er sich.

„Ich muß hinunter,“ sagte er, „ich habe mit jemand zu reden.“ Und wiewohl er vermied, ihr ins Auge zu sehen, ging ihr rührend flehender Blick ihm bis ins Innerste der Seele.

„Ich bin bald — wieder hier,“ stammelte er.

Sie faltete die Hände und stellte sich schweigend vor ihn hin.

„Was willſt du?"

Sie würgte an ihren Worten: „Herr, mir iſt ſo bang — mir iſt's — als würd's ein Unglück geben."

„Seit wann haſt du Geſpenſterfurcht?" verſuchte er zu ſcherzen.

„Herr — ich weiß nicht — es ſchnürt mir die Kehle zu. — Es iſt wohl recht dumm von mir — aber ich bitt' Sie — gehen Sie nicht — heut nicht."

Er ſchob ſie ſanft zur Seite. Die Hand, die ſich ausſtreckte, ihn zu halten, ſank kraftlos an ihm hernieder. — „Herr — bitte — bitte —"

Er biß die Zähne zuſammen und ging. — Ging zu ſeinem Schutzgeiſt. — — —

———

XVII.

Zu derselben Stunde saßen die Schrandener, soviele ihrer sich von Haus und Hof hatten freimachen können, im „Schwarzen Adler" zum Abschiedstrunk vereinigt.

Der alte Merckel zahlte alles.

Hinter dem Schanktische stand er mit seinem wehmütigsten Lächeln, das ihm heut ein jeder glauben mochte, und goß unaufhörlich die geleerten Gläser voll.

„Trinkt, liebe Leute," mahnte er, „laßt euch durch das Unglück meines Hauses nicht abhalten. Was tut's, wenn er füsiliert wird? Er stirbt einen braven Tod für seine Ehre und für sein Vaterland."

Er wischte sich den Schweiß von der glänzenden Stirn, während seine Äuglein in Unruhe und Erwartung von einem zum anderen glitten.

„Bring auch denen ein Glas, Amalie," wandte er sich an die Schankmamsell, „die bei ihm Wache halten. Ich will sie's nicht entgelten lassen, daß sie helfen, ihn ins Verderben zu stürzen."

Die Schrandener, gerührt von so viel Edelsinn und Geistesgröße, schauten mit verbissenem Ingrimm in ihre Krüge. Sie mochten sich schämen, mit ihrer

Gier bei dem Unglück zu Gaste zu gehen, hätten
es aber für ein Verbrechen gehalten, die freigebige
Regung des Alten nicht mit allen Kräften auszu-
beuten. So gossen sie Bier und Schnaps in
Strömen hinunter, und ein jeder paßte fein auf,
ob auch kein Nachbar rascher tränke als er.

Die Mamsell, fett und schlau wie ihr Dienst-
herr, machte sich mit einem halben Dutzend schäu-
mender Krüge davon, nachdem sie ein paar leise
Befehle mit verständnisvollem Blinzeln von ihm
entgegengenommen hatte.

„Und wenn du den alten Hackelberg siehst," rief
er ihr nach, „lad ihn ein — lad ihn ein. Auch er
ist durch den Schuft ins Elend gebracht worden.
Er soll nicht fehlen bei diesem traurigen Gelage."

„O wackere Soldaten," fuhr er fort, indem er
sich die Augen wischte, „trinkt, trinkt. Ihr müßt
ja vergessen, daß ihr heut eure Ehre zu Grabe
tragt. — Ja, ihr seid beklagenswert — beklagenswerter als mein armer Sohn, denn dem ist es
wenigstens vergönnt, für seine Ehre in den Tod
zu gehen. Aber ihr — pfui — pfui — wie wird
euch zu Mute sein, wenn der Sohn des Landesverräters, der Schuft, den unser verehrter Herr
Pfarrer verflucht hat, morgen in der Frühe mit
euch abmarschieren wird. — ‚Du, Born, putz mir
die Schuhe,' wird es heißen, ‚du, Bichler, halt mir
den Steigbügel' — und mehr dergleichen."

Die beiden Genannten fuhren mit einem Fluche
in die Höhe.

„Und ihr anderen alle, — wenn er euch an-
schnauzen und verschimpfieren wird — er hat ja zu
befehlen — und wer da sich zu mucken wagt, wird
einfach niedergeschossen. Das, meine armen, lieben
Freunde, wird euer Los sein. Drum trinkt und
nehmt Abschied von der Soldatenehre. Morgen
wird sowieso kein Hund mehr ein Stück Brot
von euch haben wollen." —

Ein halb ersticktes Gemurmel ging durch die
Schar, unheimlicher als sonst ihr Wutgeschrei.

Da trat der Tischler Hackelberg, der irgendwo
in der Nähe gelungert haben mochte, taumelnd und
halbbetrunken wie immer in die Schankstube.

Tiefes Schweigen empfing ihn. Der alte
Merkel aber ging ihm feierlich entgegen, faßte
ihn bei der Hand und führte ihn auf einen Ehren-
platz. —

„Auch du bist ein unglücklicher Vater," redete
er ihn mit vor Rührung stockender Stimme an.
„Auch dein Herz hat der Untergang deines Kindes
gebrochen. Dich wie mich und wie uns alle hat
der Wüterich drüben auf seinem Gewissen. Setze
dich, beklagenswerter Mann, und trinke einen
Schluck mit uns." —

Der Trunkenbold, der gewohnt war, von allen
geknufft und gehänselt zu werden, selbst wenn sie's
gut mit ihm meinten, wußte nicht, wie ihm geschah,
als er sich so mit Ehren überschüttet fand. Er blickte
aus seinen trüben Augen argwöhnisch in die Runde
und schien mit sich zu Rate zu gehen, ob er sich

blähen oder zu weinen anfangen solle. Inzwischen
trank er, soviel zu erraffen war.

„Seht ihn an, dieses klägliche Opfer freiherr-
licher Lüste," fuhr Herr Merckel fort, „so verwahr-
lost und verlottert der Mensch, dem die Möglichkeit
zur Rache geraubt ist, der seinen Groll alltäglich
und allstündlich in sich hinunterfressen muß. Aber
auch der Wurm krümmt sich, wenn er getreten wird,
und wer kann's uns verargen, wenn wir wünschten,
der Frevler möchte den folgenden Tag nicht er-
leben?"

„Schlagt ihn tot!" lallte der Tischler, der allgemach in Wut geriet, aber nur ein schüchternes
Echo antwortete ihm; denn jetzt, da man Soldat
war und seinem direkten Vorgesetzten gegenüberstand, war das Totschlagen keine Kleinigkeit mehr.

Herr Merckel geriet in sittliche Entrüstung.

„O, pfui doch, liebe Leute, wer wird gleich so
gotteslästerliche Reden führen! Ich bin die Obrigkeit und darf so was nicht gehört haben. Sich vor
der Front bei hellem Tageslicht an ihm zu ver-
gewaltigen, das wär' 'ne gewagte Sache, und ich
möchte nicht, daß ihr die Möglichkeit auch nur in
den Mund nehmt. — Denn seine Feinde soll man
lieben, steht schon in der Bibel geschrieben. Aber
was kann dem Zorne wehren, wenn er überschwillt
und sich in Verwünschungen Luft macht? Und so
wünsche ich, unser aller Feind und Verderber möchte
diese Nacht in seinem Bette sterben — oder er
möchte verschwinden auf Nimmerwiedersehn — oder

er möchte morgen früh im Maraunefluß gefunden werden. Dann sähe man doch wenigstens, daß der alte Gott über uns noch am Leben ist und Gericht hält über die Sünder und Verdammten. Amen."

„Amen," grollte es aus dem Haufen, und die schwieligen Hände falteten sich.

„Aber das wird ja nicht der Fall sein — den Frevler sieht man fett und alt werden in diesem Jammertal! Morgen wird er angeritten kommen und wird meinen Felix zur Schlachtbank schleppen, und die, welche im Gliede gemurrt haben, wird er auch angeben. — Mich sollt's wirklich wundern, wenn ihr mit dem Leben davonkämt; denn er hat's ja darauf abgesehen, ganz Schranden auszurotten. — Wie eine Herde Hammel, die der Schlächter aufgekauft hat, wird er euch morgen von dannen führen, und die Witwen und Waisen werden hinter euch her weinen."

Ein Wutgeheul brach los, so jählings, daß der Hetzende selber erschrocken zurückfuhr.

„Leise, liebe Leute, leise! Nichts wider das Gesetz. Zwar ist kein Angeber unter uns, und lieber würden wir uns die Zunge abbeißen, als daß wir einen von den Unseren verrieten — der Hackelberg kann ein Lied davon singen — was, alter Freund? — Aber wer weiß, ob der Herr Kapitän nicht selber unter den Fenstern herumspionieren — —"

Fünf, sechs Köpfe fuhren gegen die Scheiben.

„Meint ihr, es wär' ihm nicht zuzutrauen? — O, der scheut vor keiner Gemeinheit zurück. — Aber ich weiß, was ihr sagen wollt, und wahrhaftig, ich kann's euch nicht verdenken: Wenn der hier in dunkler Nacht auf Schleichwegen betroffen würd', dann sollt's ihm schlecht ergehen."

„Totschlagen — totschlagen!" brüllte der Haufe.

„Schreit bloß nicht immer von Totschlagen, Kinder. Die Ohren tun mir schon weh. So was macht man leise ab. — Paff, ein Schuß knallt — paff — noch einer — ein Wilddieb ist's gewesen vom Walde her. — Rehe treiben sich ja genug drin 'rum — was, Hackelberg?"

Der lachte und schnalzte mit der Zunge. — „Paff!"

„Sitz nicht so bösig da, Kerl; hast du denn Fischblut in den Adern? — Weißt du nicht mehr, wie der alte Baron dich hat durchpeitschen lassen, daß man Riemen aus deiner Haut hätte schneiden können? — Potztausend! wie du da 'rumsprangst und heultest! Es war ein Vergnügen anzusehen!"

Hackelberg rülpste sich und grollte in sein Glas hinein.

„Aber damals warst du noch ein Jäger, gewaltig vor dem Herrn, und deine Kugel lief nie den falschen Weg. — Trink, Mensch! — Es ist gar nicht zu glauben, wie du einmal hast schießen können."

„Kann ich auch heut noch," lallte der Tischler.

„Hahaha — verzeih, daß ich lache, Alterchen! Erstens weiß man ja gar nicht, wo du deine Flinte gelassen hast —"

„Aber — ich w — weiß es!"

„Und außerdem ist dir die Hand zum Zielen zu schlapp geworden, und deine Ehre ist flöten gegangen und die Courage dazu."

Der Tischler lachte. In seinen Augenwinkeln erwachte ein giftiger Glanz.

„Was? Du willst behaupten, daß du noch Ehre im Leib hast, und duldest, daß deine Tochter verführt worden ist? Duldest, daß der Verführer frei mit ihr herumläuft, und daß dein eigen Fleisch und Blut dich verachtet, deine Hand zurückschlägt — die undankbare, pflichtvergessene Person!"

Der Tischler sprang taumelnd in die Höhe. — „Komm' mir keiner nach!" schrie er und schüttelte die Faust.

„Wo willst du hin?"

„Geht keinen was an!"

Die Schrandener fanden in ihrem Zorn noch Luft, über den Trunkenbold zu lachen, aber Merckel winkte ihnen begütigend. „Laßt ihn," raunte er den Nächsten zu, „er geht seine Flinte aus dem Miste kratzen."

„Doch was hilft das alles!" fügte er mit einem Seufzer hinzu, während seine Augen sich in verstohlener Angst auf die Tür hefteten. „Er wird sich hüten, sich zur Nacht in unsere Hand zu geben. Und morgen früh, bei Tageslicht, wenn keiner von euch sich wehren kann, wird er kommen, euch euren Henkern zu überliefern, wie meinen Sohn Felix, und keiner von euch wird Schranden jemals wiedersehen. — Drum trinkt, Kinder, nehmt Abschied

von eurem alten Vater Merckel. — Halt, kommt
da nicht Amalie?" unterbrach er sich in freudiger
Spannung aufhorchend.

Die Tür wurde aufgerissen und herein stürmte
die Schankmamsell, die ihm eilends eine Meldung
ins Ohr flüsterte.

Sein Gesicht verklärte sich. Er faltete die rund-
lichen Hände zum Dankgebet.

„Kinder," rief er, „es lebt noch ein Richter im
Himmel! Der Freiherr ist in eure Hände gegeben."

Die Schrandener erhoben ein Freudengeschrei
und sprangen von ihren Sitzen.

„Wie? Wann? Wer hat ihn gesehen?"

„Erzähl, Amalie!" stöhnte er. Dann sank er
erschöpft zusammen, wie einer, der sein Tagewerk
getan weiß.

Und Amalie erzählte. Sie habe warten wollen,
bis die Wachen ihr Bier ausgetrunken hätten, und
sei noch ein wenig in dem schönen Mondschein spa-
zieren gegangen, um frische Luft zu schnappen —
da habe sie einen Mann über die Felder kommen
sehen, in der Richtung vom Katzensteg her. Der
sei nach dem Kirchhof zu gegangen und habe einen
Offizierrock angehabt mit rotem Kragen und blanken
Knöpfen.

„Ist er bewaffnet gewesen?" fragte ein vor-
sichtiger Sohn Schrandens.

Ja, der Säbel habe nur so im Mondenschein
geblinkert.

Diese Tatsache erregte Bedenken.

„Er wird wohl die Wachen revidieren wollen,"
meinte ein anderer und kratzte sich den Kopf.

Herr Merckel stieß ein unruhiges Gelächter aus.
„Seit wann stehen Wachen auf dem Kirchhof?"
rief er. „Ich werd' euch sagen, was er dort will.
Seinen sauberen Herrn Papa will er besuchen, will
ihm am Grabe schwören, daß er ihn rächen werd'
an euch, sobald ihr als Soldaten in seine Hände
gegeben seid. Gratuliert euch nur zu diesem Gange."

In diesem Augenblick erstand ihm ein Bundes-
genosse, auf den er nicht mehr gezählt haben mochte.

Der alte Tischler stürzte zur Tür herein, in der
Rechten eine Jagdflinte schwingend, an der noch
Kot und Halme hingen. Eine Berserkerwut schien
ihn gepackt zu haben. Er schlug seine Brust und
sprang taumelnd umher wie ein Besessener.

„Ich soll keine Ehre haben?" schrie er. „Ich
soll mir mein Kind verführen lassen? Wo ist das
Frauenzimmer, das Schande auf mein graues Haupt
gebracht hat? Ich mach' ihr keinen Sarg! Niederschießen tu' ich sie — alle beide tu' ich sie niederschießen."

„Kommt auf den Kirchhof!" erschallte es aus
dem Haufen, der sich ermutigt fühlte.

Der alte Gastwirt erschrak. „Nicht auf den
Kirchhof, Kinder!" mahnte er eifrig. „Erstens ist
der Ort heilig, und zweitens könnt' er euch dort
entwischen. Wenn ihr in Güte und Liebe was mit
ihm abzumachen habt — ich weiß zwar nicht was?
und will es auch nicht wissen — so rat' ich: Geht

zum Katzensteg. Dort gibt's am Ufer Buschwerk
genug — zwar ist's noch dünn — aber verstecken
tut es euch doch."

„Und wenn er durchs Dorf zurückgeht — über
die Zugbrück'?" meinte der Vorsichtige.

Herr Merckel wußte Bescheid. „Tut er nicht!"
lachte er, „der Katzensteg liegt ihm bequemer."

„Los zum Katzensteg!" schrie der Tischler und
stieß mit dem Kolben gegen die Bänke und Tische.
Die Schar setzte sich in Bewegung. Herr Merckel
stopfte ihnen so viel Schnapsflaschen zu, als seine
Hände in Eile erraffen konnten.

„Nehmt, Kinder, nehmt!" rief er, „alles für
eure Ehre!"

Dann, als die Letzten draußen waren, trocknete
er sich den Schweiß von der Stirn, faltete die
Hände und sagte mit einem beklommenen Seufzer:
„Ach, Amalie, wenn sie sich nur nicht an ihm vergreifen möchten."

———

XVIII.

Als Boleslav die Landstraße erreicht hatte, sah er drüben im Schatten des Kirchhofzaunes eine Mädchengestalt, welche sich ihm zögernd entgegenwandte.

Der Augenblick, auf den er acht Jahre lang in Sehnsucht gewartet hatte, war gekommen. — In seinem Herzen regte sich nichts. — „Sei doch froh! Preise dich glücklich!" rief er sich zu. „Sie liebt dich! — Sie rettet dich! — Sie löst dich von Regine." — Und wie ein Echo hallte es klagend zurück: „Regine."

Scharf umrissen hoben die schwarzen Konturen des überschlanken Mädchenleibes sich von dem mondhellen Hintergrunde ab. Die Schultern erschienen eckig, und von der hochgegürteten Taille sanken zwei gerade Linien zu den schmalen Hüften herunter.

Er sprang über den Graben und streckte ihr die Hände entgegen.

Sie barg mit einer zierlich schamhaften Wendung die ihren auf dem Rücken.

„Sei doch nicht gleich so stürmisch!" lispelte sie.

Er stutzte. Eine kalte, fast höhnische Regung

durchzuckte ihn, deren er sich schämte und die er
niederzwang.

„Du hast mich lange warten laffen, Regine!" —
Und da sie sich halb dem Monde entgegenwandte,
schaute er ein schmales, dürftiges Gesicht mit einem
schnippischen Näschen, das sich verächtlich kraus zog.

„Ich heiße Helene," sagte sie, „falls du meinen
Namen vergessen haben solltest," und drehte ihm
schmollend den Rücken. —

Er erschrak. — „Verzeih," stammelte er. „Es
geschah nicht mit Absicht."

Wahrlich, das war ein übler Anfang. —

Sie machte ein spitzes Mäulchen, schien aber
geneigt, sich wieder versöhnen zu lassen. — „O,
komm hier fort," bat sie, „ich fürchte mich."

„Wovor?"

„Nun — vor dem Kirchhof."

Wieder durchfuhr ihn jenes höhnische Gefühl.
Ohne daß er sich dessen klar wurde, verglich er sie
in allem, was sie tat und sagte, mit Reginen. Und
der Vergleich fiel nicht zu ihren Gunsten aus.

„Ich bin nämlich sehr graulich, wie du wohl
noch weißt," fuhr sie fort, während sie zur Land=
straße zurückschritten, „und es war eine Übereilung
von mir, daß ich dich gerade hierher bestellt hab'.
Überhaupt war es eine große Übereilung von mir.
Und wenn ich nicht —" sie sah ihn mit einem ge=
zwungenen zärtlichen Blicke von der Seite an, der
ihre Rede vollenden sollte. — Dann als er ihr beim
Überspringen des Grabens behilflich sein wollte,

tat sie einen kleinen Schrei und sagte: „Nein, nein."

Das unklare Gefühl der Enttäuschung, das ihn bisher beherrscht hatte, wandelte sich in reines Erstaunen.

Sie sah sich nach allen Seiten um. „Hier können wir auch nicht bleiben," flüsterte sie. „Wenn Leute kämen und mich hier mit einem Herrn zusammensähen, ich glaub', ich schämte mich zu Tode."

„Wohin willst du also?"

„Ja, das mußt du bestimmen."

„Komm also zum Walde!"

Sie schlug mit einer altjüngferlichen Gebärde die Hände zusammen. „Wo denkst du hin?" rief sie. „Zur Nachtzeit! Mit einem Herrn!" —

Er rieb sich die Stirne. War es denn möglich, was er sah und hörte? — Das war Helene? Das der Genius, zu dem er aufgeblickt hatte, als einem Wesen aus anderen Welten?

Oder aber lag an ihm die Schuld? Hatte er verlernt, die Sprache der Tugend und Reinheit zu verstehen? — Hatte die wilde Magd ihm sein Urteil verwirrt, seine Phantasie mit allzu wüsten Bildern erfüllt?

„So gehen wir also die Landstraße entlang," sagte er.

„Wenn nur niemand kommt!"

„Du siehst ja, es kommt niemand."

„Aber es wäre doch möglich!"

Darauf war nichts zu erwidern. Ein Schweigen

entstand. Dann sagte er: „Willst du mir nicht deinen Arm reichen?"

„Ich bin so frei!" erwiderte die Geliebte seiner Jugend.

Eine Weile schritten sie, wiederum schweigend, nebeneinander her. Fast schien es, als hätten sie sich nichts zu sagen.

„Regine wartet!" rief es in ihm.

„Du bist ja so stumm!" meinte Helene, indem sie mit den zwei Fingern, die auf seinem Arme lagen, neckisch gegen die Beuge seines Ellbogens tippte. „Du böser Mann hast mir wohl gar keine Zuneigung mehr bewahrt?"

Er gab sich nicht das Recht, „nein", zu sagen. Sie war ihm treu geblieben, sie hatte auf sein Wort gebaut volle acht Jahre lang. Er durfte es nicht zu Schanden werden lassen. Und als er ein zögerndes: „Gewiß, gewiß!" gestammelt hatte, ließ sie einen vielsagenden Seufzer hören und meinte: „Man hat mir so viel Schlechtes von dir erzählt, daß ich gar nicht mehr weiß, was ich glauben soll. — Aber es ist doch nicht wahr — nein?"

„Was denn?" fragte er müde.

„Ach, das kann ja ein Mädchen gar nicht in den Mund nehmen. — Ganz unmoralische Sachen. — Du bist doch früher immer ein edler Mensch gewesen. Ich kann mir nicht vorstellen, daß du dich so verändert haben solltest."

Sie machte einen leisen Versuch, sich enger an ihn zu schmiegen. Das blauseidene Ridikül, das sie in der Hand trug, fiel dabei zu Boden. — Als er sich — zu gleicher Zeit mit ihr — bückte, um es aufzuheben, geschah es, daß der Rand seiner Mütze ihre Wange streifte.

„O, nicht doch!" lispelte sie schamhaft und bog sich von ihm fort.

„Bitt' um Vergebung," erwiderte er mit großer Höflichkeit — und biß die Lippen zusammen.

„Du hast mir noch immer nicht geantwortet," fuhr sie fort. „Am Ende ist es doch wahr, was die Leute sich von dir erzählen. — Das wäre sehr häßlich, und ich armes Mädchen würde mich bitter in dir getäuscht haben. Papa hat immer gemeint, es würde mit dir noch ein schlechtes Ende nehmen."

Das sagte sie in einer so naseweisen, superklugen Weise, daß er ein Lachen nicht verbeißen konnte.

Sie schien einzusehen, daß sie sich in der Tonart vergriffen, und bitter gekränkt fuhr sie fort: „Ja, nun lachst du über mich armes Mädchen. Und ich mein' es doch so gut mit dir. — Ich möchte dich für mein Leben gern nicht untergehen lassen."

„Bitte, gib dir keine Mühe!" erwiderte er.

„Nein, mache dich nicht schlechter, als du bist," lenkte sie ein. „Ich weiß, daß du ein edler Mensch bist. Und wenn uns das Schicksal auch für ewig trennt, ich werde dich doch immer, immer lieb haben. — O, was für bittere Tränen hab' ich schon um dich geweint! — Und allabendlich hab' ich für dich gebetet: Lieber Gott, schütze meinen teuren Jugendfreund, schenk ihm ein gutes Gewiſſen und bewahre ihn vor Sünde und Rachſucht."

„Die Schrandener ſind gerade dazu angetan, einem die Rachſucht abzugewöhnen," erwiderte er.

Sie rümpfte das ſpitze Näschen. — „Die Schrandener ſind ein rohes Pack," meinte ſie; „mit ſo was ſoll man ſich gar nicht abgeben. — Ich bin auch viel lieber bei der Tante in Wartenſtein. Da lebt man doch wenigſtens unter wohlerzogenen, anſtändigen Bürgersleuten, die da wiſſen, wie man vor einer Dame den Hut abzunehmen hat. — Das verſteht kein einziger Schrandener, Herrn Merckel ausgenommen. Und den Felix natürlich." Sie ſtieß einen tiefen Seufzer aus. „Aber der hat meiſtens Uniform getragen," fügte ſie nachdenklich hinzu. — Und als ob ſie erſt hierdurch an die Ereigniſſe des heutigen Nachmittags erinnert würde, ſchrie ſie plötzlich hell auf, ſchlug die Hände zuſammen und rief: „O, Boleslav, Boleslav!"

„Was wünſcheſt du, Helene?"

„Boleslav, wie konnteſt du nur ſo böſe ſein! — Der arme, arme Felix! Ich bin ja nicht dabei geweſen, ich war hinten im Garten bei den Radieschen. Aber ſpäter haben ſie's mir erzählt: Mit dem blanken Säbel haſt du ihm auf den Kopf gehauen, daß das Blut nur immer ſo geſpritzt iſt." Sie ſchauderte und muckte, das Weinen verbeißend. — Dann löſte ſie die Hand aus ſeinem Arme und lief nach der anderen Seite des Weges hinüber. „Geh, ich mag nichts mehr von dir wissen," rief sie, „du haft schlecht und grausam gehandelt."

„Das verstehst du nicht, liebe Helene," erwiderte er.

„Und dabei ist er dein Jugendfreund gewesen und hat mit uns im Garten gespielt. Wie oft ist er für dich über den Zaun geklettert, wenn dein Ball weggekollert war! Und Meerschweinchen hat er dir geschenkt. Haft du das alles vergessen?"

„Und um der Meerschweinchen willen, nicht wahr?"

„O — und jetzt haft du ihn in die dunkle Kirche gesperrt — Papa meint, du habest gar nicht das Recht dazu, und er wollte dich beim Kommando anzeigen, da werde es dir schlecht ergehen —"

So wenig gleicht sie ihrem Vater, dachte er, daß jedes seiner donnernden Worte sich in ihrem Munde zu mattem Geschwätz verwandelt. — Und von diesem gackernden Hühnchen hatte er Sein und Nichtsein abhängig machen wollen?

Sie war zu ihm zurückgekehrt und hatte mit einer zierlichen Gebärde die Hand aufs neue in seinen Arm geschoben.

„Daß du ihn aber morgen gefangen abführen, dann vor ein Gericht stellen lassen wirst, wie die Leute sagen, damit er totgeschossen werde — nicht wahr, das ist gelogen? Das glaube ich nicht von dir. So schlecht bist du nicht."

Er unterdrückte eine Regung der Ungeduld.

„Also doch?" fragte sie und wischte sich die Augen.

„Aber, nicht wahr, wenn ich dich sehr bitte, lieber

Boleslav — mir tust du's zum Gefallen und läßt
ihn frei?"

Ruhig, wie etwas Beiläufiges fast, kam die Bitte
aus ihrem Munde. Aber in dem Auge, das argwöhnisch nach dem seinen schielte, flackerte geheime
Angst.

„Lieber, lieber Boleslav!" fuhr sie dringlicher
fort, während ihr Arm in dem seinen heftig zu
zittern begann, „wenn du mich noch ein ganz klein
wenig lieb hast, läßt du mich nicht so von dir gehen. —
Ich will dich auch ewig in meinem Herzen tragen,
und wenn das Schicksal uns grausam trennt, will
ich wenigstens fortfahren, für dich zu beten und dich
zu segnen."

„Verzeih mir, Helene," sagte er, durch ihre
scheinbar hervorbrechende Innigkeit wärmer ge-
stimmt, „wenn ich dir hart erscheinen muß. Aber
es hilft nichts. Dein Wunsch ist unerfüllbar."

Sie, die diese Antwort nimmermehr erwartet
zu haben schien, sah ihn eine Sekunde lang mit
starren, bösen Augen an. Dann sank sie, in plötzliches Weinen ausbrechend, gegen einen Baumstamm
und schlug die mageren Hände vors Gesicht.

In diesem Augenblicke ertönte aus der Ferne
ein Schuß, dessen Echo langsam über den Wäldern
verrollte.

Helene stieß einen Angstschrei aus, und die
Hände ringend, schluchzte sie: „Gewiß haben sie auf
ihn geschossen, weil du Unmensch es befohlen hast!
— O Jesus, Jesus, hast du denn kein Erbarmen?"

Er, nach der Richtung hinhorchend, von welcher der Knall gekommen war, suchte sie zu beruhigen. Daß der Schuß Felix Merckel gegolten habe, davon könnte nicht die Rede sein. Sicher sei er im Walde jenseit des Schlosses abgefeuert worden. Ein Wilddieb wahrscheinlich, der den Wechsel des Rotwilds beschlichen habe. —

Aber sie schluchzte nur umso heftiger. — „Dir kann's ja recht sein — o du — du — du schleppst ihn ja doch zum Tode." —

Boleslav, den ihre steigende Verzweiflung zu befremden anfing, versprach ihr, sein möglichstes zu tun, um die Richter zur Milde zu stimmen. Er selber wolle bezeugen, daß Felix sinnlos betrunken gewesen. Seinen alten Haß gegen ihn, sein verletztes Gefühl — alles wolle er ins Feld führen, um das Unheil abzuwenden.

Aber sie gab sich nicht zufrieden. — Und plötzlich sank sie vor ihm in dem lehmigen Erdreich nieder und umklammerte seine Knie: „Erbarme dich! sei edel! errette ihn!"

„Um Gottes willen, steh auf!"

„Nein, das tu' ich nicht. — Im Staube fleh' ich dich an." — —

„Aber begreifst du denn nicht, daß ich mich selbst des mörderischen Überfalls bezichtige, wenn ich ihn als schuldlos hinstelle?"

„Schadet nichts!" schluchzte sie. „Wenn du mich wahrhaft liebst, wirst du mir dies kleine Opfer bringen." —

Da fing er an zu verstehen, daß nicht er es war, um dessentwillen sie ihn gerufen hatte, und daß sie nach wohlüberlegtem Plane handelte, um seine Liebe für sie zu Gunsten eines anderen auszunutzen. —

So also war das Weib beschaffen, dessen er sich jahrelang unwert geglaubt hatte! Nach dessen Segen er emporschaute, wie nach einem unerreichbaren Ziele. — Das war die Lichtgestalt, in der alles Gute und Reine sich zu vereinigen schien, die er für entheiligt gehalten hatte, wenn ihr Name mit dem Reginens in gleichem Atemzuge seinem Munde entglitten war.

Und Regine! Die Entehrte, die Verworfene, wie himmelhoch stand sie über — dieser schlauen Tugend!

Ein wildes Gelächter quoll aus seiner Brust.

„Warum sagtest du mir nicht gleich, daß ihr verliebt seid?"

Sie sprang in die Höhe.

„Das ist eine Verleumdung," rief sie, „ich bin ein unbescholtenes Mädchen."

„So doch — verlobt!"

Sie fing aufs neue zu weinen an, obwohl sie nicht vergaß, dabei die Lehmkrumen von ihrem Kleide zu schütteln. „O Boleslav," schluchzte sie, „du trägst die Schuld daran. Warum hast du mich so lange warten lassen? Und warum hast du den Leuten so viel Anlaß zu übler Nachrede geboten? — Und dann der Widerstand Papas, der doch nie zu überwinden gewesen wäre. — Was sollte ich armes Mädchen — —"

„Bitte, es macht nichts," erwiderte er lustig.

„Und du bist mir nicht böse?"

„O, nicht im mindesten."

Schweigend begleitete er Helene in die Nähe des Dorfes zurück, nahm freundlichen Abschied und versprach nochmals, alles zu tun, was in seinen Kräften stände, um ihren Verlobten zu retten.

Sie dankte, machte eine artige Verneigung und entfernte sich.

So endete die große Liebe seines Lebens. — —

Und als er den Schatten ihrer schmalen Gestalt hinter den letzten Häusern hatte verschwinden sehen, quoll in wildem Jubel der Name „Regine" aus seiner Seele.

Nun war der Weg frei — frei für jauchzende Sünde.

Doch was hieß Sünde, wenn das, was sich Tugend nannte, so kläglich zusammenfiel? Wo war das Böse, wenn das Gute zum Gespötte ward?

„Nimm sie hin — reiße sie an deine Brust — was morgen kommt, soll dich nicht scheren. Mag sie dir folgen von einer Schlacht zur anderen — mag sie Männerkleider tragen, wie jene Leonore Prohaska, die ganz Deutschland als Heldin feiert.

„Regine — Regine!" jubelte er abermals und streckte im Laufen die Arme aus. Über die mondhellen Wiesen ging sein Lauf. Höher und dunkler stieg das Gebüsch des Ufers vor ihm empor.

Am Katzenstege stand sie wohl und harrte seiner, wie sie allezeit getan.

„Regine!" rief er über den Fluß.

Nichts antwortete ihm. Tiefe Stille rings herum — nur durch die jungen Blättchen der Erlen floß ein leises Rieseln, das klang, wie wenn ein Träumender durch halbgeschlossene Lippen atmet. Von dem unsichtbaren Flusse drang ein feines Geplätscher herauf. Das Wasser stand niedrig und brach sich an den spitzen Kieseln.

Er erklomm die Stiege.

„Regine!" rief er noch einmal. — Schweigen wie zuvor.

Da gewahrte er, daß fast in der Mitte des Steges das schwankende Geländer durchbrochen war. Morsche Splitter hingen an beiden Seiten herab.

Erschrocken neigte er sich zum Flusse hinunter — — — — — — — Auf der silbernen Fläche schwamm der Leichnam eines Weibes. — — —

XIX.

Als die Schrandener den „Schwarzen Adler" verlassen hatten, zerstreuten sie sich eilends nach ihren Wohnungen, um sich, sogut sie konnten, zu bewaffnen.

Die Hälfte kam nicht wieder zum Vorschein.

Die anderen — etwa zwanzig an der Zahl — schlugen hinter dem lahmenden Tischler her den Weg um die Schloßinsel herum zum Katzenstege ein. — Da sie sich erst unter den Gebüschen des Flußufers wieder vereinigt hatten, so waren sie unbemerkt und ohne Gefolge geblieben. — — —

Schweigend, mit erhobenen Hacken, schlichen sie durch das feuchte Gras, nur der alte Säufer konnte das Schwatzen und Murmeln nicht lassen. Er führte eifrige Gespräche mit seiner Flinte wie mit einem lebenden Wesen, schüttelte und ermahnte sie, daß sie ihm ihren guten Dienst nicht versage. Von Zeit zu Zeit legte er den Kolben zielend an seine Wange, und wenn er gewahrte, daß seine Finger tanzten, oder daß Fledermäuse und Flämmchen am Visier vorüberschwirrten, tat er eilends einen langen Zug aus seiner Flasche. — —

Als die Schrandener den Katzensteg erreicht

hatten, der schwarz mit leuchtenden Kanten den
Fluß überbrückte, verteilten sie sich zu seinen beiden
Seiten und glitten so geräuschlos, wie ihr halb-
trunkener Zustand es erlaubte, am Abhange hinunter, um das Erlengezweig als Hinterhalt zu benutzen. Die, welche Schießgewehre besaßen, der
alte Tischler voran, faßten unten am Rande der
schmalen Sandbank Posto, um ihn mit der Kugel
vom Katzenstege herunterzuholen, falls es ihm ge-
länge, denen zu entwischen, die ihn mit Sensen,
Piken und Dreschflegeln am Fuße der Stiege an-
zufallen gedachten.

Wohl fünf Minuten lang erscholl kaum ein Laut.
Nur wenn einer die kreisende Schnapsflasche nicht
mit den Händen erreichen konnte, gab es im Unterholze ein leises Rascheln und Knacken.

Auch auf der Insel war alles totenstill.

Da gewahrte der Tischler, dessen Augen der
Branntwein noch einmal geschärft hatte, und der
lauernd wie auf dem Anstand saß, daß drüben aus
dem Buschwerk sich eine dunkle Gestalt loslöste, die
dort gekauert haben mußte, und langsam und lautlos auf den Katzensteg zuschritt.

Als sie aus dem Schatten in den Bereich des
Mondlichts trat, erkannte er seine Tochter. —
Offenbar hatte sie die Mörder bemerkt und ging
nun aus, den Freiherrn zu warnen. — Die Wut
des Jägers, der seine sichere Beute sich entschlüpfen
sieht, umnebelte vollends sein wirres Hirn.

„Wirste zurück, du Aas!" schrie er.

Sie duckte sich und glitt weiter, das Geländer
des Stegs erfassend.

„Zurück — oder ich schieß'."

Sie wollte sich mit einem gewaltigen Sprunge
vorwärtsschnellen — da knallte ein Schuß — lautlos sank sie gegen das Geländer — das brach entzwei. — Und von der Höhe des Katzenstegs herab
fiel der Leib als eine dunkle, leblose Masse in den
Fluß hinab. — Leuchtend spritzte das Wasser empor
— die Steine auf dem flachen Grunde knirschten
und rollten.

Dann wurde der Leichnam langsam von den
Wellen aufgehoben und schwankte und drehte sich,
bis das Antlitz emportauchte und von dem Monde
grell beschienen ward.

Eine tiefe Stille herrschte am Ufer. Regungslos, mit angehaltenem Atem starrte ein jeder auf
das tote Angesicht hernieder, das mit seinen starren,
weitgeöffneten Augen zu drohen und zu warnen
schien. — Ein Wurzelknorren, der vom Ufer her
in den Fluß hineinragte, hatte einen Zipfel des
Rockes ergriffen und hielt den Leichnam fest, daß
er nicht stromabwärts getrieben werden konnte. Nur
leise und vorsichtig, als ob sie mit ihm spielen
wollte, schob die Strömung den Körper hin und
her, so daß dem Anblick des emporgewandten
Hauptes keiner, wo er auch versteckt war, entrinnen
konnte.

Wohl zehn Minuten lang währte das Schweigen,
da brach aufs neue ein Rascheln und Knacken durch

das Gehölz, und scheu, mit geduckten Schultern, das fleischgewordene böse Gewissen, schlich einer der Schrandener von hinnen.

Ein zweiter folgte, ein dritter, ein vierter, — und eilends leerte sich die Unglücksstätte.

Der alte Tischler, der mit leerem Blick schwatzend und grollend auf seine Tochter herniedergestiert hatte, sah sich um und fand sich allein.

Da stieß er drei heisere Schreie aus: „Feuer, Feuer, Feuer!" schleuderte sein Gewehr nach dem Leichnam, so daß es platschend im Flusse versank, und rannte taumelnd hinter den anderen her.

Nichts regte sich fürder am Katzensteg. — — Boleslav war frei. — — — — —

Geraume Zeit dauerte es, bis er zu fassen vermochte, was er sah. Ganz betäubt starrte er bald die Leiche, bald das zerbrochene Geländer an.

„Du hättest es schon lange erneuern sollen," dachte er und spielte stumpfsinnig mit den Splittern.

Dann, wie aus einem Traum erwachend, stieg er ans Ufer zurück und den Abhang hinunter. — Da gewahrte er niedergebrochene Äste und frisch aufgestampftes Erdreich, und ein vager Verdacht zuckte durch seine Gedanken. Doch er verschwand, vertrieben von der Hoffnung, daß es noch Zeit sei, sie ins Leben zurückzurufen.

Auf dem Knorren kroch er rittlings in die Nähe des Körpers und zog ihn mit der Säbelscheide ans Ufer. . . .

Auf dem blinkenden Sande lag sie nun da, und

das Waſſer rann in hundert kleinen Bächen von ihr
ab. Mit der Säbelklinge ſchnitt er die naſſe Jacke
von ihrem Leibe; da gewahrte er Blut, welches
das Hemde gerötet hatte — und als er auch das
herunterriß, ſah er unter ihrer linken Bruſt einen
feinen, glänzenden Quell ſich ergießen.

Da mußte er, was jener Schuß bedeutet hatte.
— — Und als die erſte wilde Begier nach Rache,
die ihm zuſchrie: „Geh und ſteck ihre Häuſer in
Brand und ſchlage ſie nieder, bis ſie dich ſelber er-
ſchlagen!" — als dieſe erſte Begier ihr Wüten zu
ſänftigen begann, da ſank er an der Leiche nieder
und brach in krampfhaftes Weinen aus. Lange lag
er ſo, dann erhob er ſich langſam, lud ſie auf ſeine
Schultern und trug ſie zwiſchen den Spuren ihrer
Mörder den Abhang hinan, über den Katzenſteg
nach der Inſel. Sie war keine leichte Laſt, und
dreimal fiel er keuchend unter ihr in die Knie.

Am Rande des Buſchwerks, welches das Gartenhaus umgab, mußte er ſie ſinken laſſen, denn er
fürchtete, ohnmächtig zu werden. An derſelben
Stelle lag ſie, wo er ſie nach dem Begräbniſſe des
Vaters leblos und blutend vorgefunden hatte. Wie
damals ſpielte das Mondlicht auf dem bleichen An-
geſicht, doch diesmal ſollte ſie nicht mehr ins Leben
zurückkehren.

„So haben ſie dich doch erwiſcht!" rief er, in
ein gellendes Lachen ausbrechend. — Ein ſtechender
Schmerz zuckte durch ſeinen Hinterkopf. — Ihm
war zu Mute, als müßte er wahnſinnig werden,

wenn diese großen, starren, glanzlosen Augen noch
länger zu ihm emporsahen.

Die Sorge, den Leichnam wohl aufgehoben zu
wissen, ehe er von dannen zog, brachte ihn wieder
zur Besinnung. — Die Schrandener waren ja im
stande, die Ermordete irgendwo im Walde einzu-
scharren, damit den Gerichten kein Zeugnis der
Missetat in Händen bliebe.

Der einzige, dem allenfalls zu trauen, war der
alte Pfarrer, mochte er sie immerhin verflucht und
verfemt haben, zur Teilnahme an Bubenstücken gab
er sich nicht her.

Boleslav beschloß, ihn sofort aus dem Schlafe
zu holen und zur Stelle zu führen, damit später
ein Zeuge nicht mangelte, wenn er selber sich —
Gott weiß wo? im Felde umhertrieb.

Die Turmuhr schlug elf, als er die Dorfstraße
erreicht hatte. Vor der Kirchentür sah er die Wachen
lautlos auf und nieder gehen, sonst schien alles im
tiefsten Schlafe zu liegen.

Da vernahm er aus einer der Hütten, an denen
er vorüberschritt, ein lautes Poltern und Schelten
und Schreien.

Er schaute hin und gewahrte den grünen Sarg,
das Wahrzeichen des Tischlers Hackelberg, das von
seinem Ständer düster herniedersah.

Die lallenden Worte des Trunkenboldes fielen
ihm ein. „So geht sein Wunsch in Erfüllung,"
dachte er, „der Tochter einen Sarg zu bauen," und
in einer bitteren Laune beschloß er, dem Alten, falls

er bei Sinnen wäre, auf der Stelle von dem schmäh-
lichen Tode seines Kindes Mitteilung zu machen
und die Erfüllung seines Versprechens von ihm zu
fordern.

Er betrat den finstern Hausflur. Aus einem zur
rechten Seite gelegenen Raume drang das Zetern
und Schreien der trunkenen Stimme ekelerregend
an sein Ohr. Dahinein mischte sich ein kurzes, stoß-
weißes Zischen und Sausen, das er sich nicht erklären
konnte.

Er klinkte die Türe auf. Da sah er ein Bild, so
grausig, daß er, den der Tag wahrlich an Schrecken
gewöhnt hatte, erbleichend zurückschauderte.

Der alte Tischler sprang mit heruntergerissenen
Kleidern, blutend an Hals und Armen, in dem
Zimmer umher, dessen schmutziges Elend der Mond
grellfarben erhellte. Er schien vom Veitstanz befallen. Alle seine Glieder flatterten, vor dem Munde
stand der Schaum. Seine Augen rollten im Wahnsinn, und ein krampfiges Zucken verzerrte die Muskeln seines Gesichts. — An der Rechten hing ein
großer Hobel, dessen ringförmige Handhabe er über
das Gelenk gestreift hatte, und die er vergebens mit
den tanzenden Fingern festzuhalten strebte. Wo er
eine hölzerne Fläche sah, an Tischen, Wänden, an
den Holzstapeln, welche die Erde füllten, suchte er
hobelnd darüber zu fahren. Das gab jedesmal einen
zischenden Laut, der in einem Haken schroff abbrach.

„Wird gleich fertig sein!" schrie er — „Noch ein
Zug" — ss — ss „und die Quetsche is fertig" —

ff — ff — — „verdammte Fledermäuse! können einen
nie in Ruh' lassen" — ff — ff — „vorwärts —
hopp — Feuer — Feuer — das Schloß brennt —
Feuer, Feuer! — Wirste weg, Frauenzimmer —
wenn du sagst, daß du mich gesehen haft — mit
dem Schwamm und dem Flachsbund" — — ff — ff
„mach' ich dir den Sarg nicht fertig." — ff — ff —
„Geh mir aus dem Weg, du Schlange" — —

Er war gegen Boleslav gestoßen, der, von gräß-
licher Ahnung getrieben, sich ihm in den Weg gestellt
hatte, und den er für seine Tochter zu halten schien.

„Geh zurück — geh vom Katzensteg ... hier
kriegt heut der Baron sein Teil — zurück — oder"
— — er legte den Hobel zielend an die Backe —
dann, von einer neuen Vision gepackt, schrie er von
neuem in Todesangst: „Feuer — Feuer — Feuer",
suchte sich hinter dem Tische zu verkriechen und fuhr
dabei hobelnd über die Fetzen seiner Jacke. —

„Feuer — Feuer! werd't ihr weg — ich hab's nicht
getan — meine Tochter hat gelogen — die Flammen
kommen — Feuer, Feuer — die Flammen sind da." —

Von den Flammen, welche das höchste Stadium
seines Deliriums darzustellen schienen, geriet er dann
wieder auf die Fledermäuse, die er mit Armen und
Beinen zu verscheuchen suchte, bis er die Arbeit des
Hobelns an den Tischkanten fortzusetzen vermochte.

„Bin gleich fertig, lieber Herr" — ff — ff —
„Noch ein paar Bretterchen" — ff — ff — „meine
Tochter ist ein Luderchen — — dies kommt auf die
Nase" — ff — „feinpoliert" — ff — — „nu liegt sie

da und jappt nicht mehr" — — ff — „siehste — was biste nicht weggegangen! — — Dein Vater schießt wie 'n Daus" — — ff — — ff — „der Baron kriegt's heut hinter die Rippen" — — ff — „Sind extra dazu hergekommen — alle Mann hoch! — — Hoch Merckel" — — ff — „'runter vom Steg, du Biest — haft wohl wieder Franzosen hinter dir? — — Und wenn du nicht weggehst" — er legte auf Boleslav an.

In dem flimmernden Mondenschein glich er mit seinen zappelnden Beinen, seinem wackelnden Kopfe, seinen tanzenden Armen einem greulichen Phantome, dessen Glieder aus hundert beweglichen Ringen zusammengesetzt sind.

Mitten im Zielen brach wieder ein gellender Aufschrei aus seinem Munde, und um den Flammen zu entfliehen, die ihn aufs neue verfolgten, verkroch er sich diesmal hinter einen Holzstoß, in welchen er unaufhörlich mit dem Hobel hineinstieß, bis mit den dunkleren Fledermäusen die Wahnvorstellungen ihren schauerlichen Kreislauf von neuem begannen.

·Boleslav, der, von Entsetzen geschüttelt, aus den Phantasien des tobsüchtigen Alten die grausige Wahrheit herauslas, vermochte nicht länger dies Bild zu ertragen.

Er floh hinaus, als wären die Flammen, die den Wahnsinnigen jagten, auch ihm auf den Fersen, und ruhte nicht eher, als bis er das Dorf hinter sich wußte und die Schatten der Ruinen ihn in ihrem Schoße bargen.

XX.

Die Uhr der Dorfkirche meldete Mitternacht, als Boleslav die Stätte erreichte, wo der Leib des entseelten Weibes seiner harrte.

Der Mond war weiter gewandert, schützendes Dunkel umhüllte das bleiche Angesicht, und aus dem Dunkel starrten die Augen noch immer groß und glanzlos zu ihm empor, als wollten sie eine flehende Frage tun, auf die es hienieden weder, noch im Jenseits eine Antwort gab.

Er warf sich neben der Leiche auf die Knie, nahm Abschied von den beiden erloschenen Sternen und strich sanft die Lider über sie herab.

Nun erst, da Regine einer Schlafenden glich, wagte er aufzuatmen, und ein schmerzlicher Friede zog in sein Gemüt.

„Du gehörst mir, mir ganz allein," sagte er, „keiner sonst soll teilhaben an dir im Leben wie im Tode."

Und was sein Gefühl gebieterisch von ihm forderte, schon seit er das Haus des Mörders verlassen hatte, das beschloß er nun in ruhigem Sinnen.

Was geschehen war, glich einer ehernen Kette von Schuld, in welcher seit Jahren ein Glied sich

an das andere reihte. In diese Kette hineingefügt
und mit ihr zusammengeschmiedet war eine blut=
schänderische Liebe. Um dieser Liebe willen, die
sündig war wie die Hölle und rein wie der Himmel,
sollte alles, was Nacht und Schweigen gezeugt, in
Nacht und Schweigen begraben sein. Begraben zu=
gleich mit diesem Leichnam.

Was konnte die armselige Gerechtigkeit der
Menschen wohl für Sühne geben, da, wo das ewige
Schicksal selber Recht zu sprechen schien? Hieß es
nicht, diesen toten Leib entweihen, wenn er ihn vor
die Schranken schleppte und von neugierigen Söld=
lingen beschnüffeln ließ?

Oder sollte er gar zulassen, daß der Priester,
der sie im Leben verflucht, im Tode den zünftigen
Segen über sie sprach? Wieviel fehlte dann noch,
daß sie in dem Sarge gebettet würde, den des
Vaters mörderische Hand für sie gezimmert, und
daß seine Mitschuldigen als Leichengefolge johlend
und Steine werfend hinter ihr her zogen?

Nein, wahrlich! Keinem der Schrandener Wölfe
soll sie zur Beute werden. Er selbst, für den sie
gelebt, für den sie in den Tod gegangen, wird ihr
die letzte Ruhestatt bereiten. Verstecken wird er sie
im Schoß der mütterlichen Erde und den Rasen
ausbreiten über ihr, daß keine leichenschänderische
Faust jemals den Frieden der heiligen Stätte
störe. —

Er hob den Leichnam auf seine Arme und trug
ihn nach dem Rasenplatze hin, über welchen der

hochstehende Mond weithin seine weißen Schleier gebreitet hatte.

Die Trümmer der alten Dianenstatue leuchteten in blendender Helle aus dem Schimmer des taufeuchten Grases.

Dorthin trug er sie, ließ sie auf den Rasen sinken und lehnte ihren Nacken gegen das brüchige Postament, das Antlitz dem Monde zugewandt, so daß es schien, als wäre sie im Sitzen eingeschlafen.

Dann hielt er Umschau nach einem Begräbnisplatze. —

Sein Blick fiel auf den schwarzen, viereckigen Fleck, den Regine dem Vater zum Grabe bestimmt hatte. Leibhaftig sah er sie vor seinem Auge stehen in ihrer sonngebräunten, wildtrotzigen Kraft, wie sie den Spaten mit dem nackten Fuße gleichwie mit einer Ramme in den Boden getrieben hatte.

Hätte er sie damals in ihrem Werke nicht gestört, so wäre das seine ihm heute erspart geblieben. — Den Liebesdienst, den sie damals seinem Vater hatte erweisen wollen, heute mußte sie ihn sich selber gefallen lassen.

Was lag näher, als daß er nur eben fortfuhr, die Grube zu vertiefen, die sie damals begonnen hatte, ohne Ahnung, daß es ihr eigen Grab werden sollte, woran sie grub?

Er holte einen Spaten aus der Küche, in welcher das Feuer, das sie geschürt, noch nicht erloschen war, und begann mit allen Kräften das Erdreich aus der Tiefe zu heben.

Von Zeit zu Zeit hielt er inne und schaute nach ihr hinüber.

Vom Mondenlichte hell beleuchtet saß sie da und schien in guter Ruhe seinem Werke zuzusehen. — Einmal, als ein Wolkenschatten über sie hinhuschte, war's, als ob sie sich regte und sich erheben wollte.

Das qualvolle Nichtglaubenwollen, das angesichts eines geliebten Toten einen jeden erfaßt, überkam auch ihn. Er schrie ihren Namen und stürzte zu ihr hin.

Ihre Hand war auf Dianens Haupt gesunken, das dicht neben ihr im Grase lag. Er wagte nicht sie zu berühren und schlich, das Gesicht in den Händen vergrabend, an seine Arbeit zurück.

Als die Grube sich zu vertiefen begann, so daß er fürchten mußte, den Rand nicht mehr erklimmen zu können, holte er sich eines der Blumengestelle aus dem Glashause, auf dessen Stufen sie Schüsseln und Teller in sauberen Stößen geordnet hatte.

„Aus euch soll keiner mehr essen," sagte er und warf das irdene Zeug auf den Boden, so daß es zerschellte.

Das Gestelle senkte er statt einer Leiter in die Grube hinein und fuhr fort, das Erdreich hinauszuschaufeln.

Als die Glocke vom Dorfe her die zweite Morgenstunde verkündete, war er mit seinem traurigen Werke fertig.

Einen Sarg konnte er ihr nicht geben, doch damit sie nicht auf der schwarzen, feuchten Erde zu liegen käme, holte er von seinem Lager, das sie fein säuberlich für ihn bereit gehalten, ein Bettuch und zwei Federkissen, ihr tief in der Erde das Bette zu bereiten.

Die Stunde des Abschieds war gekommen.

In seinen Armen trug er sie an den Rand des Grabes, dann setzte er sich, um auszuruhen, auf die Rasenbank und hob ihr Haupt auf seinen Schoß.

Noch niemals hatte er sie so mit Muße anschauen können, denn er hatte ja nie gewagt, das Auge auf ihr ruhen zu lassen. Nun studierte er jeden Zug des toten Angesichtes, strich ihr über die straffen Wangen und preßte das Wasser aus dem schweren Lockenhaar.

Ein Schauer der Kälte überlief ihn. Er hatte den nassen Leichnam mit seinen triefenden Röcken so lange auf den Armen gehalten, daß seine eigenen Kleider ganz von Feuchtigkeit vollgesogen waren.

„Leb wohl!" sagte er und küßte sie auf die Stirn — doch als er auch die Lippen küssen wollte, fuhr er erschreckend zurück.

„Hast du sie im Leben verspielt," sprach er zu sich, „sollen sie dir auch im Tode nicht gehören."

Und dann trug er den Leichnam bis an den Rand der Grube und sprang auf die oberste Stufe des Gestelles hinunter. — Langsam und vorsichtig hob er sie zu sich herab, streckte sie auf dem Tuche aus und bettete das Haupt auf den weichen Kissen.

Noch einmal wollte er sie küssen, aber er fürchtete

sich, das Gestelle zu verlassen, das ihre Füße überbrückte. So begnügte er sich, die Hände zu streicheln,
welche er von seinem Sitze noch erreichen konnte,
dann kletterte er aus dem Grabe empor und zog
mit dem Kreuze des Spatenstieles das Gestelle
hinter sich her.

Da besann er sich, daß er vergessen habe, einen
Zipfel des Tuches über ihr Antlitz zu breiten, damit die hinabrollende Erde es nicht beschmutze.

„Blumen tun's auch," dachte er bei sich, und
begab sich auf die Suche.

Unter den Bäumen des Parkes blühten im
Grase ganze Haufen von Anemonen und Leber-
blümchen, auch Veilchen und Primeln waren da,
welche sie selbst gezogen hatte.

Er raffte zusammen, was er im Dämmerscheine
nur irgend entdecken konnte. Anemonen und Primeln hatten ihre Kelche zum Schlafe geschlossen,
nur die Veilchen schauten ihn aus blauen Augen
treuherzig an.

Mit den Blumen im Arme trat er an das Grab
zurück, doch als er hinunterschaute, fuhr er, wie von
einem Zauber getroffen, jählings zurück.

Und zauberhaft war das Bild, das sich ihm
bot. — Der Mond, welcher den Zenith überschritten
hatte und nun zu Fußenden der Grube stand, warf
sein Licht an der Ostwand bis hinunter in die Tiefe
und verklärte mit mildem Leuchten ihr Haupt,
während der blutbesudelte Leib im Dunkeln vergraben blieb.

Wie im Traume lächelnd schaute das weiße Angesicht zu ihm empor.

Da warf er die Blumen von sich, hockte in dem
aufgeschaufelten Erdreich nieder und starrte zu ihr
hinab — eine stille Totenfeier zu halten.

In seinem Hirn schossen die Gedanken durcheinander wie flatterndes Nachtgetier, und erst allgemach begann die Wirrnis sich zu lichten und zu
beruhigen.

Ehrlos und schuldbeladen war sie durch die
Welt gegangen und hatte doch nimmer bereut, ja
sie schien sogar zufrieden im Bewußtsein dessen, was
geschehen.

Einstmals in einer Stunde schwerer Not hatte
er sich gefragt, ob die Stumpfheit des Tieres oder
die Bosheit des Dämons in ihr hause, daß ihr
Wille so mächtig und ihr Gewissen so matt geworden — und hatte sich keine Antwort gewußt.

Heute, da es zu spät, ward ihm ihr Wesen klar.

Nein, kein Tier und kein Dämon war sie gewesen, sondern nichts wie ein ganzer und großer
Mensch. —

Eine jener Vollkreaturen, wie sie geschaffen
wurden, als der Herdenwitz mit seinen lähmenden
Satzungen der Allmutter Natur noch nicht ins Handwerk gepfuscht hatte, als jedes junge Geschöpf sich
ungehemmt zu blühender Kraft entwickeln konnte
und eins blieb mit dem Naturleben im Bösen wie
im Guten.

Und wie er dachte und sann, ward ihm zu Mute,

als ob die Nebel sich lichteten, welche den Boden
des menschlichen Seins vom menschlichen Bewußtsein trennen, und er sähe eine Strecke tiefer, als
der Mensch sonst pflegt, in den Abgrund des Un-
bewußten hinein. Das, was man das Gute und
das Böse nennt, wogte haltlos in den Nebeln der
Oberfläche umher, drunten ruhte in träumender
Kraft das — Natürliche.

„Wen die Natur begnadet hat,“ sprach er zu
sich, „den läßt sie sicher in ihren dunklen Tiefen
wurzeln und duldet, daß er dreist zum Lichte empor-
strebe, ohne daß die Nebel der Weisheit und des
Wahnes ihn hemmen und verwirren.“

Ein so begnadeter, ganzer Mensch war dies ver-
femte, ehrlose Geschöpf.

„Und ich, für den sie lebte und starb, hab’ ich
dies Opfer verdient?“ so fragte er sich weiter; „war
ich es wert, daß sie in gläubigem Vertrauen zu
mir emporsah?“

In strenger Prüfung ging er mit sich zu Gerichte, und das Urteil fiel nicht zu seinem Besten aus.

„Ich freilich — ich gehöre zu den anderen, die
ihr Leben lang zwischen Gut und Böse umher-
geworfen werden und im Nebel den Weg nicht
finden können. — Was die Natur von uns fordert,
wird uns zu Schmutz und Sünde, und was die
Menschensatzung will, erscheint uns schal und ab-
geschmackt. — Zwischen Trotz und Angst pendeln
wir hin und her. — Wir gieren nach fremdem
Segen, an den wir nicht glauben, und zittern vor

Sudermann, Der Katzensteg   24

fremdem Fluch, den wir verlachen. Damals hielt
ich es für eine Schmach, den Vater an dieser Stätte
zu begraben, heute würd' ich mich glücklich preisen,
hätt' ich's getan. — Damals verbiß sich mein Trotz
in dem Gedanken, das väterliche Erbe festzuhalten,
heute bin ich froh, seinen Staub von meinen Füßen
zu schütteln. — Damals schalt ich die Schrandener
wilde Tiere, und jetzt seh' ich ein, daß mein eigen
Geschlecht das Menschentum in ihnen erstickte. Damals war mir dies Weib zu schmutzig, ein Stück
Brot aus seiner Hand zu nehmen, heute steh' ich
weinend an seiner Gruft. An die erloschene Flamme
blöder Jugendtorheit hing ich mein Herz; ein zimper-
liches Jüngferchen, das mir schon lange keinen
Pfifferling mehr galt, macht' ich zur Richterin meines
Tuns, während ich vor vollsaftiger, allgewaltiger
Menschlichkeit schaudernd zurückwich.

„Freilich, diese Menschlichkeit war Todsünde, und
mein Blut begehrte sich selber zu schänden.

„Aber konnt' ich nicht mit dem Tode büßen,
wenn das Leben, das meine Adern durchströmte,
mich aus dem Reiche der menschlichen und göttlichen
Gesetze hinauswies?"

Und dann wieder kam ihm der Gedanke, ob der
Leib, den er so der eigenen Willkür preisgab, auch
wirklich und ausschließlich ihm gehöre. Ob er damit
schalten dürfe nach seiner Laune. Wie, wenn das
Vaterland ihn für sich begehrte?

„Es ist gut, daß in diesem Chaos, wo Gut und
Böse, Recht und Unrecht, Ehre und Schmach wirr

durcheinandertaumeln, und wo selbst der alte Gott
im Himmel ohnmächtig dahinschwindet, ein fester
Pol uns übrig bleibt, um den sich alles aufs neue
ordnen muß, ein Fels, an den wir Ertrinkenden
uns klammern können, und an dem es zu scheitern
selbst noch Wolluft ist — das Vaterland!"

So sprach der Sohn des Vaterlandsverräters
und faltete inbrünstig die Hände.

Der Mondenschein war inzwischen an der Erden-
wand emporgeglitten. Das tote Antlitz, das er ver-
klärt hatte, lag im Dunkel vergraben da. Kaum
unterschied es sich noch von der umgebenden Erde.

„Es ist Zeit," sagte er und schaute um sich.

Im Osten glimmte ein schmaler Streif des
Frührots, bläuliche Helle füllte die Lichtung, und
in den Zweigen erwachte ein verträumtes Zwitschern.

Als er die Blumen in die Gruft hinabstreuen
wollte, hielt er stirnrunzelnd inne und warf sie
beiseite.

„Was soll das weichliche Getue?" schalt er sich,
„der Staub braucht sich vor dem Staube nicht zu
scheuen."

Dann ergriff er den Spaten und, die Augen
zudrückend, schaufelte er die schwarze Erde auf den
geliebten Leib.

Eine Viertelstunde später war die Grube gefüllt. — Alsdann legte er den Rasen an seine alte
Stelle, entfernte sorgfältig das überschüssige Erdreich mitsamt den verstreuten Blumen, und als die
Sonne aufging, hätte sie vergeblich versucht, die

Stätte, an welcher Reginens Leichnam ruhte, an den Tag zu bringen.

Boleslav sah sich nach einem Merkstein um, mit dem der Ort für Eingeweihte bezeichnet werden mochte. Sein Blick fiel auf den Kopf der zertrümmerten Statue, der ihn mit leeren Augen anlächelte.

Ihn trug er herbei und pflanzte ihn in den Rasen.

„Diana, die Keusche," sagte er, „soll ihr als Denkmal dienen. Sie ist ihrer nicht unwert, die Schwester, bei der sie Wache hält."

Dann warf er sich ins Gras und träumte vor sich hin.

Um die sechste Stunde rüstete er sich zum Fortgehen.

„Sie wären Narren," sagte er sich, „wenn sie mir nicht den Garaus machten."

Er setzte den Pistolen frische Zündhütchen auf und lockerte den Säbel, denn er gedachte sein Leben teuer zu verkaufen.

Doch als er die Zugbrücke überschritt, sah er von ferne befreundete Gesichter sich entgegenschauen.

Die Heidesöhne waren's, die auf dem Wege zum Versammlungsplatze in Schranden Station gemacht hatten.

Sie drängten sich um ihn und streckten ihm die Hände entgegen.

„Wir sind gekommen, uns unter deinen Befehl zu stellen," redete Karl Engelbert ihn an, „denn wir wollen gutmachen, was wir an dir gefehlt haben."

"Ich danke euch," erwiderte er, „es ist vergeben und vergessen."

Dann schritt er auf die Landwehrleute Schrandens zu, die blaß und gekniffen, wie arme Sünder vor ihrem letzten Gange, nahe der Kirchentür standen.

Die Freunde wiesen einander voll Schrecken seine blutbesudelten Kleider, aber keiner wagte, ihn um Erklärung zu fragen.

"Holt den Gefangenen heraus und schafft einen Wagen für ihn!" befahl er.

Felix Merckel wurde herbeigeführt. Er würdigte ihn keines Blickes.

Als das Volk von den Seinen Abschied genommen hatte und alles zum Abmarsch bereit war, schob sich aus dem Haufen der Gaffenden der alte Pfarrer hervor.

Sein Gesicht war verstört, und seine Hände schlotterten.

Er drängte sich an Boleslav und raunte ihm zu: „Ich höre, daß Regine diese Nacht den Tod gefunden hat. ... Ich will ihr gern die christlichen Ehren erweisen."

"Ich danke, Ehrwürden," erwiderte Boleslav, „ich habe sie heidnisch beerdigt."

Und er drehte ihm den Rücken.

Einer der Schrandener, der, um sich einzuschmeicheln, zur Nachtzeit auf die Jagd gegangen

sein mochte, brachte mit unterwürfigem Grinsen
Boleslavs Pferd herbei.

Er schwang sich in den Sattel. Sein Säbel
flog aus der Scheide.

„Stillgestanden!" — Hart und dröhnend schallte
seine Stimme über die Häupter der Menge hin.

„Rechts schwenkt, marsch!"

Hinaus zum Dorfe ging's. — Die Wälder
nahten.

Er sah sich nicht mehr um.

Schluß

Von den weiteren Schicksalen Boleslavs weiß
man nicht viel.

In Anbetracht der stattgehabten Meuterei hielt
das Kommando für geraten, ihn zu seinem früheren
Regiment zurückzuversetzen.

Während die ostpreußische Landwehr noch in den
alten Provinzen zurückblieb, bekam er, viel beneidet,
die Erlaubnis, sich ohne Verzug zum Kriegsschau-
platz zu begeben.

Bei Ligny soll er gefallen sein.